李小怡 李霞 李晓 ◎ 著

从秀有山走出的王尽美

山东友谊出版社·济南

图书在版编目（CIP）数据

从乔有山走出的王尽美 / 李小怡，李霞，李晓著 . 一济南：山东友谊出版社，2023.12（2024.3重印）
 ISBN 978-7-5516-2942-3

Ⅰ. ①从… Ⅱ. ①李… ②李… ③李… Ⅲ. ①长篇小说—中国—当代 Ⅳ. ① I247.5

中国国家版本馆 CIP 数据核字（2023）第 254152 号

从乔有山走出的王尽美
CONG QIAOYOUSHAN ZOUCHU DE WANG JINMEI
责任编辑：王亚太
装帧设计：刘洪强
书籍插图：赵录甫

主管单位：山东出版传媒股份有限公司
出版发行：山东友谊出版社
　　　　　地址：济南市英雄山路 189 号　邮编：250002
　　　　　电话：发行综合部（0531）82705187
　　　　　网址：www.sdyouyi.com.cn
印　　刷：济南乾丰云印刷科技有限公司

开本：787mm×1092mm 1/16
印张：21.5　　　　　　　　字数：300 千字
版次：2023 年 12 月第 1 版　印次：2024 年 3 月第 2 次印刷
定价：68.00 元

目录
contents

引子　　　　　　　　　　　　　　　001

铮铮乔有看沧桑

第 一 章　身　世　　　　　　　　　005
第 二 章　童　年　　　　　　　　　016
第 三 章　陪　读　　　　　　　　　032
第 四 章　少年当自强　　　　　　　045
第 五 章　接触新事物　　　　　　　058
第 六 章　本村上学　　　　　　　　066
第 七 章　枳沟高小　　　　　　　　078
第 八 章　乡下务农　　　　　　　　091
第 九 章　莒北名士　　　　　　　　107
第 十 章　走出乔有山　　　　　　　121

一师岁月

第 一 章　预科生　　　　　　　　　131
第 二 章　五四弄潮　　　　　　　　139
第 三 章　在莒北　　　　　　　　　147
第 四 章　取得胜利　　　　　　　　151

第 五 章	觉醒	153
第 六 章	成立励新学会	166
第 七 章	建党	179
第 八 章	创办《济南劳动周刊》	191
第 九 章	参加中共一大	197
第 十 章	宣传马克思主义	204
第十一章	专职革命家	215

尽善尽美唯解放

第 一 章	参加远东大会	221
第 二 章	回到济南	228
第 三 章	成立工会	233
第 四 章	创办《山东劳动周刊》	241
第 五 章	山海关风暴	243
第 六 章	主持济南工作	260
第 七 章	重回北京	267
第 八 章	推进山东国共合作	273
第 九 章	到诸城	287
第 十 章	成立国民会议促成会	295
第十一章	鞠躬尽瘁	311
第十二章	回乡养病	314
第十三章	生命的最后时刻	330
第十四章	薪火相传	336

引子

1921年，7月的上海正被酷暑窒息着，逼仄的弄堂在黑漆漆的夜里辗转呻吟，十里洋场里纸醉金迷的灯火昼夜不熄，穿城而过的黄浦江水汹涌地撞击着堤岸，整个城市在骚动不安中煎熬着。

23日晚8点，在上海法租界望志路106号的李书城家的二楼会客室里，人影绰绰，代表全国58[①]名共产党早期组织成员的13名代表，正在秘密召开具有划时代意义的中共一大。

一个长方脸、大耳朵、细高挑的二十岁出头的青年人，操着一口浓重的山东口音正在发言，他就是来自山东的被与会代表们亲切地称为"王大耳"的王瑞俊。

王瑞俊出生于诸城与莒县、五莲三地交界的乔有山下的大北杏村。

1918年春天，20岁的他怀揣教育救国的远大抱负，登上了村前的乔有山，他眺望苍茫大地，慷慨激昂地高声吟诵道："沉浮谁主问沧桑，古

[①]关于中国共产党早期组织成员的人数，长期有不同的说法。本书采纳58人之说。

往今来一战场。潍水泥沙挟入海,铮铮乔有看沧桑。"从此,他走出了乔有山,走向了求学之路,走向了革命之路。

在上海参加完中共一大后,他为了表达自己对实现共产主义崇高理想的坚定信念,满怀信心地写下了"贫富阶级见疆场,尽善尽美唯解放。潍水泥沙统入海,乔有麓下看沧桑"的豪迈诗句,并且改名励志,把名字由王瑞俊改为王尽美。从此把自己全部的青春与热血奉献给了尽善尽美的共产主义事业,直至生命的最后一刻。

1925年8月19日,一颗年轻而伟大的心脏停止了跳动。王尽美这位为无产阶级革命事业奋斗了终生的伟大的共产主义战士,在青岛病院病逝,年仅27岁。

铮铮乔有看沧桑

第一章 身 世

一

"卖大豆腐来——"

每天清早,一个少年都会挑着一担热腾腾的大豆腐,从后张仙村村前头的那条东西胡同里走出来。

他家是胡同里最东边的一户,大门里没有影壁,透过两扇破旧的大门能看清院子里的情况。堂屋共三间,是土坯的草屋,东屋窗前有一棵石榴树,树上已结出了大大小小的果实。院子西面是三间低矮的草棚,里面堆着乱七八糟的杂物。

东墙外有一棵老柳树,枝繁叶茂,树冠如盖,罩住了近半个天井。

这个少年出了胡同往左拐,顺着东墙外的沟西崖往村里走去,身后拖起长长的叫卖声,抑扬顿挫地唱响在朦胧的晨曦中。

这个少年就是王尽美的爷爷王兴业。由于父母早亡,他从十五岁就开始卖大豆腐谋生,日复一日,风雨无阻。

到了十八岁这一年,他娶了耿家沟村的耿氏为妻。婚后,夫妻俩十分恩爱,可是不到一年的工夫,耿氏就病故了,这让王兴业十分悲伤。村里有人趁机蛊惑他说,豆腐就是"抖福",是卖豆腐把你家的福气抖搂没了，才折了你老婆的阳寿。他听信了这些鬼话，就发誓再也不卖大豆腐了。

不卖大豆腐该怎么维持生活啊？这可愁坏了他大哥王兴文。王兴文是个老实巴交的庄稼人，除了种地什么也不会，他知道王兴业是不会安心种地的，只好找二弟王兴隆想办法。王兴隆是当地小有名气的木匠，为人豪气，主意也多。

王兴隆说让王兴业跟着自己学木匠吧。这虽然是个好主意，但这无疑是让三弟从二弟的饭碗里抢食吃啊！要是因为这事伤了他们弟兄之间的感情怎么办？

王兴隆见大哥有顾虑，就爽快地说："大哥，你不要有顾虑，等三弟出徒了，我就把附近的木匠活儿让给他，我到原上去揽活儿。原上富庶，钱好挣。"

王兴隆所说的原上，指的是大北杏村北面的昌潍大平原。从后张仙村直着往北走，走出不到十里地，过了大北杏村的南岭就是了。

王兴业脑子活泛，又肯吃苦，跟着二哥学徒不到两年就独立门户了。随着他有了名气，生意越做越红火，不少媒人赶着上门给他提亲。本村有一个叫"大拉呱"的妇女，就把招贤村她一个姨家表妹介绍给他。那女子姓董，比王兴业小五岁，结婚时刚满十六岁，她就是王尽美的祖母董氏。

董氏连着生了四个男孩，他们却先后都夭折了，直到王兴业三十岁的时候，才有了第五个儿子王在升，又叫王五。王在升就是王尽美的父亲。

一年的秋天，王兴业给本村一户人家盖油坊，见那人家从卧虎山请来一个道士看风水，王兴业也趁机请那道士给自家看看。

当道士走到他家胡同口时，端详着那棵老柳树就不走了，嘴里还念念有词道："此柳蔽日半院阴，阴盛阳衰难成人。"

王兴业忙问什么意思，道士说："你家之所以男丁不旺，是因为此树遮住你家阳气所致。"

王兴业忙问如何破解，道士捋着山羊胡沉思了一会儿说："有两条道供你选择：一是伐掉此树免遭殃，二是离开此地迁他乡。"

有些迷信的王兴业赶紧把道士的话告诉了两个哥哥，让他们帮着拿主意。

他们都主张把树伐掉，可是这棵树是一个外号叫"老毒阔"家的，他从不轻易与外人交往。

经过多次交涉，"老毒阔"仍坚决不让伐树，王兴业只好请了本村"福太堂"家的王老太爷出面说情。王老太爷是秀才出身，不仅在王氏家族中一言九鼎，就是在村中也是德高望重，还很少有人驳他情面的。最终也是不行。

王兴业沮丧地说："连他老人家出面都不管用，看来伐树这条路是行不通了，我只好背井离乡投奔他乡了。"

可是外面世界这么大，该投奔哪里呢？

王兴业又备上礼金去求教那位道士，道士只说了两句："东过潍水北见原，日出东方紫气显。"

话的意思是，只要去投奔潍水以东的平原地带，他家的命运就会好起来。

但他们在平原上举目无亲，能去投奔谁呢？

王兴隆忽然想起原上的一个老主顾来，他就是大北杏村的大地主"见山堂"家。

大北杏村在莒县的东北部，与诸城县（今诸城市，下同）搭界，处于丘陵与平原的分界线，南面是连绵起伏的丘陵，北面是一望无际的大平原。全村有三百多户人家，除了十几户是有钱有势的地主老财外，其余的都是贫穷的佃户。村子里有四条主要的大街，东西南北各两条，它们相互构成棋盘一样的街道。村子四周筑有高大的围墙。

大北杏村又处在潍水的东面，地理方位与道士说的正吻合。

王兴隆说："'见山堂'家与我们曾是一个五世祖，先前他们也住在后张仙，只是到了他们九世祖王朴时，才搬迁到了大北杏村，后来发达了，成了大地主。我与他家的大少爷王介人还有些交情，论起来，他还得叫我爷爷呢，他不看僧面也得看佛面吧。"

他们决定先去拜见一下王介人。

这天，王兴隆领着王兴业，带上礼品，一早就上了路。走了不到一个时辰，就望见大北杏村前的南岭了，高大的围墙也从后面渐渐显露出来。

王兴业跟着王兴隆从村东的墙门楼进了村子，然后往村前走，老远望见一片深宅大院坐落在南北路两侧。王兴隆告诉王兴业说，路西的大院是王介人家，路东的大院是他弟弟王介寿家，他们两家虽然各住一处，但还没有完全分家。大院的院墙都是青砖的，青砖到顶的高大的房屋都是雕梁画栋、飞檐翘角，这些豪华气派的深宅大院与它周围佃户的那些低矮破旧的土墙草屋比起来，真有天壤之别，就像华丽富贵的老爷站在一群衣衫褴褛的乞丐中间。

"真是货比货要扔，人比人要死。"王兴业忍不住感叹道。

当他想到自己将要寄人篱下时，不禁一阵心酸。

王兴隆用手拽了拽他说："凡事朝好处想，打起精神来，见了人家要多说好话。"

王介人很念旧情，除了答应租给王兴业家几亩薄地之外，还租借给他们一处住所。

这住所在"见山堂"家后的一个小杂院里，是三间土屋，原是他家用来当仓库和养牲口的地方。虽然房屋低矮破旧，但总算有了一处栖身之地。

不久，王兴业就举家迁居过来，成了"见山堂"的一个佃户。

后来"见山堂"分家分出了"冠山堂"，王兴业家也随着租种的田地一起划归了"冠山堂"，又变成了"冠山堂"的佃户。

二

搬迁并没有给王兴业家带来好运,反而厄运不断。搬迁到大北杏村没多久,先是在夏天的时候王兴业病故,到了年底时,王在升在给地主家贩卖粮食途中又暴病身亡。

相继失去了两个男人,这给这个家庭造成了灾难性的打击,董氏与儿媳妇刘氏两个寡妇都痛不欲生,但为了刘氏肚子里的胎儿,婆媳俩还是坚强地活了下来。

那时正逢饥荒,许多穷人家缺吃少穿,饥民为了活命,经常聚众抢粮,官府就派兵镇压,一场血雨腥风正悄然袭击着这片凄惶的土地……

王尽美家也面临着断炊的威胁,董氏为了把粮食省出来给儿媳妇吃,背地里去南岭挖野菜、摘树叶充饥。

刘氏是个明白人,把这些都看在眼里。这天正逢枳沟集,董氏刚要出门,刘氏拉住她,把一个东西塞到她手里说:"娘,你把它拿到集上变卖了吧。"

董氏低头一看,是儿媳妇戴着的玉坠。刘氏的父母为了让她好养活,从小就给她佩戴了这玉坠。

"这可是你的护身符啊,这怎么能轻易卖掉?"董氏怎么也不接。刘氏拽着婆婆哀求道:"娘,咱家都到这个地步了,什么护身符不护身符的,先保命要紧。都怪媳妇无能,把你逼到了这个地步。"

"孩子,这不怪你,都是娘的命不好!只要能给老王家留下个后代,娘就是把这把老骨头扔了,也不能饿着你。"董氏说着,眼里就泪水汪汪了。

刘氏忙劝慰婆婆说:"娘,你放心,孩子一定会平安生下来的。我们还要指望他给咱们养老送终呢。"刘氏本想故作一笑,非但没笑出来,反而哽咽起来了。

董氏忙劝她不要哭,说哭会动了胎气的。刘氏含泪答应着说不哭,却忍不住扑在董氏怀里放声大哭起来。

董氏抚摸着刘氏喃喃说:"唉,咱娘俩的命咋就这样苦啊!"说着她也忍不住哭了起来。

这时,门外传来了喊门声,董氏忙擦干眼泪走出去。王兴隆的儿子王在贤与媳妇背着面粉、挎着小米和鸡蛋从老家赶来了。老家的亲戚知道刘氏快生了,就凑集了这些东西,让他们拿过来照顾月子。

晚饭后,刘氏肚子忽然剧烈疼起来,看来要生了,王在贤急忙赶回村子,把本村的接生婆"鬼见愁"用毛驴连夜驮了来。

"鬼见愁"到了后,见刘氏快要分娩了,忙吩咐董氏准备手巾、带子、细绳等,又叫王在贤点燃干柴把剪子烧红,并嘱咐他不叫不准进屋。

"鬼见愁"等董氏泡好了盐水,就撸起袖子,用盐水把手和胳膊全洗了一遍。

一切准备妥当后,刘氏的肚子却不疼了,过了几天都没有分娩的迹象,这可把接生婆急坏了,明明过预产期好几天了,怎么就不见动静了。

"鬼见愁"就对刘氏肚子里的胎儿念叨说:"到了该出来的时候还不出来,你这个小东西难道是哪吒转世,想让我们等上三年零六个月啊。我告诉你,你要是明天还不出来,我可就撒手不管了。"

第二天凌晨时分,大北杏村东南角的"见山堂"与"冠山堂"的深宅大院还熟睡在沉寂的夜色之中,小胡同里的那家佃户的屋里却灯光摇曳,人影晃动。

忽然响起一阵婴儿清脆的啼哭声,随即传出女人激动的喊叫声:"生了,终于生了!还是个大胖小子!"

一个婴儿诞生了,他就是后来的王尽美,这一天是1898年6月14日(农历戊戌年四月二十六日),离他父亲王在升去世刚刚四个月。

一大早,董氏拿出一块红布条让王在贤挂在大门口的上方,这是当地的一种风俗,叫"挑红",是告诉乡亲们婴儿已经平安降生了。

吃了早饭,王在贤提了一篮子喜饽饽、喜蛋去了辉沟子村,向刘氏的娘家人报喜。

三

孩子的出生给祖母与母亲带来了喜悦与盼头,可是无情的干旱很快让她们又陷入愁苦之中。

进入酷暑,太阳更加毒辣了,眼巴巴盼来块云彩,很快又被它烤化了,化成了白花花的光芒。炽热的太阳就这样无情地炙烤着这片饥渴的土地……

在无助与绝望之时,老百姓只能求助老天爷了。在南岭的土地庙前,求雨的人一拨儿又一拨儿,一缕缕香烟直冲上天。

虽然他们天天向老天爷祈祷着,但老天爷却无动于衷。

"五月十三日"是他们期盼下雨最后的希望了。老话说"大旱三年,也忘不了五月十三",这天传说是没尾巴老李从黑龙江回家乡为母亲上坟的日子,他每次回来,都会挟风带雨,当地百姓把这天称为"雨节"。

这天一大早,全村人都在家里摆上香火,祈祷没尾巴老李带着雨水来。董氏也在家里的香案前祷告着。

从早上盼到晌午,从晌午盼到晚上。太阳没了,月朗星稀了,还是连块乌云都没盼来,人们彻底绝望了。他们忽然开始惊慌起来,连没尾巴老李都不能回来上坟了,可见世面是多么不太平。接着,就传来马耳山闹土匪、汪湖村刘财主的儿子被绑票等一个个让人担惊害怕的消息。于是,有人传言要改朝换代,老天爷要开始惩罚人,每当改朝换代与老天爷罚人时,不是出现旱涝灾害,就是出现瘟疫。

孩子眼看就要快满月了。刘氏见婆婆这几天忙着赶集上店操办物品，就劝说道："娘，咱们连饭都快吃不上了，我看满月咱就别过了，还是省些吧。"

董氏生气地说："我孙子满月那可是大事，我就是不吃不喝，也要把孙子的满月过好。咱们虽然比不上有钱人家那么排场，但也要过得体体面面。"

董氏说的"有钱人家"指的是王介人家，他小儿子祥孩刚过了百日，董氏去帮了几天工。虽是小孩过百日，但比平常百姓家结婚还要气派。光喜饽饽就蒸了七八锅，堆得像几座雪山。为了缝制小孩的"百家衣"惊动了全村，各家各户凑集来的碎花布头堆满了一炕。

董氏当时就心想，等自己的孙子过满月，虽然不能办得这样排场，但也要体面些。

董氏见儿媳妇没再反对，就与她谈论着满月那天要请的客人。

刘氏说："那天孩子他舅怕是不能来了。"

董氏不满地说："他舅不来那还行！还要等着他来抱着外甥'铰头'呢。"

按当地风俗，孩子过满月那天，舅要赶在太阳没出来之前来，抱着外甥让他本家还未出嫁的姑姑给"铰头"。从头顶往下铰三圈，用笤接着铰下的头发，然后把一些头发用红布包好缝在孩子的枕头里，其余的放在他舅的鞋里，寓意"久久（舅舅）常在""和谐（鞋）吉祥"。过完满月后，舅再把母子俩搬回娘家住上几天，这叫"搬月子"。

刘氏说："我娘家那一带正闹驱赶洋人的事儿呢。"

辉沟子那一带有一座洋教堂，教堂的洋教士仗着官府的庇护，横行乡里，欺压百姓，前些日子竟然把一个怀孕的女人糟蹋了。他们不但不认罪，还打了前去讨说法的人，村民义愤填膺，组织附近村民一起烧教堂驱赶洋人，导致官府前来镇压。

董氏伤感地说："本来就闹旱灾，又闹出这么一出，这是什么世道啊，闹腾得孩子他舅都不能来给外甥过满月。"

到了满月那天，等日上三竿的时候，亲戚朋友开始陆续登门了，早先赶来的是王兴文、王兴隆等老家的亲戚，随后孩子他姑家也到了，平日冷清的小院充满了喜庆的气氛。

由于屋子小，除了女人留在屋里，男人和孩子们都在院子里。王在贤见院子的饭桌不够，就把面板放在垫起的砖头上充当饭桌。

董氏格外高兴，开席的时候，她挨桌向客人敬着酒、道着谢，等敬谢完了，她才来到王兴文这桌。

王兴文问她："弟妹，你们给孩子起了名字没有？"

"大哥，还没，正等着你们给起呢。"

"你是他奶奶，名字你起就行。"

"这不行！虽然孩子的爷爷、父亲都不在了，但是他还有你们这些爷爷伯伯叔叔啊。这个名字必须由你们老王家人起。"

王兴文就对身边的王尽美的几个伯伯叔叔说："既然你们三婶都把话说到这份儿上了，你们兄弟几个就商议着给孩子起个名字吧。"

二叔王在贤说："叫金贵吧，让孩子像金子一样贵重。"

王兴文说："穷人家的孩子别太金贵了，起个朴实的名字好养。"

三叔王在桂说："那就叫红光吧。他下生时满屋红光，红色是吉祥的征兆。"

王兴文说这个名字太玄乎，要起个实在的。

王在贤见大哥王在善一直低头不语，就催他也起个。王在善抬起头说："名字我倒是想好了一个，就是不知合适不合适。"

王在贤说："你不说出来，大家怎么知道合不合适。"

"我们庄稼人不求什么大福大贵，只要每年能够旱涝保收，别饿着肚子就满足了。像今年大旱，要是家家仓囤里有粮食，咱们就不怕挨饿了。为了希望孩子以后耽不着粮食吃，我想给他起名叫仓囤。"

王兴文问王兴隆:"二弟,你觉得这个名字怎么样?"

王兴隆抿了一口酒,笑嘻嘻地说:"好是好,但我觉得叫酒坛更好。有了酒坛,我们往后就不愁没酒喝了。"

"别开玩笑了,大家都在等着你做决定呢。"

王兴隆见大哥一副郑重其事的样子,就认真想了想说:"这个名字好是好,就是土了点,要是起个寓意大富大贵的就更好了。"

王兴文说:"咱穷人家起名太贵气了,怕担受不起。"

王兴隆就高声嚷嚷道:"这有什么担受不起的?像陈胜吴广、刘邦项羽,不也都是穷人出身,人家不也能够封王称霸?"

王兴文忙看了周围一眼,低声责怪王兴隆说:"喝上口酒又乱嚷嚷开了!旁边都是客人,说话注意点!"

王兴隆端起酒杯喝了一盅,就不再言语。

董氏问:"二哥,你快说说,你觉得这个名字到底称不称心?"

王兴隆用袖子抹了一下嘴角说:"仓囤有粮,日子不慌。咱们老百姓辛辛苦苦一辈子,不就是为了这点事。"

王在善问:"二叔,你同意这个名字了?"

王兴隆豪气地说:"这么好的名字,我咋不同意!"

仓囤就成了王尽美的乳名。

四

王尽美过了满月没几天,当地就下了一场透彻雨,缓解了旱情。

秋粮虽然得到了保证,但老百姓的日子过得还是很艰难,收了的粮食,等交完地租、还了借贷后,就所剩无几了。

第二年刚进入麦收,村里的地主们又集体涨地租,"冠山堂"每亩涨了一斗。

佃户们就去找"冠山堂",王介寿说他涨地租也是迫不得已,现在年景不好,八国联军都打进了北京城,政府只好割地赔款,光赔偿白银就达四亿五千万两。这些钱不会自己从天上掉下来,都得从老百姓身上刮。官府层层摊派,税赋翻番,苛捐杂税名目繁多,要是不涨地租,拿什么来缴纳这些。

王介寿见佃户们听了后都不言语了,又诉苦道:"要是有买主,我现在就想把地全部卖掉。"

佃户们见连东家都到了这地步,他们也就没辙了,只好叹气说,那就撑一天过一天算了。

单靠种地是很难维持生存了,刘氏就从娘家借来一台旧纺车,在家里一边照看孩子一边纺线。

第二章　童　年

一

刘氏出生于辉沟子村的一户贫苦家庭，她是家中的老大，从小除了干家务，还帮着母亲照看三个弟弟与一个妹妹，经常带着弟弟妹妹到街上玩耍，从那里听了不少有趣的老事儿和传闻。晚上为了哄弟弟妹妹睡觉，她就把这些老事儿和传闻编成故事说给他们听。因此，她从小就会讲故事。

王尽美的童年就是在母亲讲的故事里度过的。

在冬天漫长的寒夜里，母亲一边摇着纺车，一边给王尽美讲着沉香劈山救母、孔融让梨、岳母刺字、王冕画画、张捣鼓等许多许多的故事。在嗡嗡的纺车声里，故事就像天上的启明星，启发着王尽美的想象；故事又像催眠曲，让他在哼唱中香甜入梦。

在月色皎洁的夏夜，王尽美偎坐在母亲的怀里，望着碧蓝的星空，听母亲讲嫦娥奔月的故事："嫦娥是远古时期的射日英雄后羿的妻子，她既美丽又善良。有一天，一个叫逢蒙的坏人闯进了她家，逼迫她交出西王母送给后羿的仙丹。嫦娥听丈夫说过，这颗仙丹吃了可以长生不老，成为神仙。后羿由于不想变成神仙与嫦娥分离，就没有吃这颗仙丹。逢蒙见嫦娥不肯交出仙丹，就开始翻箱倒柜。嫦娥生怕逢蒙把仙丹抢去吃

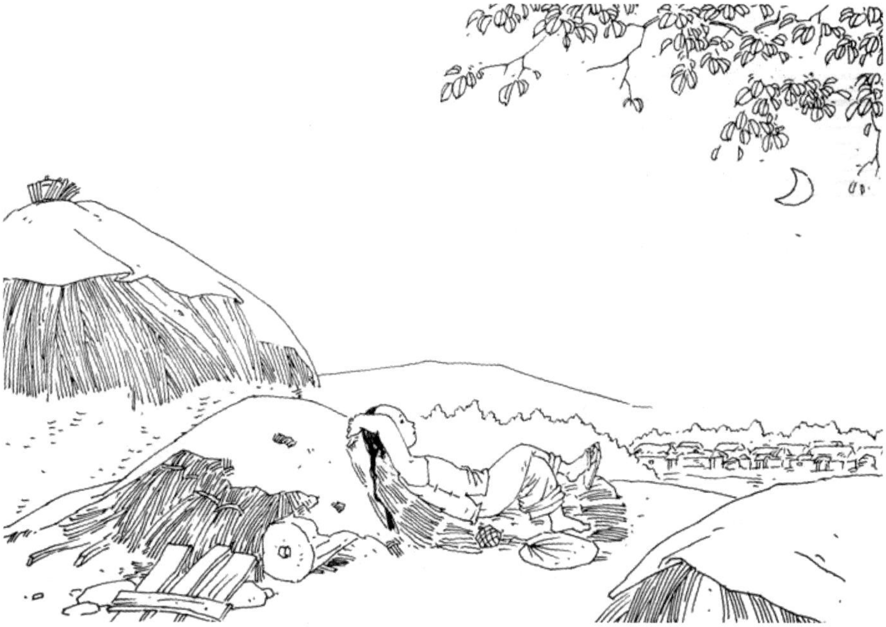

了，祸害万年，就把仙丹一口吞了下去。接着，她像是插上了翅膀一样，很快飞到月亮上去了，变成了西王母身边的一只玉兔。她要是想念亲人了，就站在玉树底下，在那里就可以望见人间。"母亲用手指着月亮说，"你瞧，那婆娑的树影就是玉树。"

王尽美朝天上遥望了一会儿，拍起小手兴奋地说："看到了，看到了！"

母亲说："玉树底下那个就是玉兔。每当夜深人静时，嫦娥就站在那里凝视着人间，思念着她的丈夫。"

王尽美好奇地问："她现在会看见我们吗？"

母亲想了想，笑着反问道："你说呢？"

王尽美想了想说："我们能看到她，她也就能看到我们。"

母亲还指着天上的牛郎织女星，给他讲牛郎织女的故事。

王尽美的思绪就随着故事漫游在无边无际的浩瀚星空中，他的眼睛一眨一眨的，就像天上闪烁的星星。

他对母亲能讲出这么多的故事感到很好奇，就问母亲肚子里装着多少故事。

母亲笑着说："一肚子，两肋巴，脖子后还有一背褡。"

故事就像雨露一样滋润着王尽美幼小的心灵，不仅让他的生活充满了快乐，还潜移默化地启迪着他的心智。

随着他渐渐长大，母亲讲的故事已经不能满足他的需求了，他就去找村里的会讲故事的老人，让他们讲。他随身带着把火镰，随手给老人们点烟。夏天在树荫下，冬天在南墙根；晚上在月光下，白天在村街头。凡是有人聊天的地方，就会有他的身影；凡是村里会讲故事的，都让他找遍了。他成了村里人人知晓的故事迷。

六岁的时候，母亲开始领着他去赶枳沟集。在集市的西北角有一个露天的说书场，每逢集市，那里就有说书唱戏的，说唱一些《响马传》《杨家将》《隋唐演义》《三侠五义》《水浒传》等大鼓书。

母亲在集上摆着摊,他就由姑家表姐郑明淑陪着在说书场听书。当他听到英雄侠客杀富济贫、为民除害的情节后,就激动地对表姐说:"我长大以后,也要当展昭、罗成那样的英雄侠客。"

表姐惊奇地问:"为什么要当英雄侠客?"

他郑重地说:"英雄侠客可以保护穷人不受坏人欺负啊!"

每次赶集回来,他都要把集上听来的书说给村里人听。这时,他被大人孩子围着,似乎成了一个人物。

母亲看见了,就叮嘱说:"你还是个孩伢子,许多事还不懂。你要学会多听少说,不要听了几天书就不知天高地厚了,到处炫耀。"

他听了母亲的叮嘱后,就不在街头讲书了。

当村里有人问起他又在集上听了什么新书时,他就强忍着什么也不说。

有人故意怂恿他:"我们有故事都讲给你听,你却倒好,听了书,也不讲给我们听!太不够交情了。"

有人还引诱他说:"只要你说一段,我们每个人都说一段。"

于是乎,讲书的欲望就开始在他心里暗暗滋长了。

他怕人家骗他,对那些人说:"我要是真讲了,你们可不要耍赖啊!"

有人指着坐在南墙根的一位白胡子老人说:"老爷子在场,谁敢耍赖。"

那位老人是村里有名的故事篓子,讲起老事儿来可以一天一夜不睡觉。王尽美从他那里听了不少的故事,对他十分崇拜。

他望着老人,老人只是捋着白胡子笑眯眯地望着他。

"你快讲吧,我们都把话说到这份儿上了,你还不相信!"有人催促着他。

他再也按捺不住了,就迈出人群,先亮出个说书的架子。

有人打趣说:"你们瞧,仓囤人不大,架步可不小。"

他又摆出说书的架势,有人赞许说:"看起来还真像那么一回事儿!"

他提了提嗓音,然后学着说书人的样子把拳一抱,说:"各位看官,这回书要说的是'狸猫换太子'。"

于是,他就有板有眼地讲了起来。他越讲越投入,当讲到刘妃与总管郭槐狼狈为奸,一起谋划着用狸猫换太子时,竟然气愤得两眼怒睁,咬牙切齿。当讲到包公巧使计策让郭槐供出了真相时,就眉开眼笑、神情激昂起来。

那白胡子老人在旁听了,忍不住叫好道:"有点王敬亭的风格!"

有人就问白胡子老人王敬亭是谁,旁边有个五十多岁的人插话说:"他就是在'见山堂'干活的那个王瘸子啊!"

"怎么会是他!那么木讷的人,怎么会说书啊?"

那人说:"别看王瘸子平日里不爱说话,那是因为他年轻时犯过事。"

众人忙好奇地问犯过什么事,那人刚要说,白胡子老人提醒道:"不要背后论是非!小心让'见山堂'的人听见了骂你一顿。"

那人就不再言语了,他知道王瘸子与"见山堂"是本家,他们老王家都很忌讳这件事,把它视为家族的奇耻大辱。

王尽美却上前缠着那人,非让他说出王敬亭犯了什么事。

那人悄声地说:"回家问你奶奶,她知道这事。"

二

王敬亭五十多岁了,也没有成个家,常年独自住在村前的王氏祠堂里,因为腿有残疾,村里人就叫他王瘸子。他常年在"见山堂"当长工,平日里寡言少语,很少与他人交往。董氏常去"见山堂"帮工,见他可怜,常帮他做一些缝缝补补的家务活。他为了回报,每逢有点好吃的,都拿给王尽美。他与王尽美是本家,论辈分与王尽美是同辈,王尽美就叫他老哥。

王尽美听说王敬亭会说书，就回家问祖母。

祖母说："是啊，他年轻时曾是我们这一带远近闻名的说书艺人，弹拉说唱样样精通，经常被周围的达官贵人、地主老财请去说书，风光一时，就连他们本家的老爷、少爷们都要高看他一眼。他与'见山堂'的老主人王廷栋是本家的兄弟，兄弟们大排行共三十二人，他排第二十，由于忌讳其中的'二'，排行时都不说他排行二十，而是说十九后面的那位爷。为什么忌讳'二'？因为'二'在当地有傻的意思。譬如说，这个人真'二'，意思是这个人真傻。"

王尽美有些疑惑不解地问："既然他与王廷栋是本家兄弟，为什么他叫王敬亭？"

祖母说："他原名叫王廷松，因为他最敬奉明末清初的说书艺人柳敬亭，就把自己的名字由王廷松改为了王敬亭。"

王尽美又问："他那么风光的人，后来怎么就落魄成这样子了？"

祖母叹息说："俗话说'花无百日红，人无千日好'，人的好时候很少，如不珍惜，说错过去就错过去了。他吃亏就吃亏在遇到好时候时不知道珍惜。"

在王尽美的央求下，祖母就讲起王敬亭的遭遇："有一年大旱，老百姓都吃不上饭了，但是官府还是照样征收苛捐杂税。他愤怒之下，就说书抨击官府腐败无能，结果被官府抓进了牢房，还被打断了一条腿。本族的人花钱把他保释出来后，就让他跪在祠堂向老祖发誓，此生再也不说书了。"

"为什么让他发誓此生再也不说书了？"

"因为他们觉得他遭受牢狱之灾是说书惹的。"

王尽美惋惜地说："这不太可惜他一肚子的故事了。"

祖母也伤感地说："不让他说书了，就像不让鸟儿唱歌了，他就寡言少语了，人也就没了精气神，像花儿一样败下来。"

王尽美感到守着这么个会说书的却捞不着书听，太可惜了，就央求祖母向王敬亭说情，让王敬亭给他讲故事。

祖母说："族上立下的这个规矩，我不敢破。"

王尽美央求不动祖母，就自己去求王敬亭。

他找到王敬亭，王敬亭却不承认自己会说书。

这该怎么办？他想到了刘备"三顾茅庐"的故事，决心也用诚心去感动他。

王敬亭每天很早就去南岭给"见山堂"放羊，王尽美天不明就起来，早早地到路口等着他，每天都去帮他放羊。放了半个多月了，王敬亭还无动于衷。

小伙伴们劝说道："王敬亭就是个木头疙瘩，是感化不了他的，你就不要瞎汉点灯——白费蜡了。"

王尽美坚定地说："他就是块石头，也要把它焐热，我就不信感动不了他。"

夏天的一个下午，突然乌云密布、风雨大作，草地上的羊群被惊吓得四处乱窜。王尽美忙迎着风冒着雨，前面赶后面撵，终于帮着王敬亭把羊群安全地赶回了"见山堂"。

然而，王尽美却因为淋了雨发起了高烧。药也吃了，烧也退了，他却一直昏迷不醒。找来郎中，郎中试了试脉说："脉象很正常，看不出还有什么病症，莫非这孩子魇怔了？"

要是真魇怔了，也是由于自己没给他讲故事引起的，王敬亭感到愧疚起来，就守在王尽美身旁，又是吹笛子，又是哼唱"牧羊曲"给他听，可王尽美还是昏迷不醒。

情急之下，王敬亭把脚一跺说："为了挽救这孩子，我也顾不得发的誓了，就破例说一回！"

他清了清嗓子，高声说道："且说武松到店沽酒，见店内无人，他蓦地一吼：'店家快快拿酒来！'声如洪钟，震得满屋空缸空罐嗡嗡作响。"

王敬亭雄浑洪亮的声音也如同洪钟一样，震得小屋里的东西似乎都响动起来。

王尽美突然醒了，他高声喊道："店家何在？"

王敬亭惊诧地望着他，见他正朝自己扮着鬼脸，这才恍然大悟，懊恼地一拍后脑勺说："我上这小子的当了！"

原来王尽美为了让王敬亭能够说书，就趁感冒之机使了一出"兵不厌诈"之计。

功夫不负有心人！在王尽美感化下，王敬亭终于答应讲故事了。

此后，王尽美跟着王敬亭一边放羊一边听故事，久而久之，就在南岭上踩出一条弯曲的小道来。现在，这条小道被称为"牧羊道"，成为纪念王尽美的一处著名的红色景点。

三

王尽美长到五六岁时，已经比同龄的孩子高出一头，但是他身子很瘦弱，祖母和母亲就千方百计地给他补营养。

祖母已经五十多岁了，她为了给家里增加收入，还常去"见山堂"帮着做饭，干些针线活儿。每次去做工，东家会管饭，要是遇到招待贵客或者逢年过节，还能吃到鱼肉等好东西。

在去做工时，祖母都要事先嘱咐王尽美，让他在快吃午饭时去找她，并教他见了老爷、太太要嘴巴甜一些，多说些他们爱听的话，说得他们高兴了，就会赏他好吃的。王尽美每次都答应着，到了吃午饭时却总不见人影。

有一天,"见山堂"的二少爷王介寿过生日,要把村里的戏班子叫到家里唱戏。董氏听说这事儿后很高兴,她知道孙子爱听戏,一说他准去,这样就可以把他留在东家吃饭了。

祖母对王尽美说了这事儿后,见他很高兴,就趁机说:"东家中午要招待唱戏的,我跟太太说说,也让你留下一块儿吃。"她见孙子没应声,就把脸一沉说,"你要是不听话,戏也别去看了。"

王尽美见祖母生气了,忙答应下来。

到了唱戏的那天,董氏对"见山堂"的太太说了一些好话,太太总算答应了。

吃午饭的时候,董氏却不见王尽美的踪影,就纳闷起来:跟他说好了,看完戏就来厨房找我。人家唱戏的都吃饭了,怎么还不见他的人影?

她去前院找,在吃饭的人群中,也没有看到孙子。

这时"见山堂"的吴长工走过来说:"婶子,你在找仓囤?"

"是啊,刚才他还在前院看戏来,怎么散了戏就不见人影了?"

"他已经回家了,让我跟你说一声。"

"嗨,这个孩子!我都跟太太说好了留下他吃饭。"

吃完午饭,董氏回到家气冲冲责问王尽美道:"你答应留下吃饭,怎么不声不响就跑了?你以为人家的饭菜那么容易吃啊!我对太太说了一堆好话,人家才答应。"她见孙子没说话,缓和了下语气说,"你正是长身子的时候,我是想让你多吃点好吃的,补补身体啊!你怎么就不明白奶奶的心意。"

王尽美不满地朝祖母嚷嚷说:"我宁愿不吃好吃的,也不愿意看人家的脸色,更不愿意你低三下四去求人家!"

祖母生气地戳着孙子的头皮说:"没有良心的小东西,只要为你好,奶奶宁可这张老脸不要了。"

"我就是不愿意让你求人家!"王尽美说完,气恼地哭起来。

自己的一番好意，不但没得到孙子的理解，反而把他惹哭了。祖母感到很委屈，也忍不住地抹起眼泪来。

刘氏正坐在炕上纺着线，听见婆婆与王尽美在院子里吵起来，就赶紧出来。

"娘，你又不是不知道你孙子的倔脾气！面子上顺着你，其实骨子里却硬得像石头。他不想做的事，你就是硬逼也白搭。"

董氏不满地说："他不想吃人家的饭，就别答应我啊！让我死皮赖脸地白白求了一顿人。"

刘氏看了看儿子，说："仓囤你也是，你不想吃，就对你奶奶明说啊。"

王尽美辩解说："我要是不答应吃饭，她就不让我去看戏。"

祖母生气地说："说来说去，倒成了我的错。我想办法让你吃点好吃的，你不领情不说，反而像是我在害你似的。"

刘氏忍不住"扑哧"一声笑了。

董氏生气地瞪了她一眼说："你看着我们祖孙两个闹别扭高兴了？"

"我哪敢啊！我只是没想到像您这么明白的人，也能做出出力不讨好的事来。"

王尽美听了，立马向母亲抗议说："你别说风凉话！我知道奶奶这样做是为我好。"

董氏听了高兴地说："还是我宝贝孙子最懂事，知道奶奶为他好。"

"你宝贝孙子知道为他好，干吗不听你的话？"

"你少挑拨我们祖孙关系。"董氏又对孙子说，"奶奶现在也想明白了，我好心不一定能做到你心里去，以后再也不为吃饭的事为难你了。"

王尽美立马高兴地说："我以后也一定听奶奶的话，再不惹您生气了。"

董氏高兴地把孙子揽在怀里："来来来，让我亲亲我的宝贝孙子。"

王尽美赶紧躲着说："我都是大孩子了。"

董氏笑着说："看来我孙子真的长大了，都知道害臊了。你不让我亲，奶奶偏要亲！"

她就硬把孙子往怀里拉。

王尽美从她怀里挣脱出来，跑开了。

她追着说："看你往哪儿跑！孙猴子再厉害，也跳不出如来佛的手心。"

快乐的嬉闹声把整个院子充满了。

四

王尽美不仅喜欢听故事，还热心地把故事讲给别人听，大北杏村东南头的那些穷人家的孩子，都愿意跟他玩儿。

"见山堂"的奶妈宋嫂羡慕地对董氏说："瞧瞧你们家仓囤，还不到七岁，那些比他大的、比他高的孩子，却都愿意跟着他玩儿，他竟然成孩子王了。"她随即不满地指了指正在院子里逗鸟的祥孩说："不像我们这个小少爷，连大门都不想出，光知道在家里玩弄那些鸟。"

祥孩是"见山堂"王介人的儿子，比王尽美大一点，平日里娇生惯养，王尽美与小伙伴们都不愿和他一起玩耍。

董氏对宋嫂说："你应该对老爷说说，像祥孩这个年龄正是满街跑的时候，不能光待在家里。"

宋嫂说："我们也想让他多出去玩玩，但是他与谁玩儿？他与仓囤他们又不合群。"

"我对仓囤说说，让他带着他玩儿。"董氏说着，就朝正在岭前玩耍的王尽美喊道："仓囤，你过来！"

王尽美跑过来问什么事，董氏说让他带上祥孩一起玩儿。

王尽美不情愿地说："他那么娇惯，谁愿带他玩儿！"

董氏忙哄劝说："你要是听话，我今晚上就回家给你做……"

"奶奶，小伙伴们喊我去岭上捉麻雀了。"王尽美没等奶奶说完就跑开了。随即，他朝小伙伴们喊着："去捉麻雀喽——"孩子们跟着他一窝蜂似地跑向南岭。

董氏看着孙子远去的背影生气地说："反了这个小祖宗了！竟连我的话都不听了。"她又有些难为情地对宋嫂说："少爷是娇惯了些，等仓囤回家，我硬逼着他带少爷玩儿。"

宋嫂欢喜地说："仓囤要是能把他带出去，我就省心多了。"接着夸奖道："仓囤这孩子长大了一定会有出息。"

董氏听了这话，虽然心里很欢喜，但嘴上说："这么个小孩伢子能看出什么来。"

"常言道：从小看到大，三岁看到老。"

"我们穷人家的孩子都是穷苦命，不指望多富贵，只要无病无灾就好。"

王尽美回到家，祖母又劝说他带祥孩玩儿。

王尽美说："他太娇惯，我们与他玩儿不到一块儿。"

"你们不会迁就着他点，毕竟我们与他是本家，再说人家平日里也很照顾咱。"

王尽美反驳说："你与俺娘也没少帮着他家干家务。"他见祖母沉下了脸，忙辩解说："不是我不想带他，而是其他孩子都反对。"

"你是孩子头儿，这点事你说了还不算？"

"我就是说了算，可也得听从大家的意见啊！不然，我怎么当这个孩子头儿？"

祖母生气地把眼一瞪说："好，你就好好地当你的孩子头儿！但是有一点，你要是像春孩那样领着孩子无恶不作，我可饶不了你！"

刘氏端着饭从外屋走进来，听到婆婆刚才说的话，忙问："仓囤在外面惹事了？"

"我哪惹事来！"王尽美委屈地说，"你们怎么老是担心我惹事。"

母亲说:"你们这群小孩伢子,正是初生牛犊不怕虎的年龄,我们当大人的要是不经常叮嘱着你们,你们还不得闹翻了天。"

"我们再闹,也不会像春孩那样做坏事!"王尽美反驳道。

母亲说:"我们正是怕你们跟春孩学坏了,才从早到晚嘱咐着你。"她见儿子没言语,又语重心长地说:"即使你不做坏事,你敢保证跟着你玩儿的那些孩子不做坏事?你既然领着人家玩儿,就要为他们负责。他们要是做了坏事,你也有责任。你忘了上次喜庆忘了拔草,他母亲找到咱家了。这还不就因为人家怪你没有带好他。"

王尽美有些赌气地问:"你说我应该怎么带他们?"

母亲看了看他说:"你不是常听《岳飞传》《杨家将》吗,你也学学岳飞、穆桂英是怎样带兵的。"

母亲的话提醒了王尽美,他想:是啊,既然自己是孩子头儿,就得把他们带好,不仅让他们玩儿得好,还不能让他们干坏事。

至于怎么保证不让他们做坏事,这让他费了一番脑筋,他最后从岳飞治军的故事里得到了启发:"岳家军"之所以对百姓秋毫不犯,就是因为他们有严明的纪律。他决定也要像"岳家军"那样制定严格的纪律来约束小伙伴们。

为了让小伙伴们肯接受,他先给他们讲"岳母刺字""岳飞大败金兀术""岳云锤震金蝉子""高宠勇挑铁滑车"等故事。小伙伴们听得津津有味,都被这些生动感人的故事深深吸引了,对"岳家军"产生了崇拜,也想成为那样的队伍。

王尽美说:"'岳家军'能够打得金兀术闻风丧胆,除了因为他们作战勇猛之外,还因为有严明的纪律,他们'冻死不拆屋,饿死不掳掠'。"

喜庆提议说:"我们也要像'岳家军'一样制定严明的纪律。"

王尽美问:"要是制定了,有人不遵守怎么办?"

石头就说:"谁要是不遵守,就不与他玩儿了。"

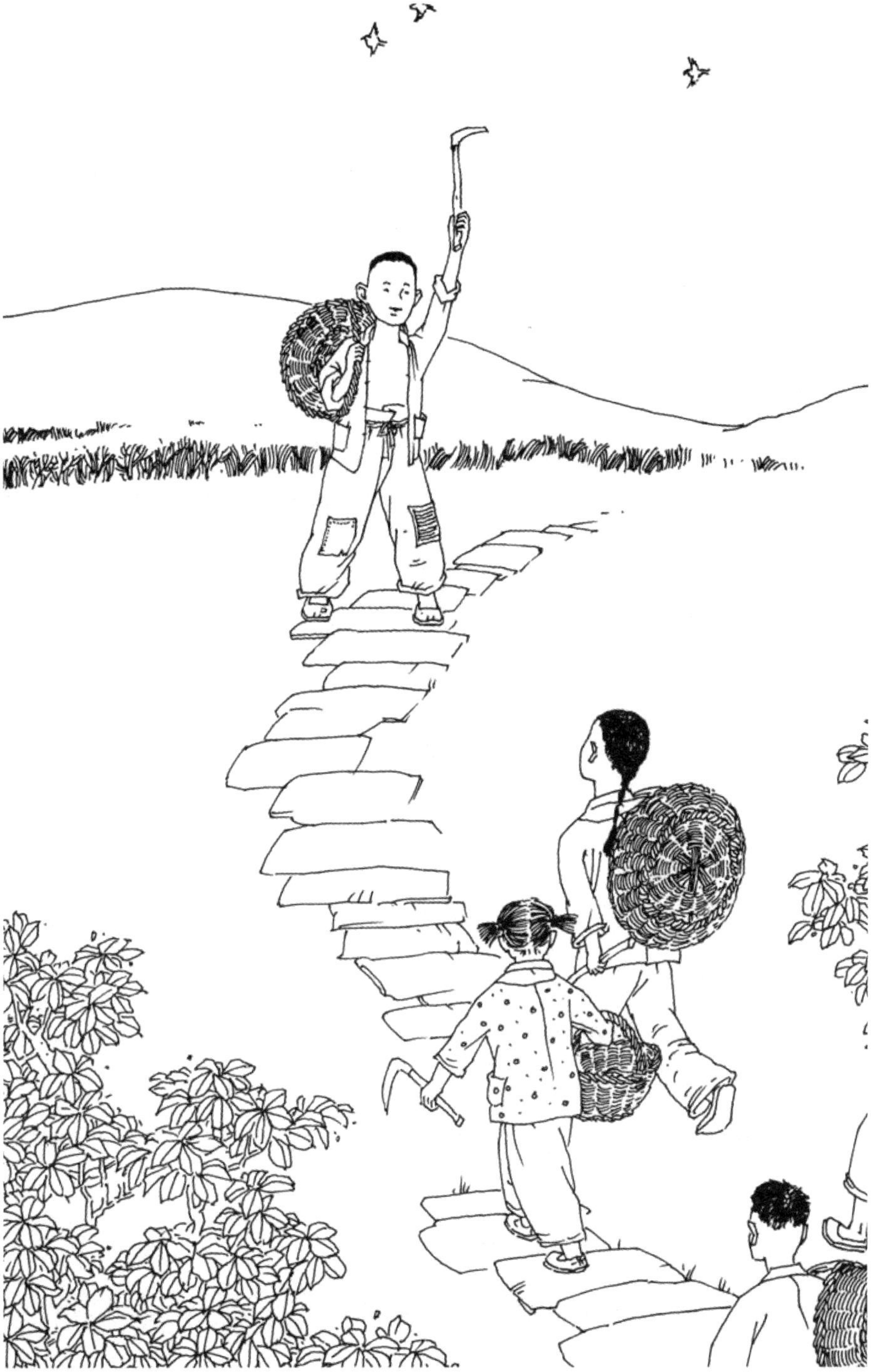

王尽美与小伙伴们商议出三条纪律：一是大孩不准欺负小孩，二是不做祸害村民的事，三是在玩儿之前，先要拔满一筐草。

为什么要规定在玩儿之前，先要拔满一筐草？

因为在那个贫穷的年代，拔草对老百姓来说很重要，草可以喂牲畜，又可以晒干了卖钱，这可是每户穷人家的额外收入。每到夏秋草茂之时，穷人家要求孩子每天要割草，至少割一筐，要是忘了，就不让吃饭，甚至还要打骂。为了防止小伙伴们因贪玩儿忘了拔草，王尽美就把它作为一条纪律来执行。

有了这些约束，小伙伴们就很少做坏事了。

王尽美带领的这帮孩子，不仅让他们的家人感到放心，还赢得了村里人的好感，有更多的孩子加入他们的队伍。

这引起了春孩对他们的嫉恨，就想打击报复他们。

五

春孩又叫春儿，是大地主"谋耕堂"王老太爷的孙子，比王尽美大两岁，长得虎头虎脑，人称"小老虎"。他读书不行，打架斗殴却是一把好手，他也是村里的一个孩子头儿，手下的那帮富家子弟都凶狠好斗，不仅在本村，就连在附近的村庄都打出了名气，孩子们都怵他。

这天下午，石头忽然跑来告诉王尽美，说喜庆被打了。

王尽美问怎么回事，石头说喜庆到南岭割草，连草带筐被春孩带着人抢去了。

王尽美赶紧与石头向南岭跑去。

到了岭上，见喜庆正站在春孩面前抹着眼泪，草从筐里被倒出来，撒了一地。

春孩用脚踩着草筐教训喜庆说:"这就是你上岭拔草的下场!"

王尽美走过去责问春孩道:"你凭什么不让他上岭拔草?"

春孩蛮横地说:"这岭已经成了我们家的了。"

王尽美奇怪地问:"这岭是全村的,你凭什么说是你家的?"

春孩得意地指着旁边的一块石头说:"你瞧,那块大石头上清清楚楚地写着'谋耕堂之岭'。"

王尽美望去,见那上头确实写着几个字,但写的什么字,他却不认识。

春孩见王尽美不言语了,就盛气凌人地说:"要是没有我家的允许,谁也不能到岭上来,更不准拔草砍柴。"他又看了看王尽美说:"你们要想上岭也成,但要答应我一个条件。"

喜庆忙问:"什么条件?"

春孩趾高气扬地说:"以后你们得听我的,跟着我玩儿。"

王尽美轻蔑地说:"想得美!你们无恶不作,糟蹋百姓,谁稀罕与你们玩儿。"

春孩冷冷一笑说:"那就走着瞧!"随即向旁边的两个人吆喝道:"把他们赶下岭去!"

那两人上来连推带拥,把王尽美他们轰下了岭。

王尽美气愤地指着扬扬得意的春孩他们发誓说:"你们记好了,早晚有一天,我要把南岭乔迁成我们的!"

见春孩欺人太甚,王尽美哪能咽下这口气,就在一个漆黑的晚上,偷偷把春孩家的窗户砸破了。

母亲知道这事后,把他狠狠揍了一顿,又要领着他去给"谋耕堂"家道歉,但他却怎么也不去,还振振有词地争辩说:"春孩无缘无故地欺负喜庆,我们找他评理,他不但不讲理,还把我们赶下岭来,我打破他家窗户,就是为了出出这口恶气。"

第三章　陪　读

一

南岭上写上了"谋耕堂"的名号,春孩就说南岭是他家的了,从此不准王尽美与小伙伴们上去。

石头不甘心地问王尽美:"你看着岭上真写着'谋耕堂'的名号?"

王尽美摇头说:"我又不识字,怎么会知道?"

"他要是骗我们,我们也不知道啊!"

石头的话对王尽美触动很大,他感到不读书识字就会被欺骗,就会被欺负。于是,就产生了要读书的强烈愿望。

他把这个想法告诉了祖母和母亲,祖母当场反对说:"上学是有钱有势的人家的事,咱们穷苦人家连想都别想。"

王尽美不服气地反问道:"我们为什么不能想?"

祖母说:"只有富人家才有读书的命,咱们穷人家天生就是吃苦受累的命。"

刘氏被儿子的想法打动了。孩子想读书是好事,读书求仕是穷人改变命运的唯一出路。自家虽然没条件让孩子上学读书,但可以想法让他给人家当陪读。不过当陪读不是一件很容易的事,不仅要陪着人家读好书,还要把人家伺候好，要忍受许多委屈，不知儿子能不能接受得了。

她试探王尽美："你真想读书？"

王尽美认真地点着头，说："想！"

"为什么想？"

"读书能够学到学问，能够长见识，这样就不会被欺骗。"

"咱家穷，没条件请塾师，你要是想上学只有去给人家当陪读。"

"只要能够读书，让我干什么都行！"

祖母插话说："当陪读，要像丫鬟伺候老爷太太那样，打不还手，骂不还口，你能忍受得了？"

王尽美不满地问："凭什么骂不还口打不还手？"

"凭人家是主子，陪读的就是伺候主子的下人啊。"

母亲见儿子听了祖母的话没言语，又试探着问："你不想当陪读了？"

王尽美想了想说："不去当陪读，我怎么能够上学读书啊？"

母亲说："要想当陪读，就不能由着自己的性子来，要学会伺候人。"

她看着儿子点了头，就下定了决心，要想方设法让儿子当陪读。

二

刘氏知道"见山堂"的祥孩快到上学的年龄了，就找到"见山堂"的长工王敬亭，让他留意着"见山堂"什么时候开私塾，早告诉她。

秋收刚过，王敬亭告诉刘氏说："'见山堂'要设立私塾让祥孩上学了，他们正在物色陪读的，我听说村里已有好几家找上门去了。"

刘氏有些担心地说："既然有人找上门了，我要是直接去找，人家不同意怎么办？"

王敬亭说："你最好托个人帮着说说情。"

刘氏发愁地说："上哪儿托这样的人啊？"

王敬亭想了想说："我听说后张仙村的王老太爷，与'见山堂'私交很好，你托人找他说说情，他不会拒绝的。"

刘氏回到家，把这事与婆婆商议，婆婆让她捎信给后张仙村的王兴隆，让他帮着去求王老太爷。

等到枳沟集那天，刘氏就找人捎信给了王兴隆。

王兴隆接到信后，就去求王老太爷。

王老太爷说："让子弟读书，此乃荣耀家族之善事。老夫曾想开办塾堂，以供本族子弟博取功名。无奈年景萧条，捐税如毛，家境每况愈下，吾已无力完成此愿矣！"王老太爷言罢，仰天长叹："缺乏教育之国度何以能强兴！"

王老太爷当即写了一封信，拿给王兴隆说："这个薄面我想'见山堂'还是会给的，他们每年回来祭祖，都是我家招待。"

王兴隆觉得把书信捎去不妥，就亲自去了大北杏村。

董氏看见年近六旬的王兴隆亲自前来，很是感动，忙迎他进屋。王兴隆说："我们还是先去'见山堂'办正事要紧。"

董氏陪着他一起去了"见山堂"。王兴隆见了王介人说明了来意，又把王老太爷的书信拿出来，王介人恭敬地接过，认认真真看了。他先问候了王老太爷的身体，又问王兴隆的情况。王兴隆与王介人早就熟悉，当年王兴业投奔"见山堂"，就是他找的王介人。

王兴隆说："我虽然不干木匠活儿了，但身体还好，在河滩上栽了几亩瓜，还能挣点零花钱。"

他们说了一些家长里短后，王兴隆见王介人还不提陪读的事，就忍不住地问："你也知道，我就是个直肠子，说话好直来直去。客气话就不多说了，我就想问，你到底答应不答应让仓囤当陪读？"

王介人笑了笑说："你真是江山易改，本性难移。虽然是六十多岁的人了,还像年轻时那样直爽。"他想了想说,"实不相瞒,虽然已有好几家孩子想来当陪读,但我都没答应。我对陪读这事很慎重,决不能为了情面而耽误了孩子的学业。为此,我也很纠结,找个调皮伶俐的,怕带坏了孩子,找个老实本分的,又怕不长眼色。我家祥孩被娇纵惯了,不仅娇气任性,还有点痴性,我担心一般的孩子陪读不了。"

王兴隆说:"仓囤整天在你眼皮底下转悠,他是个什么样的孩子,你心中最有数。他灵精、勤快,又能吃苦,当陪读绝对是好样的。"

王介人犹豫了一会儿说:"我还是担心两个孩子不和啊!"

王兴隆知道了王介人的顾虑后,就回去与董氏、刘氏商议怎么办。

董氏说:"人家顾虑得对,仓囤就是嫌弃祥孩太娇惯,从不与人家一起玩耍。"

王兴隆说:"既然想让孩子给人家当陪读,就不能由着孩子性子来。我们要教他学会迁就人,只有这样才能当好陪读。"

刘氏说:"仓囤是个懂事的孩子,只要我们把道理对他说明白了,他会照着做的。"

王兴隆就把王尽美叫过来,当面考验他:"你给祥孩当陪读,能不能迁就他?"

王尽美说:"只要能读书,谁都能迁就。"

"如果他打你骂你,你怎么办?"

王尽美想了想,说:"他要是打骂得对,我没怨言。他要是做得不对,我就与他讲理。"

王兴隆意味深长地看了看董氏与刘氏。

刘氏对儿子说:"你要想去当陪读,不管他对不对,都要服从人家,做到骂不还口打不还手。"

王尽美不服气地说:"不是我的错,我凭什么要忍受?"

王兴隆把脸色一沉,说:"你要是抱着这样的态度,就别想去当陪读了。"

王尽美急了："不陪读我怎么念书啊！"

王兴隆说："对啊！你只有给人家当陪读，才能有机会念书。为了念书，你就要忍受委屈，像丫鬟伺候老爷太太一样伺候人家。"

王尽美听了没言语，只是眨着眼睛像是在想着什么。

董氏催问道："你听没听明白你二爷爷说的话？"

王尽美忽然气愤地说："这世道太不公平了！富人就该欺负穷人吗？"

在大家惊愕之际，他又说道："大丈夫能伸能屈，韩信都受过胯下之辱，为了读书，我也甘愿受委屈！"

王兴隆听了，兴奋地一拍大腿说："孩子既然这样有决心，肯定能陪读好！"

为了趁热打铁快把陪读的事定下来，王兴隆就与董氏、刘氏一起领着王尽美去了"见山堂"，让他当面保证：骂不还口，打不还手，一定能当好陪读。

这样就打消了王介人的顾虑，他终于同意让王尽美当陪读了。

三

1905年深秋的一个上午，大北杏村东南角的"见山堂"响起一阵鞭炮声，一群孩子欢呼着"快去看仓囤当陪读了"，一窝蜂涌进了"见山堂"。

这天是"见山堂"私塾开馆的日子，欢腾的爆竹在空中跳跃着，炸落的红色纸屑如落英缤纷。王尽美站在看热闹的人群中，看到孩子们争相哄抢着掉落在地上的爆竹，也忍不住想去抢。

母亲拽住他低声告诫说："你以后就是读书人了，读书人就要有读书人的样子。你瞧人家祥孩多像个读书人。"

王尽美朝祥孩望去，只见祥孩头戴秋帽，身着长袍，外套斜襟马褂，精神地站在父亲身旁，随同父亲一起迎候着前来道贺的客人，他毫不理会那些争抢爆竹的孩子。

王尽美情不自禁地挺了挺身子，想让自己显得更加精神些。今天对于他来说，是一个值得高兴的日子，全村那么多穷人家的孩子，只有他有机会当陪读。母亲在亲戚朋友帮凑下，特意给他做了一身新衣服，头戴月白色单帽，身穿灰色长布衫，下穿青色裤，脚蹬新布鞋，让他焕然一新、光彩照人。

开馆仪式很简单，没有邀请什么乡绅名流，只请了几位本族长者。王介人作了简短的致辞，他说不想把仪式搞得太隆重，因为那样更会让他深感惭愧，他本想邀请本村的几家大户合办一所村塾，以便让村里更多的后生得以读书，可是由于年景不好，最终未能筹到开办村塾之资。无奈之下，只好办了家塾。目的在于教化子弟知书达理，修身养性，亦不枉"耕读世家"之声誉。

他致辞结束后，就领着众人走进塾馆，刘氏也领着王尽美跟进去。

塾馆是用原来的三间西厢房改造而成的，用木壁将其隔成了两间，北面大的那间作教室，南面那间小的用于塾师的寝室。在教室的北墙根，摆着一张长条供桌，石刻的孔子侧身像树立在上面，石像前摆着糕点、鱼、肉、饽饽等供品。

王介人领着大家叩拜过孔子后，开始主持拜师礼。

塾师叫赵锡瑶，年近五十，是李家北杏村人。

赵塾师整理了一下衣冠，庄严地坐在太师椅上，等着弟子行拜师礼。

在王介人教导下，祥孩走到赵塾师前面，在一块红色垫布前跪下，双手伏地恭恭敬敬地开始朝老师行礼。

王尽美看见祥孩开始拜师了，心想：我当陪读也应该行拜师礼啊，就急忙跑过去想随祥孩一同跪拜。

祥孩气恼地推开他说："滚开！你就是个陪读的，没资格行拜师礼！"

众人见状一愣，又见王介人面无表情，也都默不作声。

王尽美被祥孩推了个趔趄，顿时感到羞愧难当，气恼地站起来朝祥孩瞪着眼，一副要斗鸡的样子。

刘氏看见后，赶紧过去把他拉到一边。

开馆仪式结束后，王介人领着客人去了宴客厅，刘氏留在塾馆没走。

刘氏与赵塾师早就熟悉，赵塾师的大女儿嫁给的大北杏村的那户王氏人家，与王尽美家是本家。

赵塾师问刘氏怎么还不走，刘氏忙说："孩子第一天当陪读，我不放心，想留下来看看。"

赵塾师就让刘氏站在一旁，他则在教桌后的太师椅上坐下来，开始上课。

教桌是一张八仙桌，和太师椅都是新做的，在秋日的映照下，发出黝黑的光亮。教桌上除了摆着一套文房四宝外，还有《三字经》《千字文》《日用杂字》等几本教材。

赵塾师先问祥孩叫什么名字，祥孩自豪地回答说："王洪祥！"

赵塾师又问王尽美叫什么名字，王尽美说："我叫仓囤。"

祥孩对他嚷嚷道："胡说！仓囤是你的小名，老师问的是你的学名。"他又对塾师说"老师，他没有学名，只有小名。"

王尽美知道祥孩是在故意嘲笑他，就生气地朝他瞪着眼。

赵塾师没有理会这两个孩子的表现，就问刘氏："仓囤这个名字是谁起的？"

刘氏愧疚地说："让先生见笑了，俺们庄户人不会起名字，觉得穷人家只要粮囤里有粮食就知足了，才起了这个名字。"

赵塾师笑着说："这个名字起得好，实实在在的。只是孩子上学还得有个学名。"

刘氏说："赵师傅，我们都不识字，还是拜托您给孩子起个吧。"

赵塾师听了没言语，只是捋着胡须仔细地端详了王尽美一会儿，说："他家属张仙王氏，张仙王氏原属琅琊王氏，后于明初迁至莒地，老祖是王良臣，王良臣后来投奔到张仙村，被夏指挥使招赘为婿，按照张仙王氏谱序，他祖父辈是'兴'字辈，他父辈是'在'字辈，到他这一辈应该是'瑞'字辈。"

刘氏惊讶地问道："您怎么对张仙王氏族谱这样熟悉？"

赵塾师微微一笑说："莫家崖头村有个举人叫王石朋，那是我姑父，他家与你们家同属张仙王氏，论起来还是近亲。"他又瞧了瞧王尽美说："这个孩子长得俊朗瑞祥，名字就叫瑞俊吧。关于他的字嘛……"他又转向刘氏问道："听说这个孩子下生时曾满屋红光，可有此事？"

刘氏说："我当时也没留意，这还是后来听接生婆说的。"

赵塾师自言自语道："红色乃吉祥之征兆也！既然红光满屋，他的字就叫灼斋吧。"

刘氏听了十分高兴，忙让王尽美跪谢老师赐名之恩。

仓囤自此就有了自己的学名，叫王瑞俊。

四

王尽美在"见山堂"陪读不久，就逃学了，逃学的原因还要从祥孩说起。

祥孩上了私塾没几天就开始厌学，他讨厌每天无休止地念书、背诵、临摹、练字。上课对他而言就是一种煎熬，但他又不敢逃课，父亲对他的学习盯得很紧。每天一早，父亲就喊宋嫂催他快起床准备上学；每次放学后，都要检查他的功课。祥孩在家没法偷懒，只好在课堂上偷懒。每堂课，他总是要编造出一些理由出去玩一会儿。赵塾师见他长时间不回来，就让王尽美去找。

王尽美知道他在后院里玩鸟。祥孩是"鸟痴",从小就痴迷玩鸟。他父亲怕他玩物丧志,也曾阻止过,却导致他大病一场,吓得再也不敢阻止了。

祥孩见王尽美找过来,就拉他看鸟,还逐一介绍着画眉、金丝雀、红尾鸽、杜鹃等。王尽美无心记这些五花八门的鸟名,他心思都放在背诵《三字经》和练习毛笔字上面了。祥孩见他对鸟儿没兴趣,情绪就低落下来,只好蔫蔫地跟他回了塾馆。

当赵塾师知道祥孩有鸟痴的心性后,就对他失望了。在失望之余,却发现王尽美是个读书的好苗子,他聪明用功,一篇文章只要读上两三遍就能背过。于是,就把对祥孩的期望转移到了王尽美身上,指导他写大仿,让他背诗文。对祥孩的管教就放松了,放任他上课偷懒,也不逼着他背书了。

祥孩虽然不爱学习,但当他看到老师关心起王尽美来了,就心生嫉恨,开始变着法子刁难王尽美。他故意把脚底的泥土带进教室里,却状告王尽美没把地清扫干净;明明是他临摹得不好,却怪王尽美把墨汁磨浓或研稀了……

开始王尽美还强忍着,后来见祥孩越来越变本加厉,就再也难以忍受了,开始与他争执。每次争执到赵塾师那里,赵塾师都是把他训斥一番。王尽美感到很委屈,明明是自己受了欺负,老师不但不责怪祥孩,反而训斥自己没有当好陪读。这是多么不公平啊!

祥孩见老师总是训斥王尽美,就更加有恃无恐起来。一天上午,他见吴长工往烟袋锅子装烟丝,灵机一动,又生出了一个坏点子。祥孩从吴长工那里偷来烟丝子,偷偷撒进了老师的茶杯里。当赵塾师问是谁干的时,祥孩就诬陷是王尽美干的,王尽美急忙辩解不是他干的。赵塾师不问青红皂白,拿起王尽美的手,连打了三戒尺,还斥责他说:"犯了错,不但不认错,还狡辩。"

王尽美被打了三戒尺后，被打疼的不仅仅是他的手，更是他的心。明明是祥孩干的，老师不但不明辨是非，反而还惩罚他。他不仅憎恨祥孩的诬陷，还憎恨老师的偏心。他对他们都厌恶起来，再也不想见到他们，下午就瞒着家人逃学了。

赵塾师见王尽美没来陪读，放学后就去了他家，把上午发生的事情告诉了刘氏，并向她解释说："王瑞俊虽然聪明伶俐，但是性格过于倔强，这样对他以后发展不利。我故意让他受委屈，是有意磨磨他刚强的性子。"

临走时，赵塾师嘱咐刘氏不要责备王尽美逃课的事，他还把上午批改的作业和练习用的大仿本留给王尽美。

王尽美回到家看到炕上的大仿本和作业时，愧疚地偷看了母亲一眼，见母亲没什么表情，就把大仿本和作业悄悄收了起来。吃过晚饭，他不声不响地拿着根树枝子在地上练习写字。

母亲走过来开导他说："孩子，娘知道你当陪读受了很多委屈，可是为了能够读书，再多的委屈也得忍受，谁让咱去给人家当陪读呢。"她说着疼爱地抚摸着儿子的头，"你是个聪明懂事的孩子，以后要想办法与祥孩搞好关系，只要与他把关系搞好了，他才不会刁难欺负你。"

王尽美记住了母亲的话，第二天继续去陪读，他开始想办法与祥孩相处好。

他知道祥孩喜欢鸟，就尝试着去喜欢鸟；每当祥孩在后院玩鸟，他就跟过去询问着鸟的名字。祥孩见王尽美对鸟感起兴趣，就高兴地给他介绍着鸟的名字、特征、习性、产地等。王尽美忽然感到养鸟也很有学问，觉得祥孩知道这么多鸟的知识，也很不简单，渐渐对他产生了好感。

王尽美还与小伙伴们到南岭给祥孩捉麻雀，祥孩却嫌弃麻雀不好看，就把它们放飞了。

王尽美问他为什么要放飞，祥孩说他从来不伤害鸟，一直把鸟都当成他的亲人。

王尽美好奇地说:"那你是鸟投胎的。"

祥孩高兴地说:"即使我前世不是鸟,我死后也要变成鸟。"

王尽美赞美说:"你就算变也会变成大鹏鸟。"

"我为什么要变成大鹏鸟?"

"因为大鹏鸟在鸟类中最厉害啊!它不仅能击水三千里,还能飞到九万里之外的天上去。"

这可把祥孩乐坏了,他就拿出糕点给王尽美吃。

秋后,他们还一起去坡里扑蚂蚱,捉麻雀,祥孩变得越来越活泼开朗了。

宋嫂找到董氏高兴地说:"你快去瞧瞧吧,这两个小冤家终于走到一块儿了。有仓囤陪着我们小少爷,我以后也就省心了。"

五

王尽美与祥孩关系好了后,祥孩不但不再刁难他,还时常给他些纸张拿回家练字。

两个天真无邪的孩子就这样一起读书,一起玩耍,一起享受着美好的时光。

这天,莒州监学周仁寿来"见山堂"视察乡村办学情况。

王介人陪同他走进塾馆,向他介绍了赵塾师和祥孩。

周监学见旁边还站着一个举止大方、相貌俊朗的少年,就问他是谁。王介人说是陪读的。

周监学见这个陪读生手里拿着一本《三字经》,顿时起了好奇之心,就想考问一下他。他向王尽美问起《三字经》里的一些内容,王尽美都对答如流。

周监学惊奇地对王介人说:"你家公子真有福气啊!有这样的陪读,他的学业一定会大有长进,将来一定会前途无量。"

王介人听了很高兴,就鼓励王尽美说:"你一定要陪着少爷好好读书!陪读好了,我会重赏你!"

周监学又问起祥孩的学习情况,赵塾师极尽美言。周监学要看看祥孩写的大仿,祥孩忙把王尽美的拿过去。

周监学见字迹工整清秀,不像是刚上学不久的学生所写,更为赞赏。

事后,正当王介人为祥孩的表现感到扬扬得意之际,宋嫂却对他说:"那大仿不是少爷写的。"

王介人惊奇地问:"那是谁写的?"

当他听说是王尽美写的后,就把祥孩写的大仿拿过去对照,看罢,不禁勃然大怒:"这写的哪是毛笔字啊,简直是一把乱草!"他气得把大仿撕得粉碎,大骂着祥孩出工不出力,枉费了他一番心血。

骂过祥孩后,他又怪罪着赵塾师:"这个赵公楠,真是老糊涂了!竟然把心思全部用在陪读的身上,忘了谁是正头香主了!"

赵塾师闻听后,急忙过来检讨,保证以后要把全部心思用在祥孩身上。

赵塾师走后,王介人又把吴长工叫来,让他去传话给董氏,祥孩经过近半年的适应,不再需要专人陪读了,东家考虑到已经答应让仓囤陪读,要是半途辞退有拂情面,就想让仓囤边陪读边帮着干些零活。

吴长工传完王介人的话后,不满地说:"我看这是东家看着小少爷读书赶不上仓囤,心里不舒服,故意这样做的。"

董氏问刘氏怎么办,刘氏说:"就按人家说的办,陪读总比不陪强。"

刘氏把这事告诉了王尽美,本想要好好安慰他,王尽美不但不沮丧,反而劝母亲别担心:"我干完活儿,照样可以读书。他们不让我在塾馆读,我就回家读;他们不让老师教,我就背地里找老师。"

刘氏放心了,夸奖儿子长大懂事了。

王尽美白天在"见山堂"干活，晚上回家做功课。为了练字，他折树枝为笔，以大地当纸，照着月光，一直写到半夜。临睡前，他还躺在被窝里在肚皮上默写着生字。

王介人的刁难非但没有改变王尽美学习的决心，反而更加激起他学习的劲头。

祥孩没了王尽美的陪伴，对学习更加厌恶了。虽然人在课堂上，心却早已跑到鸟儿身边了。学业不但没长进，人也萎靡不振起来。

有一次，他逃课出来玩鸟被父亲撞见了，王介人一怒之下，把他的鸟全部放飞了。他心痛得大哭一场，从此一病不起。

当王尽美去看他时，他伤心地对王尽美说："我怕是活不久了，我的魂儿已经被那些鸟儿带走了。我天天听到鸟儿在耳边喊喊喳喳叫着：人间是地狱，活着是煎熬。还是天上好，任你尽逍遥。"

不久，祥孩去世了，"见山堂"的塾馆也就此关了门。

王尽美每当看到鸟儿就会想起祥孩，他一直想不明白：祥孩的死，到底是谁的错？

第四章　少年当自强

一

王尽美从"见山堂"失学不久，村里的"谋耕堂"又办起了私塾。他们知道王尽美聪明伶俐，又有陪读经验，就找他当陪读。

王尽美在"谋耕堂"当陪读不到半年，村里忽然有人造谣说他是哪吒投胎，能"妨"人，在他下生之前，就把他父亲"妨"死了；母亲生他时，又迟迟不肯降生，差点把母亲折腾死；在"见山堂"当陪读时，又把祥孩"妨"死了。

谣言就像瘟疫一样，很快在村子里传播蔓延开来。村里人对王尽美产生了恐惧，都躲避着他，"谋耕堂"不让他当陪读了，小伙伴们也不与他玩耍了。

他就像一只失群的孤雁，"嘎，嘎，嘎"孤独地发出伤心的鸣叫声。

对于一个不到十岁的孩子来说，这是多么巨大的伤害啊！

他想问问那些散布谣言的人，为什么要诋毁他？他想问问那些躲避他的人，为什么要害怕他？

可是不等他靠近，他们早就纷纷躲开了，他去问谁啊？问祖母与母亲吗？她们不但回答不了，反而会让她们为他伤心难过。

祖母与母亲还不知道他被乡民孤立的事，他就假装着什么也没发生，早晨照样出去玩耍，晚上照样在太阳落山后回家。

他从家里走出来，望着偌大的村庄，竟然没有他容身之地；先前那些亲热地让他讲故事的乡亲们，现在都把他当成了陌路人。

他别无去处，只好向南岭走去，这里成了他唯一的容身之地了。他先去了王氏祠堂，想找王敬亭，王敬亭成了他唯一倾诉冤屈的对象。

王敬亭知道他被村里人孤立后，就安慰说："乌云遮不住太阳，谣言见不得阳光，你就先忍忍吧，谣言早晚会破灭的。"

王尽美不解地问："老哥，我又没招惹他们，他们为什么要给我造谣？"

"他们在忌妒你啊！"

"为什么要忌妒我？"

"同样都是穷人家的孩子，你当上了陪读，他们的孩子却捞不着。"

王尽美伤心而又气愤地说："都是穷人，为什么不相互盼着好，反而相互使坏呢？"

王敬亭沉默了一会儿说："要怪就要怪这个世风日下、人心不古的社会。"

造谣事件已经发生两天了，王尽美感到不能就这样老躲在南岭上，他想问问王敬亭今后该怎么办。见王敬亭没在家，他失落地走上了岭顶。坐在树荫下，无聊地听着鸟雀的鸣叫声，他忽然想起祥孩说过的话："鸟儿也像人一样会说话，它们发出喊喊喳喳的声音，那是它们在闲聊，在私语。如果发出叽叽喳喳的声音，一种情况是在吵闹，另一种情况是在高兴。"

王尽美就仔细听起鸟雀的叫声来，试图辨别它们此时是在争吵还是在高兴。

他开始理解祥孩为什么痴迷鸟了，鸟雀比人更友善，它们从不嫌弃人，村里人都不与他说话了，鸟雀却喊喊喳喳、叽叽喳喳与他说个不停；鸟雀比人更善解人意，当他被孤立的时候，它们照样陪伴他。

他觉得自己能够听懂鸟雀说话了，似乎听见鸟雀在问他："你为什么一个人待着？"他告诉它们："我被村里人抛弃了。"

鸟雀问他："你为什么这样伤心？"

他说："我感到很孤独，很无助。"

树上顿时响起了一片急促的喊喊喳喳、叽叽喳喳的声响，这是鸟雀们为他发出愤愤不平的怒吼声。

他也像祥孩一样，把鸟雀当成亲人了。他躺在树下与鸟雀说着话，说着说着，渐渐睡着了。

"孩子，都快中午了，怎么还不回家吃饭？"忽然他听到远处有人问。

他以为是祖母，走过来的却是一位仙袂飘飘、朱颜鹤发的老人，他手持拂尘，驻足俯首，向他和颜悦色地问道。

王尽美像见了亲人一样，伤心地说："不是我不想回家，是怕让家里人知道我的遭遇。不是我不想进村，是村里人都躲避着我。"

老人问："你打算就这样躲下去？"

他无奈地说："不躲，又能怎样？"

老人说："邪不压正。对待那些邪恶势力，就要敢于与他们斗，就要想办法去战胜他们。"

"他们就是一群青面獠牙的恶魔，我怎么能斗得过他们？"

"人多力量大！你一人不行，就找十个人。十人不行，就找二十个人。"

"我去哪里找人啊，村里人都不理我了。"

"除却此乡是他乡，他乡自有襄助人。"

"他乡？"王尽美忽然起后张仙村那些穷亲戚们。他每次回去看他们，本家的爷爷、伯伯、叔叔们都再三嘱咐他说："谁要是胆敢欺负你们，你就回来告诉我们，我们去找他们算账！"

他想到这里，就像落水的人看到了救命的稻草，就像在夜色中看到了光亮。他兴奋地从地上一跃而起，激动地对老人说道："老爷爷，我知道该去哪里了！"

老人却倏然不见了，原来是个梦。但梦中人给他指明了一条出路。

他兴奋地向村南跑去。从大北杏村一直往南，走出十里多路，就是他的祖籍后张仙村了。

那一带遍是丘陵，道路崎岖不平，他跨沟爬崖，不停地奔跑着，一口气跑回了后张仙村，直奔二爷爷王兴隆家。

他跑到二爷爷家时，早已累得气喘吁吁了。

王兴隆惊讶地问："孩子，家里发生什么事了？"

他刚说了句"村里人都欺负我"后，就扑在二爷爷怀里悲恸大哭起来。

伯伯、叔叔们也闻讯赶来，当他们听了王尽美的遭遇后都十分愤怒。

三叔王在桂气愤地说："这分明是村里人故意欺负他们孤儿寡母。"

二叔王在贤生气地把脚一跺说："欺负他们孤儿寡母，就是欺负我们老王家，找他们去讨个说法！"

大伯王在善说："肯定要去讨个说法，但是关键是找谁讨。"

"找那些造谣生事的啊！"

"怎么去找？他们前额上又没贴着标签。"

这下把大家说愣了。对啊，谣言本来就是没根的风，刮到哪里是哪里。你去找谁啊！

王在贤着急地指着倒在王兴隆怀里、累得精疲力竭的王尽美说："你们瞧，这个孩子被折磨成什么样子了！他大老远跑来，不就是想让我们替他讨公道吗！如果我们不去，该多么伤他的心啊！"

王在善说："我们不是不去，而是考虑去找谁算账。"

一直在旁边安慰王尽美的王兴隆开口说道："常言道'冤有头，债有主'。你们就直接去找'谋耕堂'，问问他家为什么不让仓囤陪读了。"

王在桂听了深受启发，兴奋地一拍大腿站起来："对啊，我们就去找'谋耕堂'，问明白他们为什么要辞退仓囤，逼迫他们说出谣言的来路，这样就可以顺着麻绳找线头，最终把造谣的人找出来。"

大家都说这个主意好。

王在善问王尽美："你奶奶与你母亲知道你来这里了吗？"

王尽美摇头说："不知道。"

王在善一听急了："你出来都大半天了，如果她们找不到你，还不得急得要命！"他对王在桂等人说，"你们现在就去大北杏村，把仓囤送回去。"

王兴隆让王在桂带头，他嘱咐说："你们这次去，不是为了报复，而是给孩子讨个公道，既要让他们知道我们老王家不好欺负，又要为孩子洗清冤屈。"

在王在桂的带领下，老王家的几十号人浩浩荡荡奔向大北杏村。

他们一进村，就先来到"谋耕堂"。

"谋耕堂"虽然是村里的富户，但他们户门小，面对来势汹汹的几十号人，立马惧怕起来，忙去求助"见山堂"的王介人，让他出面调和。之所以叫王介人去调和，不仅因为他在村里威信高，还因为他与后张仙的老王家是同宗。

在王介人的调解下，"谋耕堂"不但赔了礼道了歉，还同意王尽美回去继续当陪读。

王尽美幼小的心灵早已让他们深深伤害了，他发誓说："我再也不当陪读了！"

王在桂他们还要追究那些造谣生事的村民，王介人劝阻说："那都是一些愚昧无知之徒，你们就不要与他们一般见识了。再说都是街坊邻居，深究起来会伤和气，不利于以后相处，只要他们保证不再造谣生事，就先饶过他们这一回。"他接着向村民澄清说，"我家祥孩是死于一种怪病，与仓囤没有任何关系，你们不要嫁祸于他。"

赵锡瑶到枳沟街上办事正好从这里路过，当他问明原委后，就为王尽美鸣不平地说："哪个村哪年没有病死的、饿死的？死人是因为生活困难和治病条件差，怎么能归罪于一个不到十岁的孩子？"

王介人又告诫村民说："凡是以后再有造谣生事者，一定要送官府予以严惩。"

王尽美终于度过了他人生的一场危机。

二

从七岁到八岁,在这不到两年的时间里,王尽美先后给"见山堂""谋耕堂"当过陪读。陪读的时间虽然不长,但是让他的心灵受到了初始的启蒙,他从书中看到了许多美好的事物,激发起了求知的欲望。

王尽美失学后,除了帮着家里干些力所能及的农活外,还帮着母亲赶集卖线。劳作之余,他最大的乐趣就是读书识字。

他很快把赵锡瑶赠送的课本读完了,正当无书可读时,一次偶然的机会,他认识了一个免费教自己识字的"老师"。

秋收结束后,农村就清闲了,王尽美与祖母被枳沟街上的姑姑接去住些日子,他由表姐郑明淑陪着到处玩耍。

表姐比他大一岁,在他二三岁的时候,曾被舅妈接过去与他做过伴,他们姐弟俩从小感情就很好。

这一天,胡同里有户人家要操办喜事,表姐就领着他去看热闹。

他们在那家大门口看见两个贴对联的,拿着两张对联左看右看,弄不明白先贴哪张了。

表姐对他们说:"你们不会看看上面写的字?"

那两个人都说不识字。

表姐把王尽美拉过去自豪地说:"我表弟认识字,快让他看看。"

他们见王尽美是个穿着普通的穷孩子,就怀疑地问:"就他?能识字吗?"

表姐见他们小瞧王尽美,就有些气恼地说:"你们不要从门缝里看人,那些穿着绫罗绸缎的少爷们,识字不一定能识过我表弟!"她接着凑近

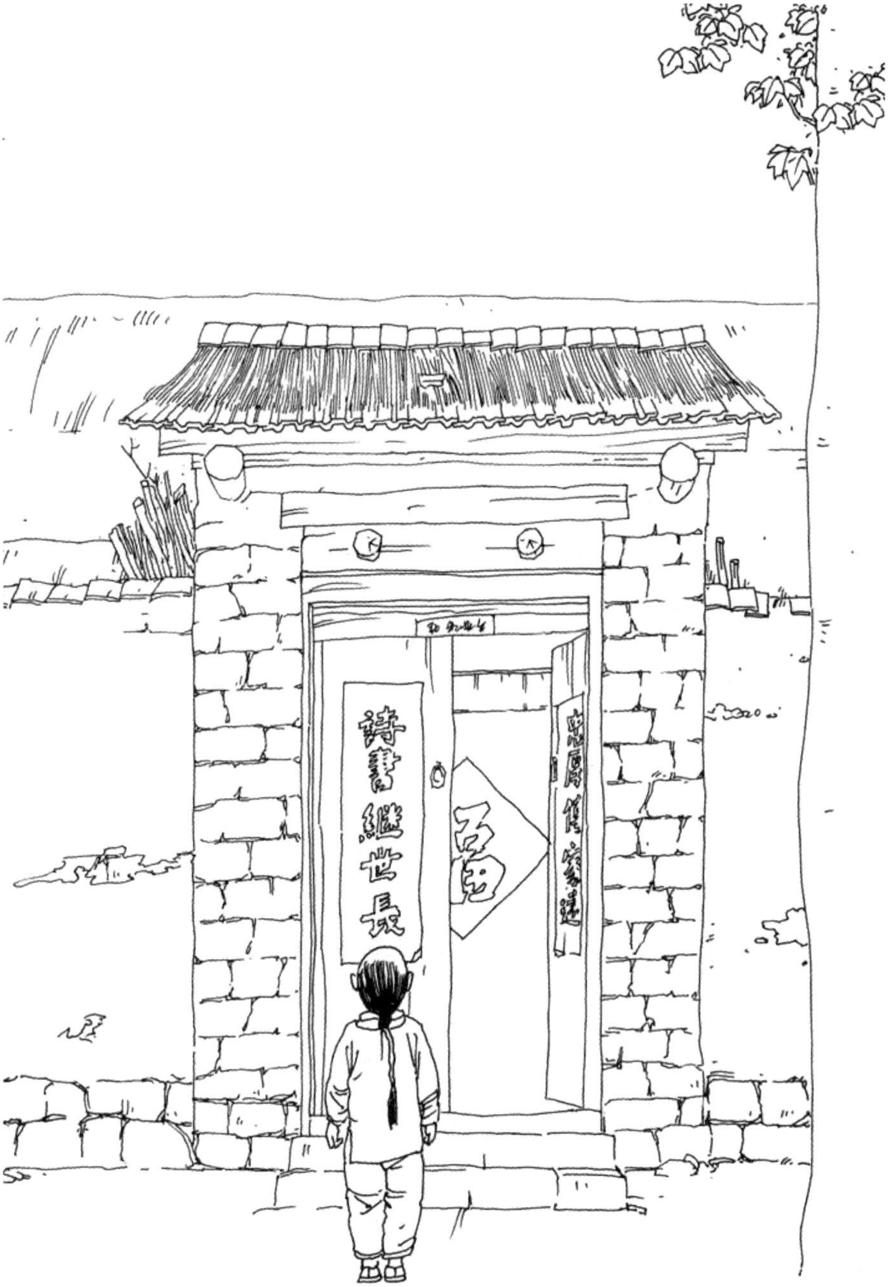
詩書繼世長
忠厚傳家遠

王尽美小声说:"你好好看看,可不能让他们小瞧了咱。"

表姐见王尽美看了一会儿没吭声,就悄声问:"上面写的是什么?"

王尽美有些难为情地说:"有个字不认识。"

"你不会猜猜?"

"猜了,猜不出来呀。"

表姐俯在王尽美耳朵上小声说:"我已经把大话说出去了,要是让他们知道你不认识,还不笑话咱。这样,你把不认识的字记下来,找个理由,快跑回去问你姑父。"

王尽美的姑父叫郑瑞祥,虽然为人迂腐,但读了许多书,也算是枳沟街上小有名气的文化人。

王尽美听了表姐的话,就说道:"我憋着尿了!"

表姐会意地说:"那还不快跑回家。"

王尽美跑回姑父家,把不认识的字写给姑父看。

郑瑞祥看了看说:"这是'蒂'字。"接着又说,"这副对联是'莲花开并蒂,兰带结同心'。"

王尽美惊诧地问姑父:"您怎么知道的?"

郑瑞祥得意地说:"这就是对联妙处之所在,由一字便知一副对联也。"他见王尽美好奇地望着他,就讲起对联来,"对联要求对仗工整,平仄协调,内容有意义。就拿这副对联来说,'莲花'对'兰带'、'开'对'结'……"

他正说着,郑明淑气冲冲地跑进来,朝王尽美嚷嚷道:"怎么问几个字还要半天工夫?人家都把对联贴上了!把我好一顿嘲笑。"

她母亲说:"你表弟还不是让你爹这个'大卖弄'给缠住了。"

王尽美从姑父那里了解了对联后,就想:对联里既然有这么多学问,我为什么不跟着它学?

从此,他就开始从对联上学习识字。

在鲁东南的广大农村,每逢过年、结婚,家里都要张贴对联。由于各家各户有着不同的生活状况与生活愿景，因此各家对联的内容也不相同。王尽美每走到一家就会看到不同的对联，也就会学到不同的字词。如果遇到不会的，就抄下来，问村里识字的。要是他们都不认识，他就跑到李家北杏问师傅赵锡瑶或者去枳沟街问姑父。

就这样，对联成了王尽美的免费的"老师"。

王尽美在没有老师教、没有书本学的不利条件下，不但没有怨天尤人、自暴自弃，反而主动地去寻找与创造读书的条件，把对联当成了教他识字的老师。

三

随着王尽美年龄的增长，刘氏开始带着他到枳沟集上的说书场听书。刘氏不放心让他自个儿去，每次都让郑明淑陪着。

这年忙完秋收后，刘氏又领着王尽美去赶枳沟集。到了集上，她还像往常一样，找来郑明淑陪着王尽美去听书，自己去摆摊卖线。

刘氏到了货摊后，见赶集的人稀稀拉拉的，按说这正是赶集的旺季，集上应该人头攒动、熙熙攘攘。可是，今天不仅赶集的少，连许多摊主都没出摊。

她奇怪地问旁边一个叫王二细的摊主，王二细告诉她："那些摊主都让保护费吓得不敢出摊了。"

刘氏不解地问："什么是保护费？"

王二细知道刘氏最近没有来赶集，还不知道出摊要收保护费的事，就向她介绍道："由于年景不好，县衙养不起那么多税务员了，就把集上收税这差事派给了当地的地保，地保又把这差事派给了当地的地痞，地痞为了赚钱，就以收取保护费的名义对摊主进行敲诈勒索。"

刘氏问："每集收多少？"

王二细说："是喊价，根据摊位大小，凭着收税人的心情收。"他嘱咐刘氏说："待会儿他们过来，你可不能缴得太痛快了，能拖就拖。要是缴痛快了，他们会变本加厉。"

正说着，从北面过来三个穿马褂的，王二细低声说："他们来了！那个光头叫'坐地虎'，是个头儿，为人狡诈凶狠，枳沟坐街的那些地主商户都惧怕他三分，你要小心他。跟在他后面的是他的两个手下。"说完，他装作要小便，忙遛出了摊位。

那三人来到刘氏摊位前，一个瘦子上前瞧了瞧刘氏问："你是新来的吧？"

刘氏说："我赶集都赶了好几个年头了，只是最近忙秋收，才没来赶集。"

瘦子让她先缴上二十文的摊位费和保护费，刘氏故作不解地问："什么是保护费？"

瘦子不耐烦地解释说："现在社会上动荡不安，土匪作乱，强盗横行，要是没有我们的保护，你们的人身和货物就不安全。我们可不能白白给你们提供保护吧。"

刘氏掏出身上的钱，为难地说："我事先也不知道还要缴保护费，没带那么多钱，能不能等卖了线再缴？"

瘦子翻看了看她的货，就同意了。他又走到王二细的摊位大声问道："这摊的人呢？"见没人应声，就放大嗓门喊，"要是不来人，我就拿货了。"

王二细正躲在远处观察着这边的情况，见刘氏没缴保护费，就想：前有车后有辙，她不缴，我也不缴。

他急忙跑过来。

他见瘦子让他缴保护费，就嬉皮笑脸地说："没开市哪有钱？"

瘦子把眼一瞪说："你要是还想跟我耍滑头，我就没收你的货！"

王二细指着刘氏攀伴说:"为什么不让她缴,偏让我缴?"

"坐地虎"不耐烦地说:"不要跟他们啰唆!都缴!不缴就拿货!"

瘦子对刘氏说:"既然头儿发话了,我也没办法。"说着过来就要拿线,刘氏急忙上前护着不让拿,瘦子生气地把她推开。

这时,从北边忽然传来一声大喊:"不准欺负俺娘!"

只见王尽美与郑明淑跑了过来。

王尽美不是在说书场听书吗,怎么突然跑来了?

原来,当说书的讲到"展昭行侠仗义救民女"时,旁边有人气愤地说:"刚才集上又有两个摊主被'坐地虎'打了,要是我们这里也有像北侠这样的侠客就好了。"

王尽美听说有摊主被打了,突然担心起母亲来,拉起郑明淑就往母亲的摊位跑,正好遇到瘦子在抢线。

王尽美见瘦子拿了他家的线,跑过去抱住他的一只胳膊,让他把线快放下,郑明淑也上前抱住了瘦子的另一只胳膊。

瘦子企图挣脱开,王尽美紧紧抱住他胳膊就是不放,嘴里还大声喊着:"快放下线,不然我就咬你了。"

瘦子大骂道:"小兔崽子,你敢!"说着抬脚就踢王尽美。

王尽美被踢疼了,就愤怒地下口咬起他的胳膊,郑明淑跟着也下口咬着,疼得瘦子"嗷嗷"叫唤起来。

"坐地虎"气恼地走过去,伸手把两个孩子拽开,抬脚把他们踢倒在地。

刘氏见孩子们被打了,就不顾一切地扑向"坐地虎",要和他拼命。

"坐地虎"见刘氏疯狂地扑过来,闪身一躲,抬腿顺势把刘氏绊倒在地,上前扬拳就打。

这时,围观的人群中挤进一个身材魁梧的中年男子,他对"坐地虎"大声说:"兄弟,好男不和女斗。"

"坐地虎"抬头一瞧,见来人是李杏元。

李杏元是枳沟街人,在枳沟邮局当邮差,为人仗义豪爽,好打抱不平,也是枳沟街响当当的人物。

"坐地虎"只好松开刘氏,问李杏元来干什么。

李杏元说他从这里路过,听说有人在欺负一个妇女,就过来瞧瞧。

"坐地虎"指着刘氏恼怒地说:"这个泼妇,她非但不缴保护费,还朝我们撒泼,我正要教训教训她。"

李杏元笑着说:"我们堂堂的男子汉,何必和妇人一般见识。"他问刘氏:"你为什么不缴保护费?"

刘氏就委屈地把事情的原委说了。

李杏元听了后,对"坐地虎"说:"我觉得这位大嫂不是蛮不讲理的人,她确实有难处,我看等她卖了线再补缴也不迟。"他见"坐地虎"没吭声,又说:"你要是不放心,我就替她作担保,她要是不缴,你们向我要。"

"坐地虎"疑惑地问:"你与她素不相识,何必这样做?"

李杏元说:"她与街上'菜香书屋'的主人郑瑞祥是亲戚。"他随即问刘氏,"你们是什么亲戚?"

刘氏说:"他是我姐夫。"

"坐地虎"也认识郑瑞祥,知道他也是街上的一个人物,就对刘氏说:"既然李贤弟为你求情,我就饶过你这回!"

说完,"坐地虎"朝李杏元一抱拳,走开了。

刘氏忙领着王尽美向李杏元谢恩。

王尽美向李杏元把拳一抱说:"谢大侠救助之恩!"

"大侠?"李杏元先是一愣,随即惊讶地问,"你说我是大侠?"

刘氏忙辩解说:"大兄弟,请您不要和孩子一般见识,他没有恶意,只是听书听傻了。"

李杏元也把拳一抱说:"这位小兄弟过奖了,大侠之名李某不敢承受。"

王尽美说:"路见不平,拔刀相助,这正是侠客之本色。"

李杏元好奇地问王尽美从哪里学来的这套侠气，王尽美说："书里讲的那些侠客都是如此！我长大后，也要做为民除暴安良的英雄侠客，保护穷人不受欺负。"

李杏元见王尽美小小年纪，竟然有这种正义之气，心里暗暗赞许道：这个孩子，长大一定会有出息。

正如李杏元所言，王尽美长大后果然大有出息，他虽然没有成为除暴安良的侠客，却成为救国救民的革命先驱，他的丰功伟绩是那些古代侠客所遥不可及的。

在这里补叙一笔：王尽美与李杏元在这枳沟集上的不期而遇，竟然让王家与李家产生了诸多因缘。王尽美后来到枳沟高小上学，与李杏元的长子李又罘成为校友。新中国成立后，已是知名画家的李又罘写了一些纪念王尽美的文章。李杏元的另一个儿子李光都，在抗战时期与王尽美的次子王乃恩在中共莒县第四区区委一起工作过，王乃恩任区委书记，他任宣传委员，他们利用李杏元的关系，成功除掉了大汉奸万守本，振奋了当地百姓的抗日热情。

第五章　接触新事物

一

大北杏村地处三县交界地带,村后又有一条从诸城通往莒州(今莒县)的官道,从这里路过的南来北往的客商很多,有个精明的商人就在村后的丁字路口开了一家小酒馆,取名"兴客隆"。由于酒馆位置好,所以酒馆的生意很红火。

先前在"见山堂"干活的吴长工,在酒馆里当伙计。王尽美与他很熟悉,他在"见山堂"当陪读时,还跟着吴长工干过活,听他讲过故事。后来,吴长工被"见山堂"辞退了。

据说,被辞退的原因是他教了祥孩一段顺口溜:"人之初,性本善,烟袋锅子炒鸡蛋。学生吃,师傅看,馋死师傅老鳖蛋。"祥孩觉得这段顺口溜比《三字经》有意思,马上就记住了,还在课堂上背给老师听。赵锡瑶生气地问他从哪里听来的,祥孩说吴长工教的。赵锡瑶以为吴长工是在故意戏弄他,就记恨在心。

有一次,王介人问他:"祥孩学习一直也没有长进,他是不是天生愚钝?"

赵锡瑶说:"不是愚钝,而是他没把心思用在学习上。"接着就举了这个例子，"连这些绕嘴的浑话，他都能立马记住，怎么会愚钝！"

王介人听了没言语，却把这事记在心里了，他觉得吴长工留在身边对祥孩成长不利，就找了个借口把他辞退了。

被辞退后的当天晚上，吴长工曾去过王尽美家，他对董氏说："有件事我一直憋在心里，感到对不住您家。"

董氏问什么事，他说是王在升的死因。

董氏厉声问："你为什么当时不说？"

他说他向东家发过誓，要把这件事烂在肚子里。

"既然东家让你烂在肚子里，你就把它烂在肚子里。"

吴长工惊愕地望着董氏问："你真的不想知道？"

"升儿入殓前，我给他擦洗身子时，发现他身上红肿有瘀斑，一切就明白了。"

吴长工不解地问："你既然知道了真相，为什么不去他家讨个说法？如果他们不承认，就去官府告他们！"

"东家平日里待俺家不薄，再说人家把殡葬费都负担了，另外又给了俺家五斗白面。再说，人家有权有势，我们就是有冤屈，又能找谁说？"

董氏伤感地擦拭了一下湿润的眼睛，然后逼视着吴长工问："你当时与我家升儿一起去贩卖粮食，他们把你的嘴都封了，我们还能去找谁做证？"

吴长工痛心疾首地说："婶子，这早已成了我的一块心病，我一直感到有愧于你家！现在我已经被辞退了，也就没什么顾虑了，就想把真相说出来。"

董氏沉默了一会儿，对他淡淡地说："你走吧！你我都把这事烂在肚子里，权当没这回事。"

二

王尽美自从从"谋耕堂"的私塾失学后，没事常去"兴客隆"酒馆找吴长工，帮着他跑堂，听他讲外面的新鲜事。由于他伶俐勤快，店里的其他伙计也很喜欢他，都亲热地喊他小堂倌。

那时正值辛亥革命的前夜，诸城的同盟会会员和一些进步知识分子开始暗中联合，准备伺机反清举义，他们中的一些革命党人常来"兴客隆"商议事，他们见王尽美有见识，又关心时局，就向他灌输一些革命道理。

王尽美听他们要推翻清朝统治，就问为什么。

他们问他："你这个年龄正是上学的时候，为什么不上学？"

王尽美无奈地说："我们家里穷，没钱供我上学。"

他们又问："你们家长年辛辛苦苦去种地，为什么还会受穷？"

王尽美想了想说："我们家收获的粮食都给地主家缴了租子。"

"是啊，同样是人，为什么地主家不劳动，却穿好的吃好的？为什么地主家的孩子能上学，穷人家的孩子上不起学？"

王尽美不知怎么回答了，只是嗫嚅着说："我听母亲说，这就是命。"

他们气愤地说："这是封建统治阶级骗人的鬼话！世界上没有什么天生就受苦就享福的命。命运是可以改变的。"

王尽美惊奇地问："怎么去改变？"

"清朝皇帝就是我们受穷的祸根，只要我们把他的龙墩掀翻了，穷人的命运就好了。"

王尽美心里顿时豁朗起来，终于明白了命运是可以改变的。

他回到家兴奋地把这个道理说给母亲听："命运不是天生就注定的，只要把皇帝的龙墩掀翻了，穷人的命就会好起来！"

母亲听后吓得大惊失色，赶紧捂住他的嘴训斥说："你怎么敢说这些话，要是让官府听到了，会被砍头和诛灭九族的。"

母亲问他这些话是从哪里听来的，他说是从"兴客隆"那里听来的。

母亲说："村里人都说那里是个是非窝，早晚要被朝廷端掉。你以后千万不要去那个地方了！"

王尽美嘴上答应着，可是没过几天，又偷偷跑去了，因为那里有许多新鲜事在吸引着他，让他充满着向往。

"兴客隆"小酒馆成了王尽美获得真知、开阔视野的地方，对他的成长产生了积极的影响。

三

刚入冬的一天晚上，王尽美从"兴客隆"小酒馆回家走到村后的麦场时，听到有小女孩的抽泣声，他发现在一个草垛旁蜷缩着两个人，走过去一瞧，是一个盲人和一个小女孩，他们是出来卖唱的父女俩。

他奇怪地问："这么冷的天，你们怎么不找个地方住下？"

父亲难过地说："我们今天在路上遇到歹徒了，这些狠心的歹徒把我们所有的财物都抢光了，弄得我们身无分文，只好在这里凑合一夜。"

王尽美看着冻得打着哆嗦的女孩问："她为什么哭？"

父亲把女孩紧紧往怀里搂了搂说："又冻又饿，她受不住了。"

王尽美见这父女俩露宿野外、挨饿受冻，觉得很可怜，就想帮他们找个落脚的地方。

他把他们领到了王敬亭那里。

王敬亭听说他们还没吃饭，就赶紧烧火做饭。

等他把饭端上来，女孩却怎么也不吃。

王敬亭以为她嫌地瓜面饼子不好吃，就哄她说："孩子，先吃点充充饥，等明天我再给你做好饭。"他见那女孩一副昏昏欲睡的样子，忙伸手试了下她前额，不禁惊叫了一声，说："她发烧发得都烫手了！"

盲人惊慌地喊着女孩："春儿，春儿，你没事吧。"

王尽美焦急地问王敬亭："老哥，这该怎么办？"

王敬亭想了想说:"找郎中需要钱,我们又没有钱,我看,先用土方治治看。"他吩咐王尽美快去拿条湿毛巾盖在女孩的额头上,先给她降着温,他去熬姜汤。

王尽美等女孩喝了姜汤后才回家。

他在路上想:"王敬亭家看来没有白面了,我要想办法弄点好吃的给女孩。"

祖母和母亲正在家里焦急地等着他,见他回来了,悬着的心才放下来。祖母埋怨说:"这么冷的天,也不早回来,快上炕暖和暖和。"

母亲赶紧从锅里端出饭来。

王尽美见是玉米饼子,不禁失望地说:"是饼子啊!"

母亲不满地看了他一眼:"有这样的饭吃就不错了,你还想吃什么?"

"家里没有白面了?"

母亲惊异地望着他问:"你问这个干什么?"

他忙掩饰说:"我……我只是随便问问。"

祖母说:"是不是你肚子里的小馋虫又想吃好东西了?先忍着这一晚上,等明早我给你擀面条吃。"

王尽美听了高兴起来,看来明天春儿就可以吃到好饭了。

母亲却阻拦说:"又不逢年过节的,吃什么面条。"

祖母不满地说:"我孙子肚子里的小馋虫又馋好吃的了,我要给它解解馋。"

"家里没有白面了。"

"不能吧,墙角那个小面缸里不是还有吗?"

"咱家就剩这点白面了,这是准备给您过五十五岁生日用的。这个谁也不能动!"

婆婆见儿媳妇态度很坚决,就不言语了。

她见孙子很失望,就试探地问:"你要是真馋的话,明天中午就跟着我去'见山堂'。他家来客人,让我过去帮厨。我对太太说说,也让你过去吃。"

王尽美痛快地答应了。

第二天刚近中午,王尽美就急不可待地去了"见山堂",祖母领他见了少奶奶,并教他对少奶奶说了一些好话。少奶奶听了很高兴,把他带到厨房,让厨子拿给他一个饽饽和一块鱼。

王尽美对祖母说,他要拿回家吃。

祖母还以为他吃别人的东西感到难为情,就同意了。

吃过午饭,祖母从"见山堂"回到家,没见到王尽美,就问刘氏:"仓囤呢?"

刘氏惊讶地说:"他不是跟着你在'见山堂'吃饭吗?"

"没啊,他拿上好吃的,说要来家吃。"祖母有些担心地说,"他不会有什么事瞒着我们吧?"

刘氏忧心地说:"我从昨晚就发现他有些反常。平日里他从没挑过食,也没跟你去'见山堂'吃过饭。今儿,竟然这么痛快地跟你去了。"

经刘氏这么一说,祖母着急地说:"我去找他问个究竟。"

她从家里出来,站在胡同口张望了一会儿,考虑着孙子会去哪里。现在正是吃午饭的时候,他拿着好吃的不可能去"兴客隆"。他既然不去"兴客隆",多数去了喜庆家。

她到了喜庆家,喜庆却不在,他娘生气地说:"这个小土匪,快吃午饭的时候跑回来,掀开锅偷拿了两个窝窝头就跑了,我喊也没喊住。"

祖母想,既然喜庆也不在家,他们肯定一起找王敬亭听说书去了。她就去了王氏祠堂。

当她走近王敬亭住的小偏房时,听见从屋里传出说书声:"且说秦叔宝正在集市上卖黄骠马,忽听背后有人喊他,他回首一看,原来是赤发灵官单雄信。只见他胯下黄骠马,掌中花枪,背装金翎箭,他正……"

"说错了,说错了,那人不是单雄信,是勇三郎王伯当。"旁边有人嚷嚷道。

董氏一听就是王尽美的声音,心里发恨道:"这个小东西,为了听书,竟然拿好吃的来讨好人家。"她不禁又生起王敬亭的气来,"这个王瘸子竟然为老不尊,用说书骗取好吃的。"

她气冲冲地走进屋里,却没看见王敬亭,只见炕上坐着一个正在说书的盲人,盲人旁边躺着个瘦弱的小女孩。王尽美与喜庆趴在炕上,正竖着耳朵听书。

王尽美见祖母突然进来,忙惊讶地坐起来问:"奶奶,你怎么来了?"

祖母生气地说:"你以为躲到这里,我就找不到你了!"

她把王尽美拉到屋外,让他把事情的原委说明白。王尽美就把昨晚到今天发生的事情都说了。

祖母问:"你把那些好吃的给谁了?"

"给了春儿,就是躺在炕上的那个女孩,她病了。"

祖母又心疼又生气地说:"这些好吃的,是我厚着老脸向少奶奶讨来的,你却全部给了别人。"

"他们也是穷苦人,遇到困难了,我们就要帮他们。"

"你自己都穷得吃不上饭了,还想着帮人家!"

王尽美见祖母这样没有同情心,就气恼地说:"要是穷苦人都不帮穷苦人,还指望谁去帮他们?难道指望那些地主老财帮吗?他们巴不得穷苦人更受穷!"说完,生气地跑回屋里。

祖母先是一愣,随即低声骂着:"这个小东西长本事了!竟然敢教训起他奶奶来了!"说着也跟着进了屋。

她看着躺在炕上面黄肌瘦的春儿,觉得很可怜,心就软了。她爬到炕上,用手试了试春儿的前额,觉得前额已经不热了,就问春儿:"你想吃什么饭?"

王尽美见春儿不言语，就忙催她说："你想吃什么就快说！我奶奶可是菩萨心肠。"见那春儿还不说，就替她说，"她想吃饺子。"

祖母"嗯"了声，出了屋。走到门口时，又把王尽美喊出去说："我这就回家包饺子，等会儿你回家端过来。"

王尽美高兴地跳起来："奶奶真好！"

祖母白了他一眼说："你不是说穷苦人就要帮穷苦人嘛！"

王尽美从小就受穷，因此，他对穷苦人抱有同情心，这让他从小就具有了深厚的平民情怀。正是这种情怀，让他后来义无反顾地走上了解放劳苦大众的革命道路。

第六章　本村上学

一

大门口的迎春花开了，绽放出一张张嫩黄的笑脸；荒芜的南岭也被绿茸茸的小草披上了一层绿装，1910年的春天来了！王尽美面对着明媚的春天，想张开双臂像蝴蝶一样在春风中飞舞。

这天，吴长工高兴地对王尽美说："仓囤，你们村要开办村塾了，你以后又可以读书了。"

王尽美听了很兴奋，赶紧跑回家把这个好消息告诉了祖母和母亲。

王尽美见她们不相信，就解释说："这是昨天晚上王乡约去'兴客隆'吃饭时亲口对吴长工说的。他说政府为了教育兴国，要求每个村都要开办学校，并且每个适龄的孩子都要上，县上还要下来督查。我们村的校舍都确定下来了，设在'谋耕堂'的祠堂内。"

过了不到十天，村里就张贴出政府的招生告示，要求在月底之前报完名。

由于村塾收费低，一般家庭的孩子也能上得起，王尽美全家都十分高兴，眼看着他失学三年多又可以念书了。

刘氏对婆婆说："后天我就去赶枳沟集，把家里压下的线全卖掉，好准备学费。"

刘氏去报名的那天,被村里的王家富看见了。王家富与刘氏都是赶集卖线的,本来同行是冤家,又加上刘氏为了准备学费,把线拿到集上贱卖了,王家富以为她是在故意抢他的买卖,就怀恨在心。当他看到刘氏要给儿子报名上学时,就想使坏。

他就指着刘氏对负责收生的工作人员说:"你们不能让她儿子上学!她孩子命硬,会妨人。"接着又蛊惑其他报名的村民说:"他不仅妨死了他父亲,还妨死了'见山堂'的小公子。你们说,这样的孩子谁还敢与他一起上学?"

村里卖大豆腐的王有庆也带头起哄说:"要是让她儿子上,我们家的孩子就不上了!"

经他们这么一挑唆,村里不明真相的人都反对王尽美上学。

没给孩子报上名,刘氏回到家,气愤地对婆婆说:"他们都觉得我们孤儿寡母的好欺负!"

婆婆听完事情的原委后,气恼地说:"其他人欺负咱们也就算了,可是王有庆是咱本家,他怎么能这样做?不但不帮咱说话,反过来还帮着别人胡说八道。咱买他家豆腐的时候,怎么不说妨人的话了?"

刘氏说:"他就是势利眼,用着谁巴结谁,他见王家富的二弟在村公所做饭,就想巴结人家买他家的大豆腐。"

"他也不能这样昧着良心耽误我孙子上学啊,我找他去!"

刘氏忙拦住婆婆说:"这些势利小人,去找他也无用。"

婆婆着急地说:"那该怎么办!可不能眼睁睁看着我的孙子没学上。"

刘氏想了想说:"我不信只凭着那些人的胡言乱语,村里就不让孩子上学了。我去找管学校的王乡约去。"

"这个王乡约是个贪财鬼,不见东西不办事,你空着手去了也是白搭。再说,他与王家富是本家,人家能不向着他?"

刘氏问婆婆该怎么办，婆婆说："最好找个与王乡约有交情的人帮着说说话。"

找谁呢？刘氏想来想去，忽然想到了"兴客隆"的吴长工。王乡约常去"兴客隆"吃饭，吴长工应该与他很熟悉。

刘氏就领着王尽美去"兴客隆"找到吴长工，让他帮着说说情。

吴长工很为难地说："我与王乡约只是酒肉朋友，没有深交。再说，他又那么重利忘义，不会给我这个面子。"

他见刘氏很失望，就帮她出主意说："我听说村塾的老师叫张玉生，是东云门人。如果能说动他给说情，兴许能管用。"

刘氏母子回到家，就考虑托谁去找张玉生。

王尽美忽然想起了赵锡瑶，就说："要不去找我老师试试？"

母亲觉得可行，赵锡瑶与张玉生不仅是邻村，还都是教书的，或许他能够说上话。

她与婆婆连夜蒸了一锅白面饽饽，第二天一早领着王尽美去了李家北杏。

赵锡瑶听完刘氏说的情况后，气愤地说："仅凭一些谣传就要断送孩子上学的机会，真是可恶至极！"他又对刘氏说："你放心，孩子上学的事就交给我了，你们回去等消息吧。"

二

赵锡瑶送走刘氏母子后，就反复考虑着该如何去找张玉生。

赵锡瑶不认识张玉生，只是听说过这个人。听说他从小天资聪颖，在本村读完私塾后，因厌恶官场腐败，感到当官没意思，就放弃科举考试，教起了书，是个正义之人。

赵锡瑶去东云门找到一个曾经与自己做过生意的朋友，让他陪着去了张玉生家。

张玉生知道来人是赵锡瑶后，赶紧恭请他进屋喝茶。

张玉生也曾听说过赵锡瑶的大名，知道他从小喜爱读书，满腹诗文，人称"大学生"。曾两次参加科举不第，一次因给朋友庆生而醉酒误考，另一次因把村址误写为"北杏"而导致无法录取。他平生好交朋友，豪爽仗义，在附近很有名气。

当张玉生听了赵锡瑶来的目的后，就说："我也听说过大北杏村民反对一个孩子上学的事，我当时还感到奇怪，怎么一个孩子上学会引起那么多村民的反对。"

赵锡瑶气愤地说："早些年，大北杏村也曾有村民为此造过谣，当时在王介人干涉下才予以平息。没想到阴魂未散，现在又有人借此生事，这分明就是故意欺负他们孤儿寡母！"接着又愤慨道："弱肉强食，凌强欺弱，这正是当下社会暴戾之风气啊。"

张玉生也感慨地说："仁兄真是一针见血，切中时弊！是啊，明明是谣言，却能在社会上大行其道，让许多人信以为真，这真让人感到悲哀。"

赵锡瑶为了让张玉生更好地了解王尽美，就介绍起王尽美在"见山堂"当陪读的情况。

说完后，他无不惋惜地说："贤弟，如果因为乡民的几句流言蜚语就断送了这个孩子的前程，岂不太可惜了！"

赵锡瑶一番陈情后，张玉生表示他一定努力去争取。

第二天，张玉生到大北杏村找到王乡约，陈述了让王尽美上学的理由。

王乡约颇感为难地说："村里许多村民都反对，我也爱莫能助啊。"

张玉生气愤地说："真是荒谬！死人与妨人有何关系？遇到年头不好，哪个村不死上几十号人？"

王乡约说："这个道理我也懂，也向村民解释过，可是他们就是不听。有的村民还扬言说，只要让他上，他们的孩子就不上了。我们不能因为他而影响了其他孩子上学吧。"

张玉生见王乡约不肯答应，就有些愠怒，起身想离开。当他想到王尽美会因此失去了上学机会时，又坐下来，低头抽着烟，想着该如何说通王乡约。

他忽然想起赵锡瑶说过"王瑞俊在'见山堂'陪读时，曾受到莒州学监称赞"的话，顿时有了主意，那个学监就是现在莒县的县太爷！

他问王乡约："你还记得四年前莒州周学监来你们村视学的事吗？"

王乡约说："这样的大事我怎能不记得，还是我领着学监大人去的'见山堂'。"

张玉生故意问："听说那个学监把王介人的公子好夸一顿？"

王乡约不屑地说："学监哪是夸他啊，人家其实夸的是当陪读的仓囤。"

张玉生忙凑近王乡约低声说："据说当年那个学监就是现在的县知事。"

王乡约想了想，惊讶地说："啊，还真是啊！"

张玉生漫不经心地说："你说如果不让王瑞俊上学的事让他知道了，该会产生什么后果？"

王乡约立马意识到问题的严重性，忙派人把王家富、王有庆这些反对王尽美上学的人找过来。

他先是劈头盖脸把他们训斥了一通，接着又警告说："王瑞俊那可是咱县知事夸奖过的，你们竟敢胡言乱语说他能妨人。这些谣言要是让知事知道了，他一定会以妖言惑众罪把你们抓进大牢！"

这些人一听就怕了，连忙认错，并保证再也不反对王尽美上学了。

三

两天后的下午，王尽美正在家门口的草垛旁扑打着蝴蝶，一个穿着长袍的三十岁左右的中年男子向他走过来，打听哪是王在升家。

王尽美听了没言语,只是好奇地打量着来人,他忽然兴奋地问:"您就是张老师吧?"

张玉生惊讶地问:"你怎么知道的?"

王尽美得意地说:"我会猜。我叫王瑞俊,您找的就是俺家。"

他忙请张玉生到家坐。

张玉生说:"不进去了,我是特意过来通知你明天去上学的。"

王尽美听了,立马高兴地跳起来,大声喊着"我可以上学!"往家跑去。

王尽美终于得以上学读书了,他成了张玉生一生中最得意的学生。

张玉生直到晚年,还经常对人讲:我这一生教了许多学生,最得意的就是王瑞俊了。学的课程他都是当天背熟,还能默写出来,从来不差一个字。他不仅会背会写,更注重弄懂意思,是一位真正懂得学习的学生。

四

上了村塾后,王尽美还时常去"兴客隆"小酒馆,他不再是单纯去玩耍,而是想从去那里吃饭的革命党人嘴里了解一些新事物。

这天,吴长工嘱咐他放学后来酒馆,说要告诉他一件大事。

下午放了学,当他兴冲冲地赶到"兴客隆"时,酒馆里的客人们正在兴高采烈地举杯祝贺。

有人喊他:"小堂倌,快过来!让我们一起庆贺这个大喜日子!"

原来,革命党人王长庆率领着革命军从青州来到诸城,逼迫知县吴埙同意诸城独立了,并定于腊月十六日(1912年2月3日),在诸城县城举行隆重的庆祝仪式。

王尽美急忙跑回学校,把这个好消息告诉了校领导,学校决定让师生们去诸城县城参加庆祝活动。

五

庆祝诸城独立那天，天刚蒙蒙亮，王尽美与师生们就踏上了去县城的路。

天气很冷，寒风像刀子一般。为了驱寒，王尽美领着大家小跑着，一边跑一边向他们讲着革命党的故事。大家听得热血沸腾，不但不觉得寒冷了，连睡意都消除了。

到达县城的时候，太阳已经升到了头顶，鲜红的阳光照耀着早已沸腾的县城。大街小巷到处张贴着红红绿绿的标语，到处是热热闹闹的人群，有的走在大街上高喊着口号，有的在进行着宣传与演讲，街道两旁站满了围观的居民，就像过年一样热闹。

在华严寺的观海书院前面，搭起了一个像戏台一样的木头台子，庆祝仪式将在这里举行。

王尽美看见台子上站着一些人，他们挥舞着剪子向人群高呼着："同胞们！我们头上的辫子就是清朝政府禁锢我们的绳索，剪掉辫子就可以挣脱它的禁锢，让我们快把辫子剪掉吧！"

旁边的人随之振臂高呼："剪掉它！剪掉它！"

在他们的感召下，许多人爬上台子争相剪掉辫子，一根根辫子像草绳一样，纷纷被抛向空中。

王尽美被这壮观的场面振奋了，他挤过人群也要爬上台子。同学劝阻他说："千万不能剪！剪辫子是要被砍头的。"

王尽美毫不畏惧地说："我不怕！还不等他们来砍我的头，我们早就把皇帝的龙座给掀翻了。"

说罢，他爬上台子，拿起剪子"咔嚓"一下把辫子剪掉了，然后抛向空中。

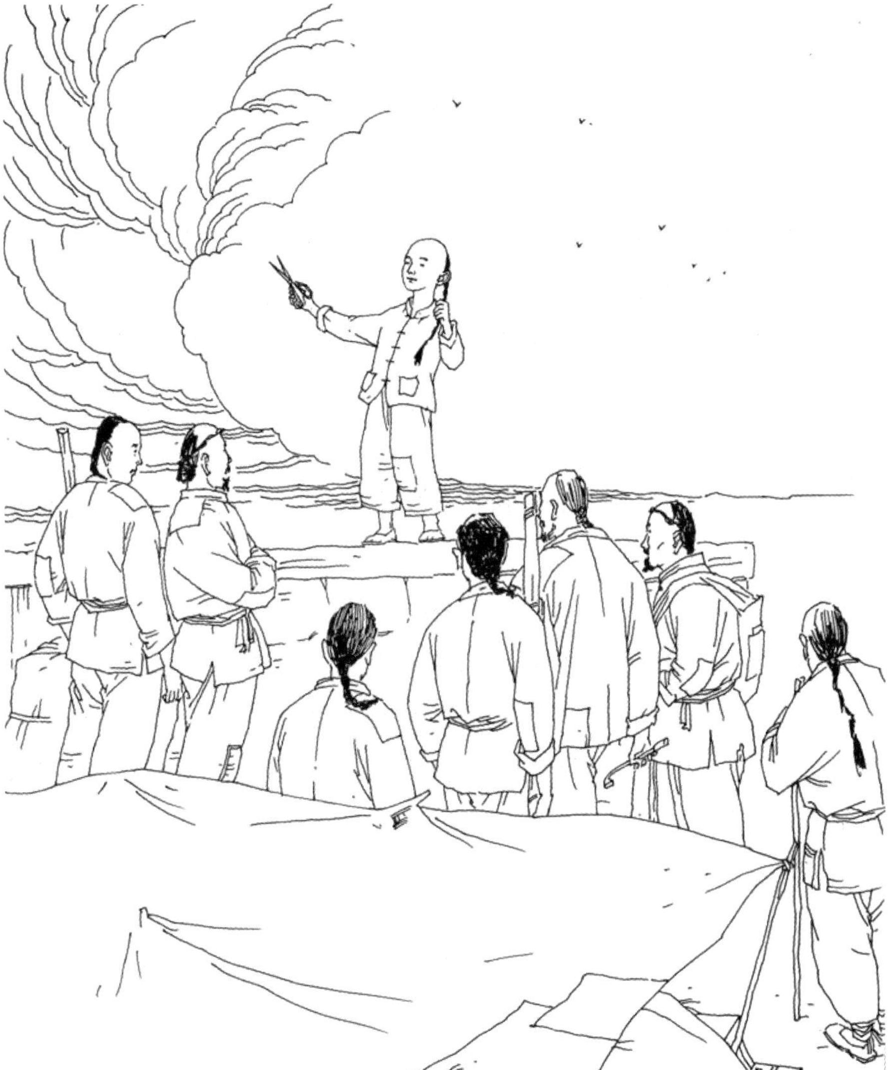

他畅快地望着碧蓝的天空，见一群鸟雀"叽叽喳喳"欢快地从眼前飞过；他又望着台子下面，只见人头攒动、群情激昂。他激动地在心里大声喊着，终于要改朝换代了！

六

王尽美剪辫子的消息就像插上了翅膀，很快传到了大北杏村，村民们惊奇地跑向他家看热闹。

王尽美站在大门口，鼓动着前来观看的人："清朝马上就要完蛋了，咱们穷苦人的苦日子就要熬出头了。你们也快把辫子剪掉吧，要与清朝一刀两断！"

这可把祖母吓坏了，剪掉辫子可是诛灭九族的重罪。她赶紧过来连推带拽，让他赶快回家。

王尽美用手把住大门框，就是不回去。他还劝说着祖母："奶奶，别害怕！皇帝他连自己都朝不保夕了，哪里还顾得上株连咱们九族？"

刘氏也过来，与婆婆一起把王尽美拽进家里。

她们关上大门，严厉地警告王尽美说："从现在起，你就藏在家里，哪里也不准去！"

七

诸城独立没几天，革命军就遭到清军的残酷镇压，清军把剪掉辫子的一律视为革命军，格杀勿论。随后，一个个噩耗不断地从县城里传出来：城墙上挂满了革命党的人头，大街上血流成河……

这些消息风一样传到了枳沟，"兴客隆"的吴长工他们立马躲藏起来。

王尽美的姑家表兄郑明训听说后，急忙赶到大北杏，嘱咐他姥姥和舅母赶快让王尽美到南面的马耳山躲一躲。

王尽美毫无惧色地说："怕什么？他们已是强弩之末，恐怕不等来抓我，清朝就灭亡了！"

刘氏见他不听劝，拿起一把剪子威胁说："你要不去，我就死在你眼前。"

郑明训赶紧推着王尽美往外走。

他们刚走出家门口，就跑来几个学生兴奋地告诉他们："清朝皇帝退位了，清朝彻底完蛋了！"

大家顿时惊喜起来，王尽美再也不用东躲西藏了。

郑明训拍拍王尽美夸赞说："表弟，我真服你了，没想到你小小年纪竟有如此胆识！"

八

响应国民政府"各村废除村塾、兴办新式学堂"的号召，1912年大北杏村办起了大北杏初级小学，这是一所新式的学校，不仅开设了四个年级，还在原有的国文、算术、伦理等基础上，增设了地理、音乐、体育、图画等课程，上面还公派一个姓张的老师前来任教。王尽美由于学习成绩优异，直接进入了四年级，被学校指定为大学长。

大北杏村虽然由莒县管辖，但由于它紧邻诸城，与诸城的联系比莒县更加密切。大北杏小学经常邀请诸城一些学校的老师前来交流与指导，其中来得最多的要数王新甫老师。

王新甫是枳沟西安村人，三十四五岁，毕业于济南法政学堂。在济南法政学堂学习时，他就深受丁惟汾等同盟会员的影响，具有强烈的革命倾向。他当时是诸城西乡的劝学员,经常骑着一头小毛驴,奔波于西乡的各个村庄,游说村里的地主豪绅出资开办新式学校。为了率先垂范,他还在本村开办起诸城西乡第一所新式小学——西安小学。

他早先在大北杏村教过私塾,和村里人很熟悉,当大北杏小学成立后,他经常前来指导。

王新甫除了指导学生学习外,还经常讲一些外界的新鲜事物。他从不摆老师的架子,喜欢与学生们打成一片,学生们亲昵地称他为"二学长"。

他问为何不称他大学长,学生们说:"大学长早让王瑞俊当了。"

他装作不高兴地说:"他没有我个子高,也没有我胡须多,凭什么能当大学长?"接着又故作赌气说:"我不服气!要与他比试比试,看谁更有资格当大学长。"

学生们兴奋地把王尽美喊过来,让他们两个比试。比试完身高,王新甫又让学生过来数他们谁的胡须多。

学生们笑着说:"王瑞俊还是个小学生,哪有胡须啊。"

王新甫说:"对啊,他既没我个子高,又没我年纪大。你们说凭什么他当大学长,却让我当二学长?"他见学生们回答不上来,就启发他们说:"你们说,凡事是不是都讲究先来后到啊?"

学生们说:"是!"

"这就对了嘛!因为王瑞俊当大学长在先,我来学校在后,所以啊,我只能排在他后面当二学长。"他又向学生们问道:"你们知道王瑞俊当大学长还有一个更充分的理由吗?"

学生们都说不知道。

王新甫又问道:"你们说王瑞俊是不是你们村里第一个剪辫子的?"

学生们高声说是。

他把大拇指伸向王尽美说:"就冲着他这种敢为人先的精神,就应该当大学长。"

王新甫多才多艺，既会唱歌，又会吹笛子，学生们很敬佩他。如果他长时间不来，学生们就会想他，王尽美就去打听他的消息。

有一天，王尽美听说王新甫的父亲去世了，他就把这事向学校作了汇报。校领导经过研究，决定让王尽美以大学长的身份带领学生们前去参加葬礼。

王尽美考虑到学生多，不好管理，就让每个班级找出一个负责人，他有事只管指派负责人。这样，既有分管，又能统筹，避免了人多杂乱。

那天上午，学生们在王尽美的带领下，排着队，犹如一条逶迤的长龙，向西安村走去。

虽然人多、队伍庞大，但学生们在整个葬礼上表现得井然有序，没有出现半点差池，参加葬礼的人们都交口称赞王尽美组织有方。这让王新甫对王尽美更加刮目相看，觉得他不仅重情重义，还很有领导能力。

王新甫每次去大北杏村，都要单独与王尽美进行交谈。王尽美每次去枳沟街赶集或者走亲戚，也都要去学校看望王新甫。两人虽然相差二十多岁，但在一起总有说不完的话。

他们成了忘年交。

第七章　枳沟高小

一

1913年，王尽美从大北杏小学升入枳沟高小。

枳沟高小办学开明，招生没有区域限制，诸城的、莒县的优秀学生都可前来入学就读。校长徐广华是同盟会老会员，思想进步，他聘请了一些像王新甫一样思想进步的知识分子前来任教，身为诸城老资格的同盟会会员的王纪龙就曾在这里任过教。学校的民主气氛浓厚，师生们经常在一起宣讲新思想、新文化，谈论时事政治。

王新甫担任王尽美的任课老师，他经常在课堂上撇开书本，向学生讲述黄花岗七十二烈士、武昌起义等革命故事。他讲得生动形象，学生如临其境，有人还误以为他是亲身参与者。

他说："这些革命活动，鄙人虽然无缘参加，但会有人把这些事情告知于我。"接着他自豪地举起《警世钟》《民报》说："就是它们告知我的。"

他开导学生们："书是好东西，书能让'秀才不出门，便知天下事'。"他指着王尽美说："王瑞俊同学为什么懂得事情多，就是因他经常借阅各种书刊之缘故。"

他向学生们推荐《警世钟》《革命军》《民报》等书刊，"只要你们想看，可以随时来找我。"

班上有一个调皮捣蛋的学生，就故意跑向讲台找他借书。他急忙阻止说："上课时间不能随意借书，你们要遵守上课纪律！"

那位学生故意反驳说："老师，你刚才不是说让我们随时找你吗？"

他忙道歉说："对不起，我把刚才所说'只要你们想看，可以随时来找我'之言，更改为'只要你们想看，在鄙人方便之时，可以随时来借'。"

他见学生们笑起来，就故意板起面孔说："刚才这位'老先生'严谨的治学态度固然可嘉，但这种咬文嚼字、吹毛求疵的迂腐做派是要被革命的，不革命焉有进步！"他随即高声朗诵道："呜呼！我中国今日不可不革命，我中国今日欲脱满洲人之羁缚，不可不革命；我中国欲独立，不可不革命；我中国欲与世界列强并雄，不可不革命；我中国欲长存于二十世纪新世界上，不可不革命；我中国欲为地球上名国、地球上主人翁，不可不革命……"

这富有激情的讲课，让学生们感到心潮澎湃、心旷神怡。王尽美也被深深感染着，心里顿时萌生起对革命的向往。

由于王新甫老师最敬佩资产阶级革命家邹容和陈天华，因此，王尽美对《革命军》《警世钟》爱不释手，经常在上学的路上背诵着其中的章节。

"长梦千年何日醒，睡乡谁遣警钟鸣？腥风血雨难为我，好个江山忍送人！万丈风潮大逼人，腥膻满地血如糜……"

"醒来！醒来！快快醒来！快快醒来！不要睡得像死人一般。同胞！同胞！我知道我所最亲最爱的同胞……"

每每背诵，王尽美都会激动得热血沸腾、豪情万丈。

在王新甫的引导下，他对政治书刊产生了浓厚的兴趣，阅读进步书刊到了如饥似渴的程度，很快就把王新甫那里的书籍都看完了。

王新甫开玩笑地说："瑞俊，你也太'贪吃'了！我积攒了这么多年的家底，竟让你一个学期的工夫'吃光'了。呜呼哀哉！"

他见王尽美时常因为没有进步书刊看感到惆怅，就安慰说："不要愁，只要你想看，我会托人帮你借。"

二

王尽美在王新甫老师的帮助下，开始四处借阅进步书刊。

有一天，他听家住城里的一位同学说，诸城县立高小那里有《申报》。王新甫曾向他介绍过这份报纸，说它是由在华的英国商人创办的，力求"将天下可传之事，通播于天下"，注重真实反映生活，敢于揭露社会的丑恶现象，在全国很有影响力。

王尽美想去借阅，但报纸放在校长办公室里，轻易不外借。他就找王新甫帮忙，王新甫带他去了县城，找到诸城县劝学所所长王纪龙。在王纪龙的帮助下，诸城县立高小的校长才答应借阅，但要求每次只能借阅本周的，最迟要在下周的周末前归还。

从枳沟到诸城县城来回要走八十多里路，王尽美每次去城里借报纸，都是天不明就动身。他边走边背诵着报纸上的一些重点章节，虽然很辛苦，但是乐此不倦。

一次，他在县立高小忽然看到了一张熟悉的面孔，看着很像吴长工。但是那人穿着一身中山服，像个教员。

那人发觉有人看他，就好奇地望着王尽美，他忽然惊喜地大喊道："你不是仓囤吗？"

他就是吴长工。吴长工亲热地把他领进办公室，拿凳子让他坐下，又给他倒水。王尽美还一直恍惚，他怎么也想不到一个土里土气的长工忽然间变成了文质彬彬的教员。

吴长工瞧着他懵懂的样子，抚摸了一下他的头说："都长成大孩子了，越长越像你父亲了。"

"我父亲？"

"噢……"吴长工感到有些失口，忙岔开话题："你来学校找谁？"

王尽美就把借书的事说了。

吴长工又问了王尽美家里的情况。

他见王尽美一直疑惑地望着他，就笑着说："你是不是想问问我的情况？"

王尽美点了点头，激动地说："自从你离开了'兴客隆'，我就一直在打听你的消息。"

吴长工简单地把他的经历告诉了王尽美。

吴长工被"见山堂"辞退后，无意中遇到了革命党，他们正想把"兴客隆"作为开展反清的联络点，就把他安排到那里当了伙计。当诸城独立失败后，清军到处捕杀革命党，他先回山里老家躲避了一阵，等局势稳定了，就来到了县城，被安排到县里高小做监事。

"原来你是革命党啊。"王尽美忍不住惊呼起来。

吴长工笑了笑，站起身说："你先坐着，我出去趟马上就回来。"

不一会儿，王长工拿着一包糕点回来了，他让王尽美带给祖母，并让王尽美转告祖母，有机会他会去看她。

临走，他对王尽美说："你一周跑一趟城里很累。这样吧，到时候我找人把报纸捎到枳沟高小。"

王尽美觉得借阅这样重要的报纸，不能有半点差池，还是坚持自己亲自来取。

回到家，他把见到吴长工的事告诉了祖母和母亲，她们先是惊讶，接着又感到高兴。

祖母有些不解地说："一个土里土气的庄户人，怎么就一下子变成教书先生呢？"

母亲说："娘，现在这社会发展变化得太快了，什么新鲜事都会发生。"

祖母说："既然他能当先生，我的孙子更能当先生了。"接着又问王尽美："他没对你说起别的事？"

王尽美想了想说："他还说我越来越像我父亲了。奶奶，我父亲到底长得什么样？"

祖母没接话茬，只是追问道："他再也没说什么了？"

她见王尽美摇摇头，就长吁一口气自言自语地说："都成了陈年烂谷子了，这事就彻底忘了吧。"

晚饭后，王尽美见祖母又在烧香祈祷。

三

过年的时候，王尽美回后张仙看望老家亲戚。听堂叔说，诸城县相州的王翔千曾在北京上过学，现在回相州开办了一所学校，他家中有许多书；他们王家与我们王家都是一个老祖宗，也都是亲戚。

王翔千出生于相州的名门望族、书香世家，年轻时就去了北京求学，1911年，当他从京师译学馆毕业时，亲戚想把他介绍到胶济铁路局工作。由于胶济铁路由德国人管理，他拒绝说："我是中国人，不能当洋奴，不去为外国侵略者出力。"他就去了济南大东日报社当了编辑。辛亥革命后，他响应政府提倡兴办新式学校的号召，于1913年回到相州老家开办了一所国民学校，自任校长兼教员。他提倡对青少年进行新文化新思想教育，优先照顾穷人子弟上学，深受当地穷苦人的欢迎。

王尽美决定前去找他借书。

1914年秋假的一天，天还不亮，王尽美就带上母亲备好的干粮，悄然出了家门，踏上去相州的路途。

相州在诸城县城的正北面，相距大北杏村有八十多里。王尽美为了尽快赶到那里，一路上也不停歇，直到下午三点时分才赶到相州。他按照堂婶的嘱咐，先找到了山海关巷。王翔千家住在山海关巷的路西边，不远处是王氏祠堂，祠堂前有两棵高大的松树。

当他刚要走进山海关巷口时，忽然改变了主意，决定先去看看王翔千开办的学校。

他向一个路边的人打听国民学校在哪里，那人问道："你说的是王异端的穷人学校吧？"

他被问愣了，疑惑地问那人："王异端是谁？"

"王异端就是王翔千，也就是六爷啊。"

王尽美这才恍然大悟，忙好奇地问："为什么叫他王异端？"

"六爷做事从来都是稀奇古怪、与众不同。就说叫他六爷这事儿吧，他在兄弟们中排行第六，叫他六爷是对他的尊重啊！他却说六爷是对权贵的尊崇，他听着不舒服。有人就开玩笑叫他王异端，他说这个名字好。自此以后，人们就叫起他王异端来。"

王尽美感到王翔千这人很有意思，更想尽早见识见识。

他在那人的指引下，来到了驴市沟西边的国民学校。学校已经放假，两扇木栅栏门半掩着，院子里晒了一地玉米棒子，一个年龄与王尽美相仿的男生，正坐在白杨树底下看着书，看得很入迷，连王尽美问他"王校长在吗？"都没听见。

王尽美好奇地悄悄走近他，想看看他看的究竟是什么书，会让他这样入迷。他看的是王国维的《人间词话》，这本书王尽美虽然没有看过，但听说是一本很有名的文学评论。王尽美不禁对眼前这个文弱而又专注的男生起了敬慕之心。

那男生忽然抬起头，警惕地打量着王尽美："你是干什么的？"

王尽美忙说："找王翔千校长。"

他审视了王尽美一会儿，问道："找我六叔干吗？"

这男生是王翔千的堂侄，叫王志坚，年龄比王尽美小一岁。

王尽美本想说找王翔千借书，不知为什么，话到了嘴边，忽然改口说："他是我堂婶的侄女婿，堂婶让我来找他。"

王志坚一听他们是亲戚，就说："我六叔正在园子里浇菜，你先等等吧。"说完又看起书来。

王尽美站在一旁，观看着这所学校。这学校只有两排校舍，十多间房子。前排最东面一间挂着校长办公室的牌子，西面那些房间是教室。教室前也摊晒着玉米棒子。

他忽然感到饿了，为了赶路，一路上也没顾得上吃饭。他从口袋里掏出干粮，狼吞虎咽地嚼起来。由于吃得急，被饭噎得打起嗝来。

王志坚不满地抬起头望着他，他读书最讨厌别人打扰。他本想发火，但碍于六叔，就忍了，只是大声说了句："你吃饭不能小声点！"

王尽美难为情地说："没喝水，让饭噎着了。"他见王志坚没言语，就问："哪里有水？"

"学校都放假了，没有开水。"王志坚有些不耐烦地说。

"井水也行。"

"喝凉水会生病的。"

"没事，我都喝习惯了。"

王志坚惊异地看了看他，一指西南角的一棵大柳树说："水井就在树底下。"

王尽美忙跑过去，从井旁边的水缸里拿起瓢，舀起一瓢水，"咕咚咕咚"喝起来。

这时，从学校外跑进来一个七八岁的小孩。没等那小孩跑近，王志坚就朝他喊道："明宇，咱六叔在园子里浇菜，你快去喊他，说有人找。"

那个小孩好奇地望了望王尽美，口里答应着就返身跑了出去。

过了不久，一个挽着裤腿、左肩上搭着一条白披巾的二十六七岁的汉子走进学校，他身后跟着一个八九岁的女孩。

王志坚忙指着王尽美对他说："六叔，就是他找你。"说完又低头看起书来。

来人是王翔千，跟在他身后的是他的大女儿王辩。

王尽美赶紧上前恭敬问候道："王校长，您好。"

王翔千用深邃的目光上下打量了他一番说："你不像是我们街上的啊。"

王尽美本想说"我是从大北杏村来的"，但他感到王翔千问得很奇怪，就反问道："您怎么知道我不是你们街上的？"

王翔千哈哈笑着说："凡是街上有出息的后生，我没有一个不熟悉的。"

"这是为什么？"

王翔千自豪地说："我是伯乐啊，凡是街上的千里马没有逃过我法眼的。"他又盯着王尽美问："你是从哪里来的？"

听王尽美说明了来历，王翔千忙说："啊呀，是我家的贵客啊！你怎么不去我家？"

"我想先过来看看您开办的学校。"

王翔千听了很高兴，快让王辩回家告诉她母亲，说来贵客了，早点准备饭菜。然后，他领着王尽美参观起学校来。

参观完校舍后，他们来到了校长办公室。王尽美一进办公室，就被书橱里的书吸引了。

王翔千问："你喜欢读哪方面的书？"

"只要是政治类的我都喜欢。"

王翔千有些惊讶地说："你一个高小生，这样关心政治啊！"

"政治不分长幼，只要是关心国家前途与命运的人都会关心。"

王翔千听了这话，惊奇地看了王尽美一眼，又问他读过哪些政治书刊。

王尽美有些自豪地说："《革命军》《警世钟》《申报》等，我都读过。"

王翔千听了更是惊讶:"这些报纸、书你能读懂?"

"这些都是我的老师王新甫推荐的,读不懂的地方就去向他请教。"

王翔千语重心长地说:"读书固然很好,但是不要死读书。读书不仅要读懂道理,还要把道理践行到实际中去。"

"王校长之所以回乡办学,就是为了践行教育救国吗?"

王翔千说:"如果世人都愚昧无知,我们怎么向他们讲民主、讲革命?只有向他们传授知识,才能让他们明事理。因此,全民教育应是当前国家第一要务。"

"王校长说得太好了!让我茅塞顿开。"

王翔千原以为王尽美充其量就是一个爱读书的学生,没想到他竟然是个有见解、有追求的青年,就饶有兴趣地与他交谈起来。

他们从辛亥革命谈到当前时局,从当前时局又议论起中国的出路,越谈越投机,直谈到王辩喊他们回家吃晚饭。

晚饭后,王翔千陪着王尽美来到学校,又接着没说完的话题继续交谈着,不知不觉谈到了半夜。王翔千干脆不回家了,陪着王尽美睡在学校里。

从此以后,王尽美就常去相州。不单是为了借书,更是为了与王翔千他们进行思想交流。

1916年,在当地封建旧势力逼迫之下,王翔千不得不关闭国民学校前去济南教学。已经在家务农的王尽美前去为他送行,王翔千嘱咐他一定要想办法出去上学。

后来,在王翔千的建议与帮助下,王尽美考取了山东省立第一师范学校。他们又在济南重逢。

四

王尽美在王新甫、王翔千等进步人士的影响下,加上又阅读了大量的进步书刊，开始有了自己独立的思考与见解。

辛亥革命失败后，中国进入军阀统治时期，社会动荡，思潮泛滥。中国该何去何从？是实行君主立宪，还是实行民主共和，还是由军阀进行独裁统治？这些问题在困扰着人们。

枳沟高小的师生们经常对这些问题开展争论。有人主张实行君主立宪，反对孙中山进行民主革命，说革命必生内乱，必然招致外国势力入侵；有人指责三民主义所主张的平均地权只利于产生乞丐和流氓；有人针对二次革命、护法运动的相继失败，主张要以其人之道还治其人之身，用袁世凯刺杀宋教仁的手段刺杀袁世凯，说只要杀了袁世凯，就会结束独裁统治……

王尽美听了大家的争论后，就谈了自己的看法，他说："戊戌变法的失败，已经充分证明君主立宪是行不通的，只有实行民主共和，才是历史发展的必然趋势。虽然孙中山领导的革命遇到了挫折，但这只是暂时的，我们要相信民主革命最终会获得成功。"他又批驳了通过暗杀一个统治者就会改变一个民族命运的说法："杀了一个袁世凯，还会有另一个袁世凯，暗杀不是解决问题的根本办法。"

有人问："你说应该用什么办法解决中国当前存在的问题？"

他早有准备地说："在我们中国，还有比炸弹更厉害的武器，那就是劳苦大众，只要唤醒他们，依靠他们，就能战胜军阀反动势力和外国列强。"

为此，他列举了义和团抗击八国联军、1893年诸城小刀会起义等事例，予以佐证。

他充满豪情地说："要想革命取得成功，就必须发动起广大民众，只有他们才是革命成功的主力军。要想发动广大民众，就要让更多的民众接受教育，让他们从麻木中觉醒。因此，学校的教育尤其重要。"

他有理有据、情文并茂的发言，赢得了王新甫等师生们的交口称赞。

在枳沟上高小这两年对王尽美产生了很大的影响，他开始关心政治、认识社会，逐步有了革命意识。

五

由于学校实行的是走读，王尽美上学每天都是早起晚归，来回走三十多里的路。虽然很艰苦，但他风雨无阻，从不旷课、迟到。

为了让他少吃苦，祖母、母亲多次劝他住在街上他姑家。姑家在学校的东面，家里种着菜园，菜园前面还有三间用于卖蔬菜的沿街房，吃住都很方便。但他不想给姑家添麻烦，只有遇到风雨交加的恶劣天气，才在姑家留个宿。

入冬以后，上学更加艰苦了，他天不明就起床，天黑后才回家，手脚都冻了。姑知道这情况后很心疼，就三番五次动员他寄宿在她家，他就是不同意，气得姑骂他道："真是个倔驴！比你父亲还犟。"

王尽美听姑提起他父亲，就趁机问道："姑，我父亲到底是怎么去世的？"

姑瞪了他一眼说："不是早就对你说了，是生病去世的吗？"

他不相信："我怎么听村里人风言风语地说，他是给地主家贩卖粮食时，被……"

姑没等他说完，就气恼地打断他的话："少听那些人嚼舌头！"姑见他还想追问，就问他道："你先说到底想不想住在我家？"

王尽美忙回避说："我要去学校了。"赶紧从姑家离开。

姑生气地对郑明淑说："我这个侄子哪里都好，就是这个倔脾气能气死个人，怎么也不听劝！"

郑明淑笑嘻嘻地说："娘，我倒是有个办法，准能让我表弟住在咱们家。"

母亲瞅了女儿一眼，不相信地说："你除了惹你娘生气，就没个好主意。"

郑明淑撒娇地摇着母亲胳膊说："娘，你到底想不想听？"

母亲敷衍道："那你就说说看。"

"在我说之前，你得先答应我一件事。"

"死丫头，你还想与娘讨价还价啊！"

"那我就不说了。"

"那你快说让我答应你什么事。"

"答应让我学识字。"

"识字？"母亲一听就不高兴了，"女孩子识什么字！"

"我这是打着识字的幌子想把俺表弟留下来啊。"郑明淑见母亲没明白她的意思，就解释说，"我表弟不是一直想让我学习识字吗，都因为你的反对，我才没学成。如果告诉他我想跟着他学识字，他准高兴。只要他同意教我识字，不就自然而然住我们家了。"

"我看他未必能答应。"

"只要你答应让我学识字，我就有办法让他住下。"

快吃中午饭的时候，郑明淑要去学校找王尽美。母亲装上一块刚蒸好的油饼让她带去。

姑知道王尽美都是从家里带午饭到学校吃，通常是啃冷干粮就咸菜。为了给他改善一下生活，她时常做点好吃的让郑明淑送过去。

郑明淑找到王尽美，告诉他母亲同意让她学识字了。王尽美高兴地说："这是好事啊！"

郑明淑故作不情愿地说："俺娘虽然答应了，却不让我出去学。"

"那就让我姑父在家里教你啊。"

"他呀！瞧他那"之乎者也"的酸腐样，我才不让他教呢！"

"那让谁教你？"王尽美有些犯难地问。

"我想让你教。"她见王尽美没表态就赌气说:"你不教,我就不学了!"

王尽美忙答应说:"我教,我教。"

为了晚上教表姐识字,王尽美只好在姑家住下来。

王尽美不仅教表姐学识字,还给她讲一些外界的新鲜事,他让表姐这个普通的农家女子不仅学到了文化,还明白了许多事理。

第八章　乡下务农

一

1915年的夏季，王尽美从枳沟高小毕业了。

当他与老师告别时，王新甫问他以后有什么打算，他说要回家务农。

王新甫有些遗憾地说："咱班上有些学生正准备考中学或师范，你比他们优秀，为什么不去考？"

"他们都是富家子弟，我比不得他们。我奶奶与母亲含辛茹苦地供应我读完高小，已实属不易了，我不想让她们为我受苦受累了，我要回去把这个家支撑起来。"

王新甫了解王尽美的家境，就不再劝他，把自己的笛子拿给他说："这把笛子赠给你留作纪念吧。"

王尽美接过笛子，眼前又浮现出在宿舍、在河边、在野外王新甫教他吹笛子的情景：悠扬的笛声飘荡在夕阳下的潍河边，飘荡在乡村暮晚袅绕的炊烟中，飘荡在秋后空旷的田野里……

他是多么留恋与老师、同学朝夕相处的美好时光啊！

可是，高小的岁月已经结束了，等待他的将是艰辛的劳作以及沉重的家庭负担……

"想什么呢？"王新甫见王尽美端详着笛子没有言语，于是问了一句。

王尽美凄然一笑说："没想到我很快就会成为一个面朝黄土背朝天的农民了。"

王新甫有些伤感地从王尽美手中拿过笛子说："这支笛子是我在济南法政学堂上学时买的，陪伴我多年了，我一直把它视为倾诉情感的知己。之所以把它赠给你，就是希望你在沉重单调的农村生活中不寂寞、不孤单、不消沉。"

王尽美心怀感激地说："老师，我明白您的心意。"

王新甫欣然地说："明白就好！我再为你吹一次《苏武牧羊》，权当为师为即将成为农民的弟子送行吧。"

他吹起了笛子：雪地又冰天，穷愁十九年。渴饮雪，饥吞毡，牧羊北海边。心存汉社稷，旄落犹未还。历尽难中难，心如铁石坚……

吹完，他拍了拍王尽美的肩膀说："苏武被匈奴囚困十九载，却不甘消沉，仍然坚持气节。王瑞俊同学，你回到农村后，不要失去上进心，要时刻关心外面的世界。你要记住，无论干什么，只要有追求，有向往，就一定会有好前程。"

王尽美坚定地说："老师，您放心，我不会因为回乡务农就失去对人生的追求。在农闲之余，我不仅要看书，还会常找您探讨问题。"

王新甫欣慰地说："这才是新青年应有的志向！只要有志向，就会有未来。我这里的大门时刻向你敞开着！"

王新甫望着夕阳中王尽美渐渐远去的身影，忽然高声朗诵道："长梦千年何日醒，睡乡谁遣警钟鸣？"

从远处沸扬的光尘中传来回音："一腔无限同舟痛，献与同胞侧耳听！"

"嗟夫！天清地白，霹雳一声，惊数千年之睡狮而起舞，是在革命，是在独立。"

两种雄浑高亢的声音交会在一起，回响在暮晚的光辉里……

二

王尽美回家务农不久，家人就忙着给他张罗起婚事来，王尽美没有反对，他明白她们这样做是为了把他拴在家里。

经过媒人多番介绍，最终确定了庙后村的一位姓李的姑娘。由于这个姑娘在兄弟姐妹中排行第五，人称李五妹。李五妹的父亲李灵甫是村里的眼科医生，她平日里除了帮着母亲操持家务外，还帮着父亲给病人抓药。李五妹为人贤惠、勤劳，董氏与刘氏对她都很中意。

她比王尽美大一岁，年龄也比较合适，媒人说：女大一，甜蜜蜜；女大两，黄金淌；女大三，抱金砖。刘氏说，只要他们把日子过得甜甜蜜蜜比什么都强。

按当时农村的风俗，两个人的生辰八字找人看了，也相合。男是木命，女是土命，土养木，成大树，大吉！

李五妹虽然没有上过学读过书，但她对读书人格外敬重，要是遇到穷困的读书人来找她父亲看病，她经常不收钱。她心甘情愿地嫁给王尽美，就是看重他是个读书人。

开始，祖母与母亲还担心王尽美会对这桩婚事有抵触情绪，现在社会进步了，上过学的年轻人，对包办婚姻越来越排斥，有的为了逃婚还离家出走。她们没想到，王尽美竟然痛快地答应了。

王尽美一下学就做好了结婚成家的心理准备，他知道祖母与母亲为了这个家，已经操劳得像是精疲力尽的老马了，他要像爷们一样把这个家真正支撑起来，就要先成家，只有成了家的男人才有资格成为真爷们。

虽然当他想到自己就这样与一个素不相识的女子成了家，从此从一个怀有抱负的青年学生，变成了一个搂着老婆睡炕头的地地道道的农民时，不免有些伤感与失落，但是为了这个家，他甘愿忍受一切。

在一个骄阳似火的八月的一天，一位十八岁的新娘被一头小毛驴驮着，在喇叭欢快的吹奏声中走进了大北杏村。

三

婚姻让王尽美更有了责任感。他结婚不久，就开始了秋收。

当母亲与他商议找人帮工时，他一口回绝道："不用找，地里的活儿我干。"

先前每到农忙季节，他家都要雇几个短工。

"这哪行！你刚下学，身子骨还娇嫩，经不起这样的沉重劳动。"

"我没那么娇气，地里的活儿又不是没干过。"

李五妹支持丈夫的做法，她对婆婆说："娘，我帮着他干。"

刘氏见儿子与儿媳妇都这样表态了，也就不再坚持了。

经过一个秋收的锻炼，王尽美虽然整个人瘦了一圈，手上也磨起了一层茧子，但身体强壮了，还学会了扶犁耕地、打畦埂、播种等手艺，村里人夸他是半个庄稼汉了。

他听了感到很自豪，就对媳妇说："我虽然不能上学了，但我还是没让地主家的公子少爷们小瞧了。我上学比他们强，干农活照样也能干好，我一定会成为庄稼地里的一把好手。"

四

入冬后的一天，母亲让王尽美去枳沟街买卤水，家里准备做大豆腐。

王尽美到了街上后，先去学校看望王新甫老师。前阵子由于忙于秋收，快一个月没来看老师了。

当他走进教师办公室时，王新甫竟然没认出他来，直到王尽美走到王新甫跟前喊了声"老师"时，才惊讶地喊道："啊，原来是瑞俊啊！"忙惊喜地站起来，上下打量着他："瞧你黑黝黝的脸，又穿着件黑夹褂，戴着个毡帽头，我还以为是哪位老农民呢！"

王尽美听了兴奋地说："老师，你说出了我最想听的话！"他见老师没明白他的意思，就解释说："我最想听你刚才说的'我还以为是哪位老农民'这句话。我现在最喜欢别人称呼我老农民了！这样我就可以自豪地对自己说，王瑞俊，你这一秋没有白劳动，你不仅能读好书，还能铺下身子干农活，没有让村里人小瞧你！"

王新甫这才明白过来，笑着说："你这个老农民来得正好，我刚好收到一本新刊物。"

王尽美问什么刊物，王新甫拉着他说："跟我走！"

王新甫领着王尽美来到他的宿舍，从枕头底下拿出一本刊物自豪地说："这是刚出版的《青年杂志》，陈独秀先生主编的！上面刊登着他的《敬告青年》。这篇文章写得太好了，让我深受启发与鼓舞，似乎看到了中国的未来与希望。你也要好好读读。"

王尽美接过《青年杂志》，急不可待地翻看起来，还情不自禁地朗诵道："青年如初春，如朝日，如百卉之萌动，如利刃之新发于硎，人生最可宝贵之时期也。青年之于社会，犹新鲜活泼细胞之在人身……"他激动地说："写得太好了！让我感到浑身的热血在沸腾！我想振臂高呼：青年万岁！"

王新甫看着兴奋的王尽美，说："我已经读完了，你可以拿回家读。"

"太好了！我要全部把它背诵下来，铭记在心里。"

王新甫指了指床，让他先坐下，说："瑞俊，你说说在家务农的情况吧。"

王尽美就把自己如何出力干活,怎么不怕吃苦,学会了哪些种地手艺等,一一对老师说了。当他看到老师赞许的目光时,就有些得意地问:"老师,我这个老农民当得还算及格吧?"

王新甫淡淡一笑说:"当农民你算合格了,但当一个新式青年,你合格了吗?"他接着开导说:"劳动只是人生存的一种手段,只有远大的抱负才会让自己的人生有意义。陈独秀先生的《敬告青年》就是指引青年追求远大抱负的灯塔。"

当他们谈论到当前局势时,王新甫气愤地说:"我早就说过袁世凯这个老贼不可靠,他表面上装出一副假惺惺拥护孙中山民主革命的样子,实际上满脑子都是封建帝王思想,一旦窃取了革命胜利成果,狼子野心就暴露无遗了。他现在正在倒行逆施,企图恢复帝制!"

王尽美也抑制不住内心的愤怒:"革命就不能指望这些清朝遗老们,他们一心想搞独裁统治,怎么会真心去实行民主革命呢!"

五

从学校出来,王尽美拿着《青年杂志》,如获至宝,恨不得立马飞回家,先睹为快。

回到家后,媳妇见他空着手急匆匆回来了,就问:"你买的卤水呢?"

他这才想起忘了买卤水,他拍拍后脑勺歉意地说:"你瞧瞧我这记性,光顾着与老师说话了,竟然把这事给忘了。"

他转身要回去买,媳妇拽住他说:"都快黑天了,还去哪里买,先吃饭。"

刚吃完饭,王尽美放下筷子急溜溜地回到了卧室,母亲感到奇怪,就向儿媳妇使眼色,让她跟过去看看。

李五妹走进卧室,见王尽美正坐在炕上聚精会神地看着书,就问:"你今晚怎么不陪着咱奶奶咱娘说会儿话,就急忙进了屋?"见王尽美没理睬她，就一把夺过书说："我在与你说话呢！"

王尽美急了："快把书还给我，我正看到兴头上！"

"什么书让你这么上瘾？"

王尽美得意地朝她晃着《青年杂志》，兴奋地说："好书！一本让人爱不释手、读后使人热血沸腾的好书！"他见媳妇好奇地望着他，又说道："这是我刚从老师那里拿来的，是一本刚出版的进步刊物，由新文化运动发起人陈独秀先生主编，上面还刊登了他的《敬告青年》，我要一睹为快。"

李五妹见丈夫早早进屋是为了看书，就放了心，她自言自语说着"见了书就像蚊子见了血"，转身要往外走。

王尽美忙拉住她说："除此之外，今天还有一件让我特别高兴的事，你猜是什么？"

"你老师又表扬你了？"

王尽美故作神秘地说："不是，你再猜。"他见媳妇摇着头表示猜不出来，就得意地说："我今天一去老师那里，他没有认出我来，竟然把我当成老农民了！"

"把你当成老农民有什么可高兴的？"

"当然高兴了！这说明我在家务农这半年没有白劳动。我现在学会了扶犁、打畦埂、播种，等明年麦收结束后，我就能把地里的其他手艺也学会了。你等着瞧，到了那个时候，我会让那些地主家的公子少爷们知道：王瑞俊虽然不上学了，但他干农活也不是孬种。我不光上学强，在家种地也是一把好手，让他们永远不敢小瞧我！"

半年的农村劳动，不仅没把王尽美累倒，反而让他的身体更加健壮；苦闷的农村生活不仅没有让他消沉，反而让他更加充满自信。

六

王尽美除了去看望老师、与几个同学走动外，其余的时间就待在家里看书。

母亲见他整天闷在家,就劝他出去多与村里人接触接触。不是他不想去接触,而是他感到很难与村里人进行接触。

在近两个月的"三秋"劳动中,他与村民一样,起早贪黑,刨玉米秸,耕种小麦,也变得像农民一样灰头土脸了,他感到自己也是一个地地道道的庄稼汉了。

但是当他从"三秋"忙碌的劳动中走出来,又觉得自己与他们还是格格不入。他看不惯他们站街头混日子,看不惯他们的刁钻与粗野,看不惯他们满嘴的脏话与荤话,看不惯他们对生活表现出的麻木与愚昧。

但是不主动去与他们接触,又怎么去说服与改变他们呢?

当初他回乡务农的目的,除了要支撑自己的家庭外,还想要去改变村民的愚昧与落后的思想。

他于是怀着使命感,努力去与村民进行接触,鼓动他们为了争取更大的利益合起伙来去与地主老财斗,劝说他们要接受新事物,要有追求。起先,村民还默不作声地听着,后来见了他干脆就躲开。他发现全村人开始用异样的眼神望着他,他被当成异类了,这让他想起八九岁时被村民孤立时的情景。他眼瞧着现在又要被全村人孤立了,不禁有些伤感与颓丧。

每当想起王新甫老师的教诲:"王瑞俊同学,你不仅要当好农民,更要当好一个新青年。"他又逼着自己要振作起来。

正当他陷入苦闷、烦恼的时候,喜庆找上门来了。

七

王尽美与喜庆、石头都是从小一起长大的好伙伴,他后来虽然去枳沟上了高小，但他们还保持着交往。他结婚时，他们都前来贺喜，他们哥仨还一起痛饮到半夜，一边喝酒一边回忆着小时候一起玩耍的情景。

石头问喜庆："还记得去南岭割草让春孩连草带筐一起抢走的事儿？"

喜庆说："我哪能忘？你还与瑞俊一起去找春孩为我讨公道。当春孩他们把我们赶下南岭后，瑞俊还气愤地发誓说：'我一定要把南岭乔迁成我们老百姓的。'"喜庆说到这里问王尽美："瑞俊你说，这么多年过去了，为什么南岭还是在人家手里？"

石头说："人家有权有势呗。"

王尽美气恼地说："南岭早晚会成为我们的。"接着又开导说："因此，我们不能光埋头干活，还要多关心时局，多接受新事物，只要全天下穷苦人真正懂得了'物竞天择、适者生存'的道理，他们才会为了改变命运去敢于抗争，到那时，不仅南岭会成为我们的，我们还会过上不受欺负的好日子。"

石头不以为意地说："你说的这些固然很好，但这些大道理都是书里写的，对我们没有实际用处。我现在最想的就是多揽活儿，多挣钱，尽早把我家拖欠的债务还上。"

王尽美把一块肉夹给石头，他知道在他们三人当中数着石头家最困难。前年石头的父亲病逝后，给家里留下了一堆债务。石头的母亲只好靠给地主家做保姆来维持一家生计，石头也四处揽活儿帮着母亲养家糊口。

石头虽然生活很艰难，但从来没流露出丝毫的伤感与愁苦来。他嚼着肉美滋滋地说："还记得当年我们一起去'见山堂'看杀猪吗，那会儿不用说吃肉了，就连闻闻猪肉味也感到很满足了。"

王尽美取笑石头说："你还对我说，要是你家也能有这么一头猪，就是让你变成猪八戒也行。"

喜庆也打趣说："你那时就是猪八戒背媳妇——净想好事了。"

石头对喜庆说："你也别说我，你当时不也馋得用手指戳戳猪肉后，再用嘴呱呱手指头。结果让瑞俊看见了，过去踢了你一脚，骂你没出息。"

喜庆笑话石头道："鸭子别说鹅拽腔，你当时想伸手去摸猪腿，人家祥孩一声呵斥：'不准摸！'吓得你赶紧把手缩回来，还恋恋不舍地说：'用手摸下怎么了，还能少了块？'祥孩蛮横地说：'就是不少，也不准摸！让你们看看就不错了。'我就过去讥笑祥孩说：'不让摸，光让看。你就不怕我们把猪肉看进眼里去？'祥孩气得要赶我们走，瑞俊上前争辩说：'这又不是在你家，凭什么赶他们？'祥孩气恼地说：'他们凭什么摸我家的猪？'瑞俊当时故意气他说：'你凭什么说这是你家的猪，它可是我们这些佃户养大的。'祥孩恼羞成怒地高喊道：'它就是我家的！就连你们种的地都是我家的，更不用说你们养的猪了！'"

王尽美说："我当时听了这句话，真不知说什么好了，人家说的是实情啊！自从经历了那事后，我就想弄明白为什么穷人与富人的命运这么不平等。"

石头无所谓地说："你就是弄明白了又管什么用？清朝早就垮台了，随后又进行了那么多次革命，我们老百姓不照样受苦遭罪？"

八

喜庆是来让王尽美进村里的小戏班的。

经过王敬亭几年的调教，喜庆已经成了小戏班的台柱子，不仅会唱小生，还会唱老生、唱花旦，能担当多个角色。

王尽美起先觉得戏班子唱的都是些老掉牙的戏，没新意，不想去，当听喜庆说他们正在排练一出人与狐仙相爱的《刘海砍樵》时，就动心了，快让喜庆说说这出戏的剧情。

喜庆说，刘海从小家里穷，靠上山砍柴卖柴为生，有一次他救了一只受伤的狐狸。后来，刘海的村里一家姓丁的大地主的女儿香消玉殒。狐狸为了报恩，就借尸还魂，变成了丁家的小姐。她又把刘海找来做长工，两人就渐渐发生了私情，丁家发现后，就告发刘海拐卖他女儿，导致刘海陷入牢狱之灾。

狐狸为了救刘海，就求助刘海儿时的好伙伴刘二愣，让他到县衙为刘海鸣冤叫屈。当对簿公堂时，狐狸为了证明自己根本不是丁家小姐，就恢复了原形。刘二愣指着狐狸对审判官说，刘海与狐狸相好，这与丁家何干？

全堂的人都哑口无言，最后只好把刘海放了。

王尽美听完后，觉得这个剧情很有意思，但又有一种言犹未尽之感。他对喜庆说："我觉得应该把剧情再延伸一下，不仅要歌颂狐狸知恩图报，还要歌颂她大胆追求美好情感，同时还要揭露有钱人为富不仁的嘴脸。"

喜庆问怎么改，王尽美说："最后就借刘二愣之口，发出拷问，首先拷问那个地主：'狐狸为了报刘海救命之恩，充当你死去的女儿，她心甘情愿伺候了你好几年，你非但不知恩图报，反而诬陷好人。连狐狸都懂得知恩图报，何况人乎！'然后再拷问社会：'连狐狸都能大胆地去追求两情相悦，何况人乎！'"

喜庆兴奋地说："拷问得太好了！戏中的刘二愣就非你莫属了。"

正当他们热烈地讨论着《刘海砍樵》这出戏时，石头的妹妹春喜哭喊着："瑞俊哥，你快去我家看看吧，要债的快要把俺娘逼死了！"

王尽美与喜庆惊忙站起来，跟着春喜往石头家跑去。

九

自从地里种上冬小麦后，忙碌沸腾的田野终于消停下来，累得早已精疲力尽的庄稼人总算可以歇歇了。

随着天气一天比一天凉起来,村子也仿佛变得萧瑟慵懒起来,直到每天的太阳踩遍了大街小巷后,院子里的鸡、鹅、鸭才懒洋洋地起来,但狗还窝在草窝里眼瞅着堂屋门,在等候着主人起来。

地里没有农活了,白天人们除了站街头,就是串门子。大北杏村有东西、南北各两条主要街道,从东往西看,街上站满了人;从南往北看去,街上也满是人。他们都在闲耍,有的凑堆聊天、侃大山,有的围在一块儿下小斗、摆大棍,男孩子在追逐打闹,女孩在"拾簸骨"(又称"拾子儿")、跳绳、踢毽子,老人们倚着南墙根在晒太阳。

女人聚成块儿要么坐在堂屋里,要么坐在土炕上,边拉着呱边做着纳鞋底、纳鞋垫、绣花等针线活儿,有的还缝制起过年的衣服来。她们一坐就是一天,中午饭也不吃。农家人在闲的时候一天只吃早、晚两顿饭。

有的孩子饿急了,就跑来缠着他娘哭喊着要饭吃,母亲就凶巴巴地朝孩子喊:"饿,还到处乱跑,快回家老实待着!"

直到被孩子缠磨得没法子了,才对孩子说:"窝窝头就藏在了里屋门后的面缸里,对谁也不准说!"

孩子问:"我爹呢?"

女人气不打一处来:"让他饿死去。"接着就喋喋不休地哭诉起来:"我家这个好吃懒做的,光知道两眼整天瞅着那点刚收的粮食,我看不等粮食往瓮里装,就要让他吃没了。"

"能吃就能挣,你还怕他能吃?"有个女人说。

"哼!地里就打那么多粮食,可是各种摊派越来越多,你向哪儿挣去!不借高利贷就不错了。"女人接着伤感而又无奈地长叹了一声说:"穷人的日子越来越难熬了!"这声长叹就像小锤一样,敲得其他人的心儿也颤颤的。

女人们也都七零八碎地诉起每家的苦楚来。

当有人说到明年怕要借债过日子时，一个女人说："你们没听说满福他老婆前天差点上了吊？"

"怎么回事？"

"还不是让债主逼的！一个寡妇拖着几个孩子吃了上顿没下顿，拿什么还？"

"我听说这事让王五的儿子仓囤给对付过去了！"

"像他这么个古里古怪的人，竟然还有这份能耐？那些讨债的可都是不要命的狠角色啊！快说说他是怎么对付他们的。"

"仓囤先是威胁那些要债的说，放高利贷是犯法。他见那些人不吃这一套，又指着满福的屋里说：'你瞧瞧他家穷得叮当响，除了拿命外，还能拿什么还？'他见要债的没了主意，又说：'要是逼出人命来，你们不光落个鸡飞蛋打，还要跟着吃官司。'"

那些人说：'如果不逼她，欠债怎么还？'

仓囤就说：'跑了和尚跑不了庙，只要她们还住在村里，你们还怕欠债没人还？你们没听说她大儿子石头，前些日子去当土匪了，他要是能绑一票，或者抢一家地主老财的话，你们还怕她家没银子还债？'他低声对那些讨债的说，给人一条活路，就是给自己留一条财路。那些要债的又把屋里屋外瞅了瞅，感到确实没有值钱的东西，就只好走了。"

"没想到这个仓囤还真有本事！"

"这个孩子不光有本事，还重情重义。他与石头就是从小一起耍大的伙伴，也不沾亲带故。遇到这样的事，连石头家亲的近的都躲起来，他一个外人却挺身而出。"

"石头不是一直在外揽活儿吗，什么时候当了土匪？"

"这是仓囤耍的心眼子，他是在吓唬那些要债的。要债的是舍命图财，而土匪呢，是既要命又要财，比要债的狠多了。"

女人拉呱起来就没完没了，不知不觉太阳就要落山了，她们忙收拾起自己的针线活儿,赶紧回家做晚饭。

在冬天农闲季节里,村里人没事就早早吃了晚饭,天一煞黑就上炕睡觉,这样省着点灯熬油。

在晚霞红彤彤的光彩里,炊烟一缕缕从各家各户的烟筒里冒出来,经晚风一吹,就散布开来,红一片、蓝一片,袅绕在村庄朦胧的暮色里,像是展开了一幅优美祥和的暮晚图。

每当此时,王尽美都会站在南岭上向村子深情地眺望着,只有此时的村庄才让他感到最亲切、最美好。

等夜色把南岭淹没了后,他才从岭上下来。当他走近"见山堂""冠山堂"的深宅大院时,看到挂在他们家屋檐下的大红灯笼就像一只只鬼魅的眼睛在眨动。

十

刚进入冬季,村里的戏班子就开始排练,准备着正月里演出。

大北杏戏班子从光绪年间就有了,据说一个叫多奎的河南民间艺人和女儿前来大北杏村卖艺,见村里人都爱看戏,对他们也很亲热,就在村里住了下来,不仅唱戏,还教村里人学戏。后来,他见村里会唱戏的人越来越多,就办起了一个小戏班,参与唱戏的多是穷人家的子弟,他们不要工钱,在村里演出也不收演出费。自此,唱戏就成了村里一种大众性的娱乐活动了。

村里有个大地主想把戏班子据为己有,还要聘请多奎当班主,多奎说:"这先要问问村民答应不答应。"

过了不多久,多奎父女俩就悄然离开了村子,从此不知去向。

但小戏班被村民继续保留下来。之后,村里有几家大地主为了积德行善，笼络人心，也为了听戏方便，就联合出资添置了乐器、道具、服装等，扩大戏班子的规模。为了鼓励唱戏，他们还给戏班子唱戏的发工钱，工钱不是发现金，而是用以抵顶他们上交的地租。

每年入冬后，参加唱戏的村民都换上干净的衣服，从早到晚在村公所进行排练。参加排练的不光有上年纪的，还有一些像喜庆这样的年轻后生。

起先，戏班子只是逢年过节唱；后来，村里有钱的人家办红白喜事也叫他们过去唱；再后来，外村人也邀请着去唱。渐渐地，大北杏戏班子越来越有名气。每年从正月初二开始唱戏，在本村唱三天后，再去外村唱。从这个村唱到那个村，一直唱到出正月。

王尽美进入戏班后，先是吹吹打打，他除了用笛子吹《满江红》《苏武牧羊》等曲子外，还学会了拉二胡、弹三弦等。

他本来就有音乐基础，再加上聪明好学，唱戏用的一些基本乐器很快都会用了。他身穿黑棉袄，腰间系着扎腰带、戴着顶毡帽头，端端正正地坐在戏台上，有时打锣，有时敲梆子，有时吹唢呐，俨然成了一个真正的乐器伴奏手了。

出了正月十五后，戏班子开始试唱新排练的《刘海砍樵》。由于担心观众不愿看，就把它放在节目的最后。没想到，它竟然一炮唱红，尤其受年轻人的喜爱。

王尽美在戏中演的是刘二愣，虽然只演"鸣冤叫屈""对簿公堂"两段戏，但是他正气凛然、慷慨激昂的拷问引起了听众的强烈共鸣，反应空前热烈。

"连狐狸都懂得知恩图报，何况人乎！""狐狸都能大胆地去追求两情相悦，何况人乎！"这两句台词，很快就成了人们的口头禅，在街头巷尾传播着。剧中的刘二愣也随之声名鹊起、家喻户晓。扮演他的王尽美也成为众人追捧的对象。

每场演出，全村的老老少少都全家出动，早早聚集在戏台前，人山人海，场场爆满。村民们不仅喜欢听，还热衷于学着唱，每唱完一出戏，台词很快就成了挂在村民嘴上的街谈巷语。

王尽美没想到生活贫乏的乡民竟然对文化娱乐表现出如此的热爱。他深刻意识到：乡民并不像他原先想的那样愚昧麻木，他们也有爱好与追求，只是这个社会剥夺了他们爱好与追求的权利。要是能给他们提供一个受教育、求进步的好环境，他们很快就会进步起来。

同时，他又敏锐地认识到，唱戏是对民众宣传的一种很好的方式，如果把一些新文化新思想的内容编成戏曲，更容易让大众接受。

新的一年的演出结束了，小戏班又完成了它一年的使命，但王尽美带领小戏班的一些年轻人们开始了新的使命，他们开始用唱戏的形式到集市、学校等地开展对新文化运动的宣传。

一支新文化运动宣传队在莒北、诸城西乡一带的乡村逐渐活跃起来。

第九章　莒北名士

一

袁世凯窃取辛亥革命胜利果实后，公然冒天下之大不韪，于1915年12月12日进行复辟，当起了皇帝。他的倒行逆施激起了全国人民的强烈愤慨，在孙中山先生的倡导下，全国发动了一场"护国运动"。

1916年春天，马海龙率领着中华革命军东北军第二支队占领了诸城，诸城第二次独立。

那天，王尽美一大早就从大北杏村赶到县城，与诸城各界进步人士一起庆祝诸城独立。庆祝活动结束后，他与王纪龙等人作为各界的代表拜会了马海龙司令。

当谈到诸城独立时，王尽美感慨地说："这是我第二次参加庆祝诸城独立活动了，第一次是1912年2月3日，我那时还在村里上初小，为了庆祝诸城独立，天不明，就与学校的师生们赶往县城。"

王纪龙对大家说："各位，瑞俊那时还是个十四岁的少年，他为了表达与清朝一刀两断的决心，竟然冒着被砍头的危险，把自己的辫子剪掉了，真可谓少年剪辫露峥嵘啊！"

王纪龙，名炜辰，1856年生于诸城王家楼子村，他是光绪二十年（1894

年）甲午科举人，也是诸城最早的同盟会会员之一，曾参加过诸城第一次独立，此时任诸城第一任劝学所所长，在诸城政界与教育界都很有声望。

在座的其他代表见王纪龙对王尽美如此赞许，也都争相称赞。

王尽美忙起身致谢说："各位前辈过奖了！我是被当时热烈的革命气氛所激励，才产生如此之举动，这是革命的功劳！"他随即痛惜地说："可是，诸城独立没几天，革命就遭到了清军的反扑，三百多名革命志士和无辜百姓惨遭杀戮，真是让人扼腕痛惜！"

其他代表听了，也都纷纷感慨议论起来。

"这个惨痛教训，我们一定要铭记！"

"这次啊，我们可要好好吸取那次的教训！决不让敌人卷土重来，故伎重演。"

他们就向马海龙司令建议：要提高革命军的警惕性，积极发动民众，壮大革命队伍，随时准备粉碎北洋军的反扑。

正如他们担心的那样，没过几天，山东巡抚就派遣沂防营的北洋军前来围剿。4月27日傍晚，沂防营的先头部队到达了大北杏村的村北，在潍河东面安营扎寨。

王尽美听说后，赶紧前去打探。他走近一位哨兵，那哨兵立马警惕地问道："你是干什么的？"

他笑着说："我就是前面那个村子的。"

"那是什么村？"

"大北杏村。"

"大北杏村？"

王尽美见哨兵对村名感到好奇，就向他介绍起大北杏村的来历。

哨兵听了笑着说："我还以为村里有杏树呢。"

王尽美见那哨兵消除了对他的戒备，就靠近他搭讪起来，问他们是哪里的队伍、来这里干什么。

当他听说他们是前来围剿诸城的革命军时，就故作惊讶地说："你们才几百号人，怎么能打过城里几千人的革命军？"

那哨兵说："我们只是先头部队，大部队随后就到。"

王尽美离开兵营后，想：看敌人这松散的样子，一定是征途劳累了，要是城里的革命军能乘其不备，打他们个突然袭击该多好！

回到家后，已是掌灯时分。媳妇见他回来了，赶紧往上端饭。"你干什么去了？这么晚才回来，奶奶和娘都很担心。"

他搪塞说："到村后的麦地看了看。"

母亲说："小麦返青了，你想什么时候浇地？"

王尽美此时的心思还放在敌营上，正在考虑着该不该把偷袭敌营的想法告诉马司令，心不在焉地问："浇什么地？"

母亲不高兴了，生气地说："你把我的话都当成耳旁风了！"

媳妇忙对婆婆说："瞧他满腹心事的样子，心思不知早跑到哪里去了。"说着，把一个窝窝头递给丈夫："先吃饭吧，有什么事，等吃了饭再想。"

王尽美接过窝窝头，刚送到嘴边，忽然说："不行，今晚就得赶到诸城县城！"

媳妇惊讶地问："这么晚了，去县城干什么？"

他说："有要紧的事要办。"

母亲劝阻说："再要紧的事，也不能晚上去。从咱家到县城五十多里，不等你走到县城，城门就关了，你去找谁啊？"

母亲的话提醒了王尽美，他赶紧放下窝窝头说："对，我得赶快去！去晚了，就进不去城了。"

婆婆忙示意儿媳妇快拦住他，儿媳妇却对着婆婆无奈地摇摇头，意思是说，像他这种说一不二的倔强脾气，能拦得住吗？

见王尽美已经走到了院子，媳妇赶紧从饭笸箩里抓起两个窝窝头追上去。追到大门外，把窝窝头往王尽美手里一塞，说："拿着路上吃。"

没容她再嘱咐，王尽美就走进漆黑的夜色里去了。她只得小声叮嘱道："路上小心啊，办完事快回来。我们在家等着你。"

王尽美在黑乎乎的夜色中深一脚浅一脚地往县城急奔而去。

赶到县城时，已经快半夜了，城门早已关闭。他拍打着城门吆喝了半天，才喊醒守城的士兵。

士兵在城楼上气恼地呵斥道："大半夜的，喊什么？"

他大声说道："我有紧急敌情，要向马司令汇报！"

士兵忙从城楼探出头问："你是什么人？"

"我是马司令的朋友。"

他怕士兵不信，就说起马司令的长相，又说起庆祝诸城独立那天，马司令是如何接见他们的。

见士兵还在犹豫，就大声警告说："这可是关系胜败的紧急军情！要是耽误了，马司令绝不会轻饶你们！"

士兵们嘀咕了一阵，最终把城门打开了。

王尽美进了城后，向马司令官邸疾奔而去。

他对马司令的警卫"故技重施"，很快就见到了马司令。

当他向马司令说出了想法后，马海龙没有立马表态，只是不动声色地向他询问一些情况：敌人大体有多少帐篷，安营扎寨的具体位置在哪儿，等等。

等问明情况后，马司令这才蓦然站起来，喊着传令兵："立马传我的命令，全体官兵立即集合。"

在王尽美带领下，革命军在拂晓之前，悄悄抵达了敌营附近。

马海龙让王尽美赶快回家，说他们马上就要对敌人发动袭击。

王尽美还想留下参战，马海龙把眼一瞪说："你以为打仗是闹着玩的？快走开！"见王尽美还不想离开，就拿出枪威胁说："快走开！"

王尽美只好赶紧离开了。

当他走到村后时,身后忽然枪声大作,火光冲天,革命军向敌人发起了突然袭击。

　　第二天一大早,村民都跑到村后的战场看热闹,只见遍地狼藉的营地上,横七竖八躺着三十多具敌人的尸体。

二

　　偷袭敌营的事很快在西乡一带传播开来,越传越神奇,竟然把王尽美说成了智勇双全的革命将领,说他受马司令指派,在一个月朗星稀的深夜突袭了前来清剿的敌军,把敌人杀得片甲不留。这使王尽美名声大振。

　　那时正值袁世凯实行君主制,陈独秀、李大钊、胡适等新文化运动的主将纷纷撰文对袁世凯复辟行为进行声讨与批判,王尽美不仅积极参与当地一些进步团体开展的"反帝反封建、提倡民主与科学"的宣传活动,还经常到集市、街头等群众聚集的场合进行演讲与宣传。

　　秋季将要开学的时候,他的堂弟王瑞祥从老家后张仙村前来找他。王瑞祥是大伯王在善的二儿子,在莒县高小上学。他是受莒县高小校长的委托,邀请王尽美去学校作秋季开学演讲的。

　　王尽美奇怪地问:"你们校长怎么知道我们的关系的?"

　　王瑞祥说:"有一天我听同学在谈论一个叫王瑞俊的,说他天生神奇,出生满屋红,三岁讲故事,五岁背《诗经》,十四剪辫子,十九袭敌营。我一听说的是你,就自豪地对他们说,王瑞俊就是我堂兄。同学起先还不信,说我们一个是大北杏村,一个是后张仙村,连一个村都不是,怎么会是堂兄弟。我就对他们解释说,我爷爷与你爷爷是亲弟兄,你爷爷为了谋生,后来全家去了大北杏村。你的小名仓囤还是我父亲给起的。同学们这才相信了,并向老师作了汇报。校长听后很高兴,他说学校正想请像你这样的有志之士作演讲。于是，就委派我作为代表前来邀请你。"

王尽美说："我一个土里土气的农民，有什么资格去演讲？"

"你的事迹都被编成歌谣了，我的同学都对你崇拜得不得了，简直视你为传奇人物了。"

"他们把我的这些事说得太离谱了！就拿背《诗经》来说，我五岁时还不知《诗经》为何物，怎能会背？说我十四岁剪辫子，倒是真的。当时都把你三奶奶吓坏了。"说着，他指着祖母说："你问问你三奶奶是不是。"

祖母装作不高兴地说："我的小祖宗，你又拿这事嘲笑我！在当时剪辫子是要被砍头的，谁不害怕？"

"说我率兵偷袭敌营也是无稽之谈。诸城宣布独立后不久，袁世凯就派沂防营前来围剿马司令的革命军，我发现他们先头部队在我们村后安营扎寨，就向马司令建议趁敌人立足未稳，打他们个措手不及。马司令采纳了我的建议，连夜偷袭了敌人。这怎么成了我带兵偷袭？你们的吹嘘让我无地自容了，哪还有颜面面对你们全校师生？"

王瑞祥见王尽美不肯答应，就求助刘氏："婶子，我都对学校夸下了海口，一定把我堂兄请去。他若不去，我就没脸回学校了。"

刘氏安慰他说："你不用担心，到时候我让你堂兄跟你去就是！"她说到这里看了儿媳妇一眼。

李五妹正收拾着饭桌，见婆婆看她，就笑着问："娘，你瞅我干吗？"

刘氏一笑说："我私自做了主张，怕你不愿意。"

"只要他想去，我才不拦着呢。"李五妹瞟了王尽美一眼，微微一笑，然后意味深长地说："我就是想拦，也拦不住啊，腿长在人家身上。"

王瑞祥打趣说："嫂子，我把我哥领走了，你舍得？"

王尽美见妻子红了脸，就说："你嫂子是通情达理的人，她支持我出去。"

王瑞祥羡慕地说："我嫂子真开通！"

"但人家也有条件，每次回来必须要把外面的所见所闻讲给她听，不然就……"王尽美听到祖母在旁不满地"哼"了声,就不再说了。他见王瑞祥又央求着他去他们学校,就说:"身为莒县人,却从没去过莒县县城,实在很愧疚。我正好趁此机会去那里看看,并当面向你们学校师生澄清事情真相。"

三

新学期刚开学,王尽美就去了莒县高小,受到学校师生们的热烈欢迎,他们争相让他讲述他的事迹。

校长还特意请他进行交谈,不仅赞扬他为民主革命奔走疾呼的革命热情,还邀请他在新学期开学典礼上给全校师生作演讲。

王尽美面对校长的盛情邀请难以推辞,就跟着校长来到学校的操场。全校几百名师生早已在操场上列队等待他进行演讲。

校长把他介绍完后,他就在全场热烈的掌声中走向讲台。

他先环视了一圈会场,先声夺人地问:"敬爱的师生们,你们说我们读书的目的是什么?"

听着台下传来的各种不同的回答,他旗帜鲜明地高声说道:"我们读书的目的不是为了升官发财,而是为了救国救民!因此,我们不仅要读书,还要关心政治,关心时局。我们国家目前处于一个什么样的时局呢?"他停顿了下,望了望下台下正在认真倾听的师生,然后愤怒地把手一挥说:"古老文明的中华民族现在已经被折磨得遍体鳞伤了!旧道德、旧礼教就像毒蛇一样缠绕着中国人的心。国家独裁多了,民主少了;迷信多了,科学少了。"接着,他大声疾呼道:"为此,我们广大师生们要勇敢地去接受德先生(民主)和赛先生(科学),要积极地去反对迷信与专制,勇于肩负起改造社会与振兴中华的伟大重任!"

他倡导师生们要多读一些《新青年》这样的进步刊物，只有多读进步书籍，才能紧跟时代发展潮流，才能不断进步。

演讲从上午十点一直持续到下午一点多，虽然错过了吃午饭时间，但是师生们不顾饥饿，坚持听完。

王尽美这次演讲给许多师生留下了难忘的印象。许多年以后，一些健在者回忆起这次演讲时，仍然记忆犹新、赞叹不已，说他从年轻时就具有高超的演讲才华。

王尽美在莒县高小的演讲，在莒县教育界引起了很大反响，许多学校邀请他去演讲，他都欣然应允。

他从早到晚，忙于各个学校之间，通过演讲、座谈等形式，宣传新文化新思想。

一周之后，当他准备回家时，王瑞祥宿舍的室友们却执意邀请他周日游浮来山。见他不肯，就争相游说："浮来山是天下之名山，你不去浮来山，不算来莒县。""浮来山上还有一棵最古老的银杏树，高近三十米，七八个人才能合抱过来，有四千多年的历史了，被称为'天下第一树'。据寺庙里和尚说，凡是来浮来山的，都要把树抱一抱，然后供上三炷香，这样就会保佑一生平安健康。"

王尽美说："这些都是寺庙的和尚用来骗取香客钱财的。"

又有人说："这棵树还有一个'七搂八拃一媳妇'的说法。"

王尽美好奇地问："这是什么意思？"

那人神秘地说："只有到了浮来山的'三教堂'才会知道。"

王尽美笑道："不要向我卖关子了，你们无非就是让我去浮来山一游嘛，为了不负众友之美意，我与你们游览一番又何妨？这样，也就无愧'不去浮来山，不算来莒县'之说了。"

这次莒县之行，王尽美不仅向莒县教育界宣传了新思想新文化，还结识了王仁之、王秀之、王乃瑞等一些志向相同的好朋友。

四

王尽美的名声也传到了莒县县知事周仁寿的耳朵里。

周仁寿是个开明人士,在莒县从政已有十多年,深得民心,尤其他兴办学校、尊师重教的事迹更为百姓所称道。

1916年,袁世凯在举国上下的一片责骂声中病故,中国进入了军阀混战时期。周仁寿面对社会动荡、民不聊生的局面深感迷茫,当听说王尽美对时局很有见识后,就想前去拜访,以期他能指点迷津。

1918年春天的一天,周仁寿来到了大北杏村。村里的王保长听说县知事来了,急忙从村公所迎出来。

他见周仁寿轻装简从,只骑一马,只带一随从,知是微服私访来了,忙上前牵马坠镫。

周仁寿说:"本人此次前来贵地,非因公务而来,想私下拜会一名叫王瑞俊的志士。"

王保长听了暗自惊诧,堂堂一县之长,怎会屈尊拜访一介平民百姓?他不禁又猜疑起来:莫非王瑞俊因我殴打抗捐抗税村民,把我告到了县衙?还是……

他随即拿定主意,在没弄清知事来由之前,绝不能让他们见面。

他请周仁寿先到村公所喝茶,容他派人把王尽美找来,周仁寿却要亲自登门拜访。

他故作为难地说:"知事大人,您有所不知,王瑞俊一家三代挤在两间半小破屋里,没地方待客不说,他祖母、母亲都是寡妇,更是多有不便。"

他见周仁寿有些踌躇,就趁机说道:"要不您先到'重山堂'稍候片刻,我先去看他是否在家。"

"重山堂"是王保长二叔家,也是村中地主大户,在村公所的前面。

王保长把周仁寿请进"重山堂",让二叔陪着喝茶叙话,自己就去找王尽美。

王尽美的母亲说他去了学校。王保长只好从村前头跑到村后头,当他气喘吁吁走进学校时,见王尽美正与前来做客的王新甫在一起交谈。

他招呼过王新甫后,就让王尽美跟他快去"重山堂",说周仁寿在"重山堂"要召见他。

王尽美惊讶地问:"我一介平民百姓,与县太爷素不相识,他见我干吗?"

王保长听王尽美这么一说,心里顿时安定下来,心想:看来并没发生告发之事,县太爷确实是为访贤而来。别看王瑞俊没有什么功名,但他交往广泛,远近闻名,身为一县之长为表示爱惜人才而前来拜访,也不足为奇。

想到这里,他和颜悦色地对王尽美说:"至于县太爷找你干什么,就不知道了,我只是奉命行事。"

王新甫见王尽美不想去,就劝说道:"既然县太爷让王保长来请你,就是为了礼节,也理当前去拜见。"

王尽美辞别王新甫,跟着王保长来到"重山堂",刚走进宴客厅,周仁寿就起身相迎。

落座之后,周仁寿先问起他出身、职业以及学业。

当他听说王尽美出身贫苦,靠给"冠山堂"种地为生时,不胜感慨道:"寒门出贤士啊!我周某也出身寒门,深知读书之不易!"

当王尽美说他最早读书是给本村一家地主当陪读时,周仁寿说:"十多年前,我曾以学监身份来过大北杏村,在视察'见山堂'私塾时,见过一个陪读生,举止大方、不卑不亢,对我的考问,对答如流,给我留下深刻的印象。他与你年纪相仿,不知是否认识?"

王尽美听后,忙起身抱拳说:"承蒙知事铭记,那人便是小生。"

从乔有山走出的王尽美

周仁寿细端详了王尽美一会儿,惊喜地说道:"浓眉大耳,器宇轩昂,果不其然!看来你我真是有缘。"

周仁寿示意王保长他们退下,他要与王尽美好好交谈一番。

他征求王尽美对时局的看法,王尽美也不谦让,从鸦片战争讲起,一直讲到辛亥革命,又从清朝腐败,讲到军阀混战。

当周仁寿问及中国今后发展趋势时,他直言不讳地说:"当前的独裁与专制有悖社会的发展潮流,历史潮流浩浩荡荡,顺之者昌,逆之者亡。虽然当前民主革命遭到了一些挫折,但实行民主政治是历史发展的必然趋势。因此,现在军阀统治的局面注定是不会长久的。"

周仁寿很受启发,十分感慨地说:"老朽年迈,以一己之力虽然难以改变时局,但我可以为民主进步多做些有益之事。"

王尽美赞赏说:"大人能如此礼贤下士,且进步开明,在当下之官场已属不易,还望大人以民生为念,做到为官一任造福一方。若能如此,足以让百姓歌功颂德。"

当周仁寿问及王尽美以后有何打算时,王尽美说先务农,保证一家人衣食饱暖后,再另作打算。

周仁寿探问道:"志士若目前尚未具体打算,不妨先到县府做些事情,也便于我就近求教。"

王尽美沉思片刻说:"多谢大人抬爱,只是学生目前最大心愿是外出求学,只有教育才能改变大众的愚昧无知,只有大众之觉醒,我们的民主政治才能得以推广与普及。"

周仁寿听罢,拍手称赞道:"好!穷且益坚,不坠青云之志。志士心存高远,具有鸿鹄之志,可敬可赞也!"

两个人越说越投机,不知不觉已近中午。这时,屋外有人在说话,王保长敲门进来低声对王尽美说:"你奶奶与你娘来了。"

原来,祖母与母亲见王保长突然找王尽美,立马想到去年王尽美带领乡民抗租抗捐的事，就担惊受怕起来。

她们眼瞅着已近中午，王尽美还没回家，就急忙找到学校，又从学校找到"重山堂"。

周仁寿听说王尽美的家人来了，忙让王保长请她们进来，并向她们揖拜，夸赞她们为本县培养了一位俊杰之才。

祖母与母亲见王尽美平安无事，也就放了心，她们回绝了周知事和"重山堂"主人的挽留，急忙拉着王尽美出了"重山堂"。

县知事造访之后，王尽美更是名声远扬。

五

王尽美闻名遐迩后，附近的有志之士不断前来拜访。

村里人看到王尽美家常有客人前来，既羡慕又忌妒："没想到王五这个短命鬼，竟然养出这么个有出息的儿子。"

王尽美家房屋小，为了便于招待客人，他就在院子里搭建起一个草棚，草棚底下安放一张饭桌，用于招待客人。如来客多了，凳子不够，就让客人席地而坐。

刘氏充满歉意地对客人说："我家条件简陋，委屈各位贵客了。"

客人却怡然自乐地说："虽是陋室，惟吾德馨；席地而坐，羡煞仙人。"

草棚旁栽种了几棵葫芦，到了秋天，藤蔓满棚，绿叶田田，一个个葫芦，大小不一、憨态可掬，来客看了更是意兴盎然。

客人临走时，王尽美以葫芦相赠，寓意福禄，客人欢喜而归。

王尽美还带客人去南岭玩耍，如深秋之时，正值岭上的野枣、野果都已成熟，他与客人在树丛中采摘野果，用衣服兜到山洞里享用。

山洞在一个半坡上，要穿过一片草丛才能到达，草丛中遍布荆棘，王尽美就走在前面，披荆斩棘，给客人开道。即使这样，稍不留心，也会被刺疼肌肤。见有人发出疼叫，他急忙拔来"萋萋毛"（即刺儿菜，有凉血、止血功效），揉出汁液滴在客人扎伤之处，血便止住。客人连呼神奇。

爬到半坡处，王尽美拨开一处杂草，一个井口般大的洞口豁然入目。

他自豪地说："此处就是世外桃源。"

客人们却大失所望。洞口仄小，王尽美趴下身子钻进洞里，见客人们踌躇不前，就再三催促，客人们才忐忑不安地次第爬进去。

别看洞口狭窄，里面却别有洞天。洞里有一间屋子大小，能够容人站立。洞壁四面布满青苔，青苔上洇有一层水珠，似是一层晶莹的银珠。洞中央有一眼清泉，水清见底。

客人们羡慕道："要在夏季，此乃上佳之避暑胜地，可在此消暑纳凉。"

泉眼旁边，有一块方石，王尽美把野果置于上面，招呼大家品尝。

有人见泉水清澈，便俯身掬水而饮，直呼："甘甜如醴，沁人心脾！"

见客人对此处甚为欢喜，王尽美自豪地介绍说："此处为我所发现。"

他向客人讲起他发现此处的经过：在他六七岁那年，一个叫喜庆的小伙伴受了地主家少爷的欺负，他为了给他报仇，就在一个漆黑的夜晚往地主家里抛石头，砸破了他家窗户。闯祸之后，为逃避母亲打骂，就躲到南岭，一夜没敢回家。晚上天冷，就四处寻找避风之所，于是就发现了此洞。

有人建议给此洞起个名字，他们经过反复斟酌，最后起名"聚贤洞"。

可惜，后来人们开山采石，致使"聚贤洞"荡然无存。

第十章 走出乔有山

一

王尽美虽然在家务农,但时刻关注着时局的变化,当"十月革命"胜利的消息传来后,他预感到中国将要发生一场伟大的时代变革,就再也按捺不住内心的那份渴望了,决定外出求学,投身到时代变革洪流中去。

他把这个想法告诉了王新甫,王新甫很支持,并建议他去济南求学,因为济南是全省的政治、经济、文化中心,在那儿发展机会多。另外,王新甫在济南的亲戚朋友也多,便于照应。

当王新甫问他想报考什么学校时,王尽美毫不犹豫地说:"师范。"

"为什么考师范?"

王尽美感慨地说:"通过近三年对乡村教育现状的观察,我感到乡村教育太黑暗、太腐败了。乡村教育可是一切教育的基础,城市的中等学校的学生都是从乡村教育出来的,可以说乡村教育是改造社会之利器,而师范教育又是乡村教育之基础。只有改良好乡村教育,才能办好整个国民教育。"

王新甫听后,痛心而又忧虑地说:"乡村教育积弊已久,怕是积重难返了!"

王尽美却胸有成竹地说："即使再难，也要去努力！我要像老师您一样，凭一己之力，先从改变身边的每个人开始。只有我们每个人都去努力，乡村教育才有改变的希望。"

王尽美把考师范的想法也告诉了远在济南的王翔千，并让他帮着选择个合适的学校。

春节刚过不久，王翔千就来信了，他很赞同王尽美的想法，建议他报考山东省立一师，说省立一师不仅是山东的名校，还实行公费教育，很适合他这样的贫寒子弟求学。

王尽美读了王翔千的信后，兴奋不已，他跑到南岭的乔有山上，望着开始泛着绿色生机的乡村大地，对未来充满了无限憧憬。

他没有告诉家人要去济南求学的事，不想让家人为之操心。

他了解自己的家庭状况，虽说现在比以前好多了，但在这民不聊生的动乱年代，能够勉强度日就不错了，根本没有余力供他外出求学。他想等筹齐了学费再告诉她们。

二

媳妇见王尽美近来老是一副忧心忡忡的样子，就问他有什么心事，他掩饰着说没什么。

媳妇不高兴地说："你就不要再隐瞒了！这些日子你早出晚归、心神不宁的样子，娘早就注意到了。她让我问问你，到底遇到什么难事了。"

"娘察觉了？"

"娘让我告诉你，遇到难事不要一个人扛，要说出来，让全家与你一起分担。"

王尽美很感动，沉默了一会儿说："也没什么大事，等我办好了，自然会告诉你们。"

媳妇忽然抽泣起来,王尽美急了,问她哭什么。

媳妇委屈地说:"我们都这样为你操心,你有事却故意瞒着我们,我越想越感到伤心。"

王尽美笑了:"我还以为什么大事呢。"

他伸手要给媳妇擦眼泪,媳妇却拨开他的手生气地说:"有事瞒着我们,这还不叫大事?"

王尽美忙讨好地说:"好,好,我这就告诉你,省得你哭鼻子抹泪的。"

他就把要去济南求学的事告诉了媳妇。媳妇听了没有言语,她知道丈夫不是平庸之辈,不会甘心待在乡下,早晚有一天要外出发展。她虽然早已有了这样的心理准备,但是当事情忽然来临时,心里还是感到十分纠结与难过,她既不愿经受与丈夫别离之苦,又不想把丈夫拦在家里一辈子务农。

王尽美见媳妇沉默不语,就问她对这事有什么想法。

媳妇没言语,只是一个劲儿地望着他,王尽美被看笑了:"你这样傻愣愣地望着我干吗,就像是多少年没见似的。"

媳妇说:"我知道你是想干大事的人,就是想拦也拦不住。虽然有一百个不情愿,但我也不会拖你的后腿。"

王尽美见媳妇如此通情达理,就深情地说:"你为了我什么都舍得,我也绝不会辜负你。我之所以外出求学,也是为了你与这个家。无论走到天涯海角,我心里都会装着你们。"他把媳妇揽在怀里安慰说:"我每个假期都会回来,平日里我们还可以通信。"

媳妇频频点着头,表示理解。

她忽然抬起头,望着丈夫颇有顾虑地说:"我同意了,可咱娘和咱奶奶不同意怎么办?"

"只要你同意了,我就会有办法说服她们。"

"你别把事情想得太简单了。咱娘还开通,咱奶奶就不同了,她要是知道你去那么远的地方,肯定会拦着,你要早做好心理准备。"

王尽美感到媳妇说得有道理,就与她商议起应对的办法。

第二天,王尽美见母亲独自坐在院子里做针线,就过去把去济南求学的事说了。

母亲听了先是一愣,很快又平静下来,继续纳着鞋底,平淡地问:"有这个想法多久了?"

"高小毕业时就有了,只是那时家里条件不允许,才一直藏在心里。"

"怎么现在说出来了?"

"现在咱家生活状况好了,又有我媳妇帮着你操持着家务,我也就没顾虑了。"

母亲让王尽美把媳妇叫过来,她问儿媳妇:"你知道他要去济南的事了?"

儿媳妇看了看旁边的丈夫,说:"知道。"

母亲意味深长地看了她一会儿,问她什么想法。

"我听你们的。"

当天吃过晚饭后,母亲就把王尽美要去济南求学的事儿公开了。

祖母急切地问:"济南在哪儿?"

当她知道济南离家乡有好几百里时,立马摇头说:"不行不行,去那么远的地方,我用眼看不着,用手够不到,不放心!"

王尽美忙笑着央求说:"奶奶,我是大人了,哪能整天守在您身边。"

祖母厉声说:"你就是再大,在我心里永远都是孩子,哪里我也不让你去,就让你老老实实地守在我身边。"她紧紧拽着孙子的手疼爱地说:"孩子,不是奶奶不通情理。你说我们老王家就你这么一根独苗,要是稍微有什么闪失,我怎么去见九泉之下的你爷爷与你爹啊。"说着,伤心地抹起了眼泪。

母亲见祖母没有通融的余地,又问儿媳妇是什么态度。

儿媳妇看了一眼祖母，犹豫了一会儿低声说："我也不愿意他出去，但是又觉得他出去对咱家好。"

母亲问："他出去对家里有什么好处？"

"他上完学可以回来当教书先生啊，既让全家人感到风光，又能让咱家过上好日子。"说到这里，儿媳妇故意问祖母："奶奶，您说是不是？"

祖母听了无话可说了，就狠狠瞪了一眼孙媳妇，气得"哼"了一声，背过脸不再理她。

母亲看了祖母一眼说："我也不同意他出去，要是他出去了，家里的地谁种？"

儿媳妇急了，忙说："我帮着种。"

"上学的费用从哪里来？"

王尽美抢着说："我上的是公费学校，不但不交学杂费，还管吃管住，连制服都发。"

母亲生气地说："去济南的盘缠呢？你去考试这些日子喝西北风啊！"

王尽美指着媳妇说："她已经与娘家人说好了，盘缠从她娘家借。至于在济南的吃住，王云樵答应让我吃住在他们律师事务所。"

祖母不相信地说："他们爷们怎么会那么好？"

王尽美解释说："他要求我帮着他们誊写文案。"

祖母撇撇嘴说："我就说天上哪会有白掉馅饼的！人家不会无缘无故地让你白吃白住的。你白天复习功课，晚上还要给他干活，这哪里受得了！"顿了顿，又怨气未消地说："王云樵与他当地主的老子没什么两样，都会算计。"

王尽美说的这个王云樵，是他本族的一个侄子，任济南律师公会的副会长，是一个具有强烈反封建反军阀意识的进步人士。他每次回家探亲，王尽美都会去看他，听他谈论一些外界的事情。他对王尽美的印象也很好，觉得王尽美是个很有抱负的青年人，他还鼓励王尽美外出求学。

就因为他鼓励王尽美外出求学,王尽美的祖母才对他心怀不满,以为他在挑唆孙子离开她。

母亲听了儿子与儿媳妇的回答,故意生气地对婆婆说:"娘,您瞧瞧,外出求学的事,他们两口子早就谋划好了!"接着又埋怨儿子与儿媳说:"既然你们都决定了,还征求我们的意见干吗?上学的事儿你们掂量着办吧!"

祖母本想让儿媳妇帮着自己拦下孙子,不承想,她竟然气得撒手不管了。

这该怎么办?自己就是横加阻拦,也得有个正当的理由啊。情急之下,祖母忽然想到了一个办法。

她不动声色地对王尽美说:"既然你娘和你媳妇都不想拦着你,我也犯不着当这个恶人,但你必须答应我一件事。"

王尽美听了很高兴,忙说:"奶奶您快说。"

"你得答应先让你媳妇怀上我们老王家的骨肉。"

王尽美听了,立马没辙了,万没想到祖母会使出这一招儿。

祖母又问儿媳妇与孙媳妇:"你们同意不?"

王尽美见母亲同意了,就急忙朝媳妇使眼色,示意她别同意。

媳妇朝他神秘地笑了笑,就趴在祖母耳边低语了几句。

祖母突然惊喜大叫起来:"啊?怀上了?"

孙媳妇羞赧地点点头。

祖母忽然生气地责怪说:"这样的大喜事,你干吗不早告诉我们!"

"我也是刚知道。"

祖母激动地大喊道:"这真是老天开眼啊!"

三

孙媳妇已经怀了身孕,祖母也就没有理由阻拦了。

这天，正当王尽美准备行李赶赴济南时，母亲却突然变卦了。

她对儿子说："我这些日子想来思去，总觉得现在让你出去上学不妥。你是快做父亲的人了，要是这个时候出去了，这一家老小谁照顾？"

尽管王尽美费尽口舌试图说服母亲，但母亲已是铁了心不让他外出求学了。

王尽美陷入了痛苦的抉择中：是为了家庭放弃自己求学救国的抱负，还是为了抱负割舍家庭？

媳妇看见丈夫痛苦焦灼的样子，就支招儿说："咱娘就怕缠磨，她不答应，你就不停地缠磨她，她走到哪里，你就跟到哪里。"

后来，王尽美的嫡孙王明华回忆说："（为了能够外出求学）我祖父就整天和我的曾祖母磨，要她点头。曾祖母走到哪里，他就跟到哪里；曾祖母烧火做饭，他就倚在屋门框缠磨着，后来竟让门框把他衣服的肩膀处磨破了。曾祖母每当对我讲起此事来，都要掉眼泪。"

媳妇也在私下求着母亲："娘，您就让他去吧。"

母亲说："不是我不通情达理，我也想让自己儿子奔个好前程，但是你已经怀孕了，他如果一走了之，把老老少少扔下不管了，让外人怎么看？让你娘家人怎么看？"

"娘，他这些日子整天寝食不安、六神无主，我真担心把他急出个什么……"

母亲急忙打断儿媳妇的话："少说这些不吉利的话！"

儿媳妇忙向地上"呸呸呸"吐了三口唾沫，愧疚地说："都是我胡说八道。"

儿媳妇的话还是触动了婆婆，她用和缓的口气说："你想过没有，要是让他出去了，你可要受苦受累了。"

儿媳妇毫不在意地说："只要他有个好前程，再苦再累我都不怕。"

当王尽美听媳妇说母亲已经同意他去济南求学后，欣喜若狂地抱住媳妇说:"终于胜利了!我终于可以外出求学了!"

在 1918 年 7 月的一个清晨,王尽美背上行李告别了家人,踏上了去济南求学的道路。

妻子默默目送丈夫踩着晨曦往村前走去,直到他的背影渐渐消失在她泪眼婆娑的视野里……

王尽美登上了南岭,他站在南岭最高处的乔有山上,眺望着脚下这片绿色葱郁的苍茫大地,不禁慷慨激昂地高声吟诵道:

沉浮谁主问苍茫,

古往今来一战场。

潍水泥沙挟入海,

铮铮乔有看沧桑。

他走出了乔有山,走向了一条求学报国之路。

一师岁月

第一章　预科生

一

济南城与黄河之间的小清河沿岸地带，地势平阔，水肥地沃，池塘棋布，盛产蔬菜与稻米，是济南城有名的菜篮子与米仓，因这里地处济南城以北，又以园畦地为主，故名北园。

山东省立第一师范学校于1917年在这里建了北园分校，主要招收高小毕业生，1918年秋，王尽美考入这儿。

从走进校门的第一天起，他就下定决心发奋学习，用学到的知识去改变乡村落后的教育，去实现教育救国的抱负。

为了让自己的知识更全面，他除了学习算术、国文、地理、历史、美学、伦理学等主课外，还学习绘画、音乐、体育。每天除了上六七节课外，课余时间也安排得满满的，他学习阅读、唱歌，还学习书法。到了周日，同学们都去城里玩儿，他却留在宿舍里看书，有的同学嘲笑他是白用功，说只要毕业时能拿到毕业证就行了，没必要这样努力。

王志坚就讥笑那些人说："燕雀安知鸿鹄之志哉！你们以为王瑞俊上学的目的只是为了混一张文凭吗？"

王志坚去年就考上了省立一中，但他为了节省学费，今年又转考省立一师，不仅与王尽美成了同学，还在同一个宿舍，成了志趣相投的好朋友。

班上有几个同学，仗着自己是富家子弟，从心眼里瞧不起王尽美这样的穷小子，老想在他面前表现出一种优越感。可是让他们气恼的是，王尽美不仅学习好，还对人谦和热心，很受同学的尊重。他们处处想找机会打击他。

新生入校的第一个学期，学校不负担伙食费，王尽美为了省吃俭用，每天吃饭只花一个铜板，每顿饭都是粗饭就咸菜。那几个富家子弟见他这样寒酸，就想趁机羞辱他。

这天吃中午饭时，他们几个故意端着好饭好菜走到王尽美面前假惺惺地说："一个铜子儿同学，我们看见你好久没捞着吃菜了。学习这么用功，不吃菜会拖垮身体的，今天我们几个特意买了好菜好饭，想让你开开荤。"

王尽美正一边吃饭一边看书，知道他们没安好心，就没理睬。

他们却不善罢甘休，其中一人阴阳怪气地说："光翻书有什么用，书上可没有铜子儿，要铜子儿得去开银行。"说着就把王尽美的书给合上，说："我们可是好心好意，你不要不识好歹！"

王尽美强忍着心中的怒气，瞪了他们一眼说："书上是没铜子儿，但是书中自有黄金屋，书中自有千钟粟，这些都是用多少铜子儿也买不到的！"

他们讥笑说："你还忘了一条，书中还有颜如玉，你就抱着书去做美人梦吧！"

他们肆意的嘲笑声，招引得许多学生前来看热闹。

在大庭广众之下遭受这样的嘲弄，王尽美再也忍受不住了，他"腾"地站起来，正想进行回击。

这时，王志坚端着一碗香喷喷的猪肉炖粉皮跑过来，往王尽美面前一放说："瑞俊，快坐下吃！别让那些狗眼看低了！"随后对那几个人鄙视地说,"你们要想真孝敬,就弄些大鱼大肉来。瞧你们端着的这些清汤烂菜,还好意思炫耀!"

那几个富家子弟虽然在王尽美面前感到很优越,但在王志坚面前就显得底气不足了。王志坚虽然来自乡下,但出身名门望族,不仅家庭条件好,而且才华出众,他的作文经常被国文老师拿到班上当范文。

王志坚见他们端起饭菜想溜,忙喊道:"别端走啊!这既然是你们的孝心,那就全留下。"看着他们把饭菜放下后,王志坚又警告他们说:"学校是上学读书的地方,不是比阔气的地方。到底谁优秀,要让学习成绩说话。你们家里就是铜子儿再多,也买不来学问。"

王尽美望着那几个灰溜溜溜走的富家子弟对王志坚说:"志坚,这些纨绔子弟本想从我身上找点优越感,你可倒好,用一大碗猪肉炖粉皮,就把他们的傲气彻底消除了。"

王志坚得意地说:"这叫以其人之道还治其人之身,对待这些庸俗之辈就该如此!"

王尽美惋惜地说:"只是让你破费了半个月的菜金。"

王志坚却高兴地说:"这怎么是破费,我本来就想给你改善一下伙食,今天这是一举两得。来,有这么多好饭好菜,我们赶紧先吃为快。"

富家子弟的嫉恨与打击,非但没有挫伤王尽美的自尊心,反而更加激发了他要改变命运的强烈愿望。从此,他更加发奋读书,更加追求进步,不仅学习成绩在班里名列前茅,还成为班级文艺活动的积极分子。

二

在上预科的第三个学期,王尽美在《每周评论》上读了李大钊的《新纪元》一文后,深受触动。"那样陈陈相因的生活,就过了百千万亿年,也是毫无意义,毫无趣味,毫无祝贺的价值。人类的生活,必须时时刻刻拿最大的努力,向最高的理想扩张传衍,流转无穷,把那陈旧的组织、腐滞的机能一一地扫荡摧清,别开一种新局面。这样进行的发轫,才能配称新纪元;这样的新纪元,才有祝贺的价值。一个人的一生,包含无数的新纪元,才算能完成他的崇高的生活。人类全体的历史,联结无数的新纪元,才算能贯达这人类伟大的使命。"

他感到整天埋在书堆里的这种陈陈相因的生活太平淡乏味了,他渴望去追求一种充满激情的新生活,去开创人生的新纪元。人生最有趣味的事情,就是送旧迎新,因为人类最高的欲求,是在时时创造新生活。

他开始对预科近一年的学习生活进行着反思:"眼看预科就要结束了,可是在近一年的学习中,自己到底学到了些什么?似乎每天都在重复着一件事——向教科讲义求生活,每天上七八个小时的课,除了学习就是学习。自己原先希望学习的新式教育的方法,以及如何去培养应对环境的能力和创新的教育精神等,却毫无触及。"

"这种学习方式与乡下学堂的学习方式又有什么区别?从这种学校毕业的自己与那些令自己讨厌的冬烘先生又有何区别?"

通过反思,他开始对学校的教育制度产生疑惑。

每个周六的下午,学校都要组织演讲或者召开讨论会,老师与学生都参加。这个周六召开的是以"论当前师范教育的主要意义"为议题的讨论会。多数师生认为:师范的主旨是教书育人,学生要以读书与研究学问为主,不要过多关心政治。

王尽美感到这些观点就是自己先前的观点,现在想想已经与时代背道而驰。如果不关心政治,又怎么去教书育人?

他忍不住站起来反驳说:"读书固然很重要,但是不要一味地埋头读书,要更多地走出校门去参加社会实践。学校不仅是传授知识之场所,更应该是培养新文化新思想之场所,要为改造社会服务。教育要是脱离了社会、脱离了政治，培养出的学生即使再有学问，对社会的革新与进步也没有多大意义。"

除了郭绍虞等少数师生支持他的观点外，其他人都纷纷反对。面对众人的反对，他感到有些势单力孤，他把期待的目光投向坐在人群中的王志坚，此时他是多么希望这个志趣相投的朋友挺身而出、为他仗义执言啊！不知为什么，一向发言活跃的王志坚此时却沉默了，并且为了避开王尽美的目光，慌忙低下了头。

王尽美忽然感到孤独与悲伤起来，没等讨论会结束，就带着莫名的恼火离开了教室。

他望着校园上方的天空，感到天空像是灰色的幕布向学校笼罩下来，让他更觉得郁闷与压抑。

他走出学校，在街上漫无目的地往南走着，不知不觉来到了大明湖。

这是他第二次来大明湖。

第一次是王翔千领他来的，此时他不禁回想起那时来这儿的情景。

那是他刚考上一师不久的一个周六的下午，王翔千带着在济南竞进女学读书的大女儿王辩找到他，说要领他与王志坚去看趵突泉与大明湖。

他怕让王翔千破费，不想去，王翔千说："你来济南这么长时间了，再不去看趵突泉与大明湖，就愧对泉城了。"

王翔千让他叫上王志坚一起去，他说王志坚一早就去了城里。

王翔千有些不高兴地说："有时间多读些书，别没事就往城里窜。"

王尽美忙解释说："他说王统照从北京回来了。"

"噢？"王翔千先是一愣，接着有些不满地说，"这个剑三，回济南怎么也不言语一声？"

王统照是王翔千没出五服的堂弟，刚于那年夏天考入中国大学英国文学系。

他们看完趵突泉后，王翔千说先去东流水巷吃饭，吃完饭再去大明湖。

王尽美眼看着太阳快要落山了，担心黑了天没法去看大明湖了。王翔千说："在这个季节，晚上看大明湖是最好的，被月色笼罩的大明湖就像出浴的美人一样。"

王辩说："我要是能够在大明湖里游泳就好了。"

王翔千说："只要你不惧怕那些封建势力的冷眼恶语，就去游好了。"

王尽美惊愕地望着他们父女俩，没想到他们的思想竟然这样开放。后来，当他听说王辩领着女师的侯志、刘淑琴等同学在大明湖游泳时，也就不感到奇怪了。

他们去了一家"扁食楼"，王翔千对王尽美说："在济南，人们把饺子叫扁食。这里的扁食楼，就相当于咱老家的饺子馆。"

他们吃完饭不久，月亮就出来了，皎洁的月色如水银般倾泻在湖面上，水天一色。湖水四周的住宅，灯光点点，如星星般闪烁在夜色中。

他们望着湖面，王翔千问王尽美有什么感受。

王尽美说："大明湖的夜景很美、很壮阔。"

王翔千说："你有机会也应该把济南城逛一逛，去真正感受下什么是泉城。它北面靠着黄河，南面偎依着泰山，家家泉水，户户垂杨，真正是'四面荷花三面柳，一城山色半城湖'。"王翔千随即打趣道："小老弟，你感觉比咱家乡怎么样？"

王尽美说："这里毕竟是省会啊。"

王翔千有些得意地说："看来我劝你出来求学是正确的，只有到了大地方，才能让眼界更开阔、才能让人更长见识。"

王尽美忽然有些沉重地说："当我面对如此繁华的城市时，不禁想起了来济南沿途中看到的那些萧条破败的乡村，以及生活在那里的成千上万的贫苦大众们，相比这里，他们的生活是多么悲惨啊。"

王翔千说："你以为这里就没有贫穷了？这里是富人的天堂，更是贫苦人的地狱。你没瞧见城里那些低矮破旧的房屋，还有路边那些衣衫褴楼的乞丐？"

一个个破败的村庄，一群群衣衫褴褛的逃荒的饥民，那些画面从王尽美眼前闪过，他内心蓦然萌发出一种救国救民的强烈责任感。

他对王翔千说："看来我选择师范是对的，只有通过教育才能让民众从麻木中觉醒，只有他们觉醒了，才能改变这个黑暗的社会。"

他当时在心里暗暗发誓道：我一定要学习更多的文化知识，以便更好地改造乡村教育。

此时的王尽美，想起自己的誓言，内心不禁又振奋起来，情绪慢慢从悲观失望中解脱出来。

大明湖澄明开阔的湖面上，粼粼的波光泛动起生动、明亮的神韵。

这时，王志坚气喘吁吁跑了过来，大声喊道："终于找到你了！让我好一顿找！"接着喋喋不休地诉说着："我找遍了教室、饭堂、图书馆、活动室，连厕所都找了，都没看见你的人影。又去校外找你，先去了王乐平那里，又去了王云樵的律师事务所，最后又跑到东莱银行，赵环瀛老兄还问我，你近来怎么不去他那里玩了。多亏遇到你的老乡，就是咱学校讲习班的荆树基，他说看到你往这儿来了。"

王志坚见王尽美没反应，知道他心情不好，就有些愧疚地低声问："还因为下午的事吗？"

王尽美生气地说："你这不是明知故问吗？"

王志坚充满歉意地嗫嚅道："我……"

王尽美没容他解释，又大声说道："我们既然是朋友，你就要对我说真心话。你说咱们学校的教育方式能够救国吗？我们埋头苦读那些远离现实的学问，能够解决中国的实际问题吗？"

"不能。"

"你既然明知不能，为什么不在讨论会上说出来？"

"当我看到大多数人反对时，就失去了面对他们的勇气。我虽然没有公开支持你，但内心是赞同的。你不会怪我太懦弱吧？我天生就这样懦弱，我也一直想改，但总是改不了！即便我在学校里有了改观，可是一回到家里，在我们那个大家族压抑与陈腐的环境中，我又会恢复原形。六爷，不！我六叔之所以看我不顺眼，就是瞧不起我的懦弱。"

王尽美听了王志坚发自内心的呐喊，沉默了一会儿，感慨道："这就是残酷的社会现实啊！正如你，无论怎么表现，但如果家庭环境不改变的话，最终还是会屈服于家庭。因此，个体在社会中是渺小的，无论个体再怎么去努力，如果整个社会的大环境不发生彻底的改变的话，一切的努力都是枉然。我原先一直以为，只要让更多民众接受了新教育、具有了新思想，就会让整个社会从愚昧麻木中觉醒，就会让我们的民族得以拯救。现在看来，我们连自己都难以改变，更不用说去改变社会了。"

他说完，失望地凝视着湖面。

此时的大明湖已经完全隐没在蒙蒙雾气中了，周围的灯火也早已沉睡，只有天上的星光还在清冷的夜空中闪烁着。

王志坚忽然感到有些寒意，对王尽美说："夜深了，咱们回去吧。"

王尽美惆怅地说："不知明天又会是怎样的情形。"

王志坚看着眼前这个深陷苦闷中的朋友，内心忽然萌发出一种豪迈之情，他紧紧攥住王尽美的手说："不管明天怎么样，我一定与你站在一起，不再人云亦云了！"

王尽美惊喜地望着王志坚说："真的？这才是我志同道合的好兄弟！"

友情的力量让王尽美又重新对明天充满了希望。

苦闷是觉醒的前奏，只要在苦闷中觉醒，只要在觉醒后奋进，前途就会充满光明。

他们一起披着夜色向学校走去。

夜，虽然漆黑，但只要心中充满希望，前行的道路就会被照亮。

第二章　五四弄潮

一

1919年1月，第一次世界大战的战胜国在法国巴黎召开所谓的"和平会议"，中国虽然是战胜国，但是非但没获得应该得到的胜利果实，反而要把德国在中国山东的权益转让给日本。这个消息传到国内后，激起中国人民的无比愤慨。

在巴黎和会召开不久，王乐平就在济南组织开展起了收回山东主权的斗争。

王乐平，名者塾，字乐平，1884年出生于诸城，18岁中秀才，早年即追随孙中山先生，1907年加入中国同盟会，1911年参加辛亥革命，1918年当选为山东省议会秘书长。

他以山东议员的身份奔走疾呼于济南、上海、北京各地，积极争取对收回山东主权斗争的声援。

在他的影响下，1919年2月5日，山东旅京人士组织了外交后援会；2月16日，山东省议会又致电北洋政府，抗议日本的无理行径，要求取消"中日密约"；4月20日，山东各界一万余人在济南召开国民请愿大会，要求北洋政府力争国权、拒签和约。

正当他们为收回青岛积极奔走、多方努力时，王乐平忽然从5月1日的《大陆报》上看到"政府接巴黎中国代表团来电，谓关于索还胶州（青岛）租借之对日外交战争，业已失败"的消息，他顿时感到无比愤慨。

正在这时，王尽美来了，他见王乐平铁青着脸，一脸怒气，就问怎么回事？王乐平没有回答，把《大陆报》拿给他，悲愤地说："我们被外国列强出卖了，日本要吞噬我们的青岛！"

王尽美看完报纸，怒不可遏地举起拳头高喊道："宁为玉碎，勿为瓦全！我们要誓死捍卫青岛！绝不能让它落入日本人手中。"

王乐平看了看他，坚定地说道："胶州亡矣，山东亡矣，国将不国。国亡无日，我们要联合四万万同胞誓死图之！"

王尽美激动地问："我现在能够做什么？"

"当务之急，要让更多的人马上知道这个不幸的消息，立马行动起来，拒绝在和约上签字，取消二十一条，誓死力争，还我青岛。"

王尽美说："好，我马上回学校，立即组织师生把这个消息传播出去。"

王乐平的话就像一声惊雷，把埋在纸堆里的王尽美惊醒。他感到自己不再彷徨与迷茫了，眼前有了明确的前进方向，那就是要努力去拯救自己的国家。

1919年5月4日，北京13所大专学校的3000多名学生为抗议北洋政府将在丧权辱国的《凡尔赛和约》上签字，在天安门前举行了游行示威，火烧了赵家楼，痛打了卖国贼章宗祥，爆发了声势浩大的五四运动。

当王尽美听到北洋政府对学生运动进行镇压，逮捕了32名学生的消息后，他悲愤地对王志坚说："面对强权与独裁，我忽然感到读书并不能救国，只有敢于进行斗争，国家才会有希望。"

他时常跑到王乐平那里打听五四运动的最新进展，随时把听到的消息传播给学校师生，让一师走在了济南五四运动的最前沿。

1919年5月23日，济南学生联合会组织和领导济南中等以上的21

所学校举行了总罢课,王尽美起草了《罢课宣言》,并作为一师北园分校的学生代表,带领学生们踊跃投入这场波澜壮阔的运动中。

他们早出晚归,参加集会,进行游行,组织罢课,在街头开展宣传。王尽美穿着校服,胸前斜披着写有"还我河山"的白布条,在人群中挥动着手臂,声泪俱下地向各界民众呼吁着:"国家兴亡,匹夫有责。凡是有血性的爱国人士,都应当奋起救国,誓死力争!"

一天早晨,当局为阻止师生上街参与示威游行,调集大批军警对一师进行了封堵,他们用明晃晃的刺刀堵住了学校的大门口,不准任何人出来。

本来,一师已经与其他学校的师生约好了,要到城南路的演武厅进行集合,要是出不去该怎么办?

王尽美赶紧与几个学生骨干商议对策,他们最后决定:兵分两路,一部分身强力壮的学生翻墙出去,其他人从大门走。

有人担心地问:"军警不让走怎么办?"

王尽美说:"我们先对军警进行说服,争取让他们放行。"他分析说:"军警是在当局指派下,不得不围堵我们。但是他们也有爱国之心,对我们举行游行示威从内心里是支持的。前天,当我们冒雨进行游行时,我听见几个军警私下说,学生们为了游行示威,也不怕雨淋。我们躲在屋檐下,却要阻挠他们,真是惭愧啊。这说明他们内心里是同情我们的,只要能够取得他们的同情与支持,我们就能够冲破围堵。"

王尽美带领着师生走出校门,持枪的军警立马围上来高声呵斥着:"快点退回去!不然就别怪我们刀枪无情了。"说着,把寒光凛凛的刺刀逼向学生。

王尽美毫不畏惧地说:"如果我们用鲜血能够唤醒广大民众的爱国热情,如果我们用生命能换回我们的青岛,我们何惧流血,何惧牺牲!"他把手一挥,无所畏惧地迎着刺刀走去。

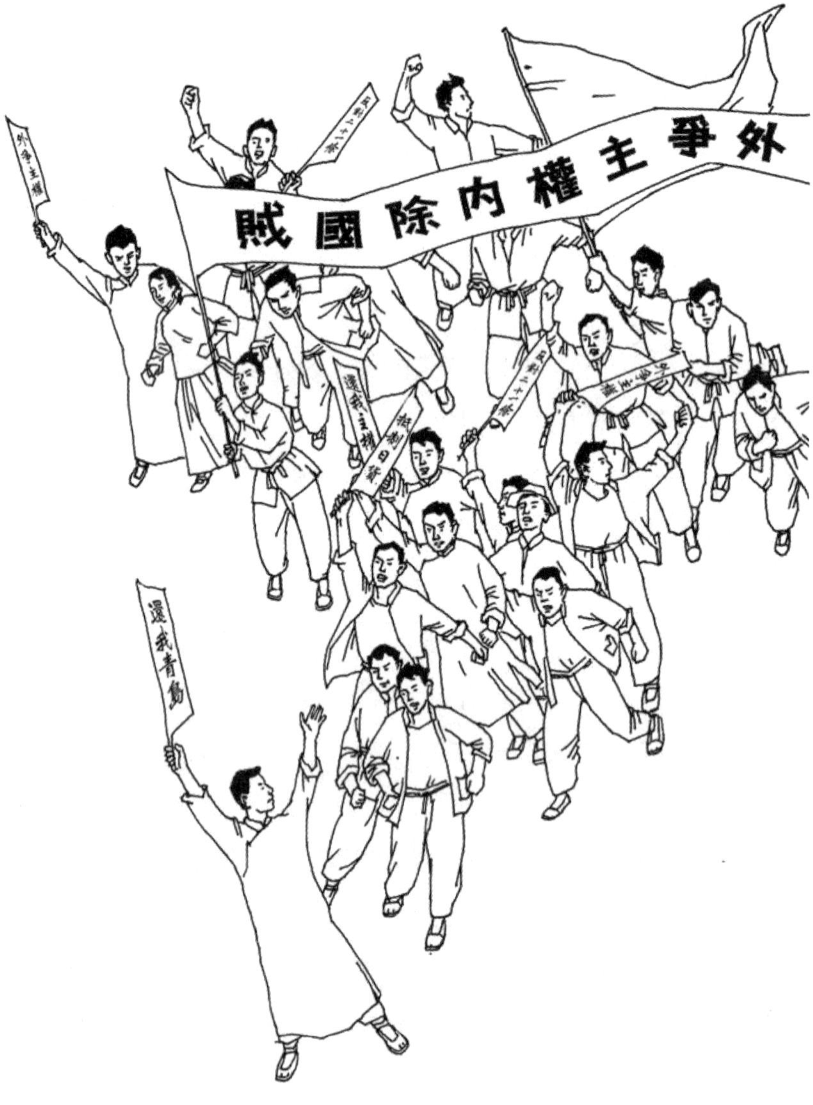

外争主權
外爭主權內除國賊
還我主權
抵制日貨
還我青島

学校的学监范明枢冲在最前头,用头撞向军警的刺刀,军警只得躲让开。

师生们趁机冲破军警的封锁,潮水一般涌向大街,汇入全城的罢课洪流中……

二

济南的学生运动达到高潮后,济南学联号召外籍学生利用暑假的时间回到各县开展运动,王尽美以学联代表的身份回到了家乡。他没有先回大北杏村,而是直接去了诸城县城。那时,五四运动已经在诸城的城里、相州、枳沟、昌城等地开展起来。王尽美与县城的学生联合会进行了接触,相互介绍了诸城与济南五四运动的开展情况。

第二天,学联在县城的西河滩召开反日救国大会,学生、店员、商户、工人等社会各界进步人士都参加了大会。王尽美在会上讲述了济南和全国的斗争形势,愤怒地控诉了帝国主义的侵略行径和北洋军阀的卖国罪行,号召全县学生罢课、所有商人罢市、社会各界一起抵制日货。学生、教师、进步绅士等代表也分别上台演讲,县立高小的学生王伯年当场咬破手指,用鲜血在衣服上写下了"宁死不当亡国奴"七个大字,让参加大会的人群情振奋。随后,又举行了声势浩大的游行示威,在全县掀起了罢课、罢工、罢市、抵制日货的高潮。

王尽美指导一些师生选编了《国耻记》《救国五更》《高跷段》等通俗易懂的歌曲,唱给老百姓听,激发广大民众的爱国热情。

他还借用《长江歌》的曲调亲自编写了一首歌词:

看看看,滔天大祸,飞来到身边。日本强盗似狼贪,硬立民政官!此耻不能甘,山东又要似朝鲜!嗟我祖国,攮我主权,破我好河山。

听听听，山东父老，同胞愤怒声。送我代表赴北京，质问大总统！反对卖国廿一条，保护我山东。堂堂中华，炎黄裔胄，主权最神圣。

这首雄壮的歌曲就像嘹亮的号角吹响在诸城大地上，激发着全县的五四运动蓬勃发展起来。

三

当诸城全县掀起罢课、罢工、罢市、抵制日货的五四运动新高潮后，王尽美才回到家乡。

他走到枳沟街时，先去了他姑家。在姑家的菜园里，遇到了一个前来买菜的十二三岁的学生。

姑家表兄郑明顺介绍那个学生说："他是王乐平的堂侄，叫王蔚明，在枳沟上高小。"

王尽美听说王蔚明是王乐平的侄子，又见他机灵，就向他询问起枳沟高小开展五四运动的情况。

当王蔚明知道王尽美是济南学联派回来推动开展五四运动的代表后，就热情地向他介绍说："我们学校把学生全都组织了起来，除了在街上进行宣传外，还组成了十人团，在集市、在交通路口检查日货。"

王蔚明想邀请王尽美到学校进行指导，他说学校的校长就是他五叔王立哉。

王尽美看了看天色。此时，太阳快要落山了，晚霞把菜园映照得红艳艳的。

他对王蔚明说："改日吧。我从济南回来到现在，还没进过家门呢！"

临走，他把济南与诸城开展五四运动的情况告诉了王蔚明，让他转告王校长以及学校的师生们。

四

王尽美回到家,屋里已经掌灯了,他不声不响地走进屋,本想给家人一个惊喜,没想到母亲见了他却劈脸就问:"怎么才回来?"

他顿时蒙了,媳妇忙问他:"你怎么才来,大前天你同学王仁之来过咱家,说你已经从济南回来了。"

王尽美这才明白了母亲生气的原因。

他想向母亲解释原因,见媳妇朝自己使眼色,就改口说:"我路过相州时,相州学校的师生非要留下我作演讲。"

母亲这才有了笑模样,忙对儿媳妇说:"你还愣着干吗?还不快给孩子他爹端饭!"然后让王尽美快上炕歇歇。

母亲担心地说:"这些日子外面乱哄哄的,学生们连课都不上了,整天在街上查洋货、关店铺,我怕你也在外面参与这些事。"

"他们是在开展五四运动。"王尽美想向母亲解释为什么要开展五四运动。

媳妇忙端着饭过来说:"早饿了吧,先吃饭,有什么话吃了饭再说。"

这时西屋传来小孩的啼哭声,媳妇对王尽美说:"你听,儿子醒了。这孩子都会认人了,你快过去让他认认。"

他们进了屋后,媳妇悄声嘱咐道:"咱娘自从听说你回来了,就整天为你提心吊胆,怕你参与外面那些学生活动。我刚才对你使眼色,就是怕你说出来。"

"你怎么知道我在外面参加学生活动了?"

媳妇娇嗔地说:"我还不知道你啊!什么事都好冲在前头,像这样的大活动,你不参加才怪。"

"你既然都知道了,我也不再瞒着你。我这次就是带着任务回来开展五四运动的。"王尽美怕媳妇担心,又解释说:"这是一场全国性的爱国运动,政府与学校都是支持的。"

"我虽然不懂这是什么运动,但我相信你做的都是正事,不会给你拖后腿的。但……"媳妇说到这里忽然不说了,只是用期待的目光望着丈夫。

"你心里想说什么就直接说出来,不要对我打哑谜。"王尽美笑着说。

"你干什么我都不反对,但千万不要影响学业,你知道咱家供你上学是多么不容易。还有,你在外干的事不要让咱娘和咱奶奶知道,省得她们担惊受怕。"

"这些你放心,但是你要给我打掩护,帮我瞒着她们。"

五

王尽美回到家后的第三天,逢枳沟集,他对母亲说要到集上买些东西,就去了枳沟街。

到了枳沟街,他看到街上的各个路口都有学生组成的"十人团"在检查过往的商客,防止倒卖日货。

他又去集市转了一圈,虽然没看见有卖日货的,但听商贩私下说:"别看市面上见不到日货了,但有的商家照卖不误,都转入地下交易了,许多日货还被拿到莒北一带卖去了。"

他们所说的莒北,指的是莒县北部一带,这里丘陵连绵,交通闭塞,当时属于莒县与诸城、日照、沂水四县交界的"四不管"地带,王尽美的祖籍后张仙村就在这里。

商贩的话提醒了王尽美,没想到偏僻的莒北竟然成了贩卖日货的天堂。他决定去找王仁之,要与他一起到莒北查封日货。

第三章 在莒北

一

从枳沟街回到家后，王尽美对媳妇说："我要回老家去查封日货。"

媳妇说："只要母亲同意就行。"

第二天吃早饭时，王尽美对母亲说："娘，我要去窑头村找王仁之办点事，正好回老家看看，要在那里多住几天。"

母亲看了一眼正在收拾饭桌的儿媳妇，不高兴地说："你回来还没把屁股坐热，就又要出去！"

儿媳妇知道婆婆担心自己不乐意，就故意白了王尽美一眼说："他哪次回来在家里安稳地待过，我早就习惯了。"接着，嘱咐丈夫说："听说孩子他姥爷那里也在抵制日货，也不知道我们家的诊所受没受影响，你顺路过去看看。"

吃了早饭后，王尽美就去了窑头村。当经过后张仙村时，正好遇见小时候的好朋友王庆增。

王庆增家与王兴隆家是邻居，王尽美小时候跟着祖母回老家走亲戚时，王兴隆就把王庆增叫来陪他玩。他们年纪相仿，都是好玩耍的年龄，一起掏鸟窝、捉迷藏，从小结下了很深的友谊。王尽美去济南上学后，虽然与王庆增来往得少了,但只要回后张仙村,就会去看他,对他讲的再也不是到河滩西瓜地偷西瓜、教训地主小少爷那些童年趣事了,而是一些外面发生的新事物。王庆增在村里经营着小买卖,思想比较开通,对王尽美讲的那些道理很感兴趣。他在王尽美的引导下,逐渐产生了进步的思想意识。

此次相见,两人都喜出望外,王尽美对王庆增说:"我要先去窑头村找朋友办点事,回来在你家吃午饭。"

"好啊!你把你的朋友也一起叫过来,我杀只老母鸡,好好款待你们。"

二

窑头村在后张仙村的南面,在七宝山的西麓,据《王氏族谱》记载,明嘉靖年间,王姓自邻村张仙迁此立村,因村东南土崖上有木炭窑遗址而得名。村里的王姓人家与王尽美家都是同祖同宗。

王仁之与王尽美是同辈,比王尽美大两岁,他们都在枳沟高小与山东省立一师上过学。

王尽美走进王仁之家时,本村的王乃揆与王秀之也在,他们比王尽美矮一辈。

王乃揆由于与王尽美既是同龄又是一师同学,就直呼了他一声"瑞俊"。

王秀之就不同了,比王尽美小七岁,赶紧叫了声:"小叔。"

王尽美听说他们正在商议要去莒县县城参加五四运动,他就把莒北已经成为日货天堂的情况告诉了他们。

王仁之问:"我们该怎么办?"

王尽美说:"我们不能舍近求远,莒县县城咱们就不要去了,这里更需要我们。应该马上把这一带的进步青年与学生发动起来,进村宣传五四运动,到集上查处日货,让日货在这里无容身之地。"

王仁之说:"要想到集上查处日货,我们就要先弄清附近有多少个集,分别是哪天逢集。"

王尽美说:"这个简单,你们跟我走。"

"去哪儿?"

"去后张仙村,我本家的一个兄弟经常赶集做买卖,咱们去问他。"

三

他们一起去了王庆增家,王庆增虽然不懂什么是五四运动,但当他听说日本人想霸占青岛时,就气愤地对他们说:"只要是为了对付小日本,你们让我干什么我就干什么。"

他们商定分头到附近的村庄发动进步青年与学生,把他们组织起来一起开展活动。

王庆增很快把本村做木匠的王兴智、开油坊的王志田、开中药铺的王老八等思想开明的村民动员起来,加上附近村动员起来的青年与学生,他们很快就组成了一支十多人的队伍。

在王尽美的带领下,他们每天早出晚归,宣传五四运动,查处日货。除了后张仙村、窑头村一带,他们还去了板石河、于里沟、茅埠、棋山、石榴沟、东莞、官庄、崮山后等地。

由于宣传内容的空洞,老百姓听后都不感兴趣,因此,宣传并没有取得什么成效。

王尽美发现这个问题后,就把宣传内容编写成戏曲,用说唱的形式进行宣传。

王庆增从村里找来王在南的老婆赵氏,她是个盲艺人,能说会唱。

在集市上,赵氏演唱,王尽美弹着三弦给她伴奏,很快就吸引了许多赶集的人前来围观。

王仁之他们趁机向围观者宣传道:"日本要霸占我们的青岛,你们说我们给不给?"

围观者都群情激愤地喊道:"不给!"

"由于日本国力太强大,我们既打不过他们,又不想把青岛割让出去,你们说该怎么办?"

围观者听了,不知道该怎么回答了,有的唉声叹气地说落后就要受欺负,有的满腔怒火破口大骂日本人是强盗。

王尽美趁机鼓动说:"不买日本货,让他们从我们身上赚不到钱,这样就可以削弱日本的国力,他们就不敢轻易在我们国土上肆意妄为了,这就是我们目前对付日本人最好的办法。因此,我们要抵制日货,不买日本人的东西!"随即振臂高呼道:"抵制日货,保护我青岛!"

赶集的人也一起随之高呼着。

一个人的声音虽然很微弱,但是把每一个人的声音汇聚起来,就会惊天动地。"抵制日货,保护我青岛"的高呼之声,响彻莒北连绵起伏的丘陵中,如同滚滚洪流,在奔涌,在咆哮。

买了日本货的,纷纷把货退回去,发誓再也不买了。

王尽美警告卖日货的商贩说:"你们卖日货就是助纣为虐,就是卖国!你们要是还胆敢卖日货,我们就把你们的货物全部没收。"

王尽美他们抵制日货的行动,得到莒北越来越多老百姓的响应与支持,日货在莒北很快成了人人喊打的过街老鼠,再也没有容身之地了。

第四章 取得胜利

一

1919年6月5日起,上海六七万工人举行了声援学生的大罢工。随后,北京、唐山、汉口、南京、长沙、济南等地的工人也相继举行罢工,许多大中城市的商人举行罢市,罢工罢市很快在全国蔓延开来。

这时,五四运动发生了重大转折,从由知识分子参与的运动演变为由工人阶级、小资产阶级和资产阶级共同参加的全国规模的革命运动,运动的中心由北京转移到上海,斗争的主力军由学生转为工人。

王尽美在家乡听到这个消息后,立刻返回济南。他先到王乐平家了解运动情况,第二天,参加了省议会召开的济南各界近万人的大会,大会要求全市举行"罢工、罢市、罢课",他参与了"三罢"的组织和发动工作。

为了抵制日货,王尽美、石愚山等组织省立一师的学生,与北园的民众一起,把北园通往市区的道口、桥梁全部堵截,切断了北园对驻扎在市区的日军和日侨的大米供应。

二

6月19日，王乐平等人率领由80多名代表组成的山东各界请愿团赶赴北京，王尽美等数千人到车站送行。

在全国人民同仇敌忾的声讨声中，在革命群众强大的压力下，中国代表团终于没有出席巴黎和约的签字仪式。五四运动取得了胜利。

第五章 觉 醒

一

五四运动的浪潮不仅冲破了禁锢在学生身上的枷锁，还冲垮了构筑在各学校之间的藩篱，让学生得以像奔涌的黄河水一样自由流动起来，汇聚成了一股新生的进步力量，一批具有领导才干的优秀学子脱颖而出，向世人展示了他们的风姿与才华，王尽美与省立一中的邓恩铭就是其中的佼佼者，他们从学校的积极分子发展成为社会活动的组织者和带头人。

五四运动让王尽美深刻地意识到，在这个内忧外患的时代，光靠读书是不能救国的，只有去参加更多的社会政治活动，去发动更多的像五四运动这样的革命运动，才能改变国家和民族的命运。同时，他还深切地感受到，如果把身边的进步学生团结在一起，就会形成一股改变社会的新生力量。

他决定走出教室、走出校园，去主动结识更多的进步学生。

当王志坚听了他的这个想法后，兴奋地捅了王尽美一拳说："瑞俊，你这个想法太好了。"他接着提议道："周日我就把几个老乡好友召集起来，一起商讨你的这个想法。"

"先找工业专科学校的王象午、一中的王翠琳、赵明宇等。"

王志坚提到的这几个人都来自诸城相州，王尽美早就认识。

王象午与王尽美是同岁，是相州镇曹村人，与王志坚、王翔琳是本家，只是辈分比他们高一辈。王翔琳于1903年出生在福建，后来随告老还乡的父亲迁回老家相州三村，就读于相州高等小学。赵明宇，字震寰，是相州六村人，与王翔琳同岁，他们都在相州高等小学读过书，后来又考上省立一中，任《一中旬刊》的负责编辑，王尽美曾经与王志坚找他借阅过《一中旬刊》。

"你想在哪里聚会？"

"在大明湖的客亭吧，当年大诗人杜甫曾在此地待过。当时任北海太守的李邕与他是忘年之交，李邕专程从北海赶来设宴款待他，许多名士也慕名前来。席间，杜甫还乘着酒兴赋诗一首《陪李北海宴历下亭》。他在诗中云'海右此亭古，济南名士多'，我们那天也算是名士相聚了。"

周日的上午，当王尽美与王志坚来到大明湖时，王象午、赵明宇、王翔琳他们早已等候在游船上了。

王尽美与他们打过招呼后，看到船上还站着一个不认识的男生，这人要比他小几岁，显得稍微瘦小些。他正朝王尽美笑着。

王志坚向王尽美介绍说："他就是一中的邓恩铭，与明宇既是同学，又是同室好友，就像我们两个一样。"

赵明宇忙上前说："瑞俊，恩铭一直想认识你，我看今天正是个机会，就把他带来了。"

邓恩铭出生于贵州荔波的一个贫苦家庭，他为了求学，于1917年从老家辗转来到山东，投奔山东做县官的叔父黄泽沛。在叔父资助下，1918年考入山东省立一中。

王尽美对邓恩铭早有耳闻，知道他是一中的活跃分子，在五四运动中是一中的学生代表，一直想找机会与他认识，没想到天遂人愿，竟然在此与他不期而遇。

他刚要与邓恩铭握手，邓恩铭却先伸过手来，紧紧握住他的手高兴地说："久仰仁兄之大名！我一直想找机会拜访您，刚好听赵明宇说，你们今日要在此聚会，就贸然前来了。"

他说着，又热情地把王尽美拽上船，由于用力过猛，差点把王尽美拽了个趔趄，他连忙向王尽美道歉。

王尽美见邓恩铭如此热情真诚，立马就对他充满了好感，故意上下打量着他。

邓恩铭被看得有些不自然地问："仁兄，您这是看什么？"

王尽美笑着说："我想看你从哪里来的这么大的力气！"

邓恩铭自豪地说："别看我瘦，我从小就跟着父亲上山采药，身上练出了一股蛮力气。"

王志坚见他们一见如故，就高兴地朝王甡琳大声喊着："开船喽——"

游船在赵明宇与王甡琳轮流划动下，欢快地向客亭行进着。湖面荡起的一圈圈涟漪，就像浮现在这些年轻人脸上的灿烂笑容。

王尽美与邓恩铭并坐在船尾尽情交谈着，他们首先说起各自的启蒙老师。

王尽美说他的启蒙老师是枳沟高小的王新甫老师，正是在王新甫老师的启蒙下，他开始阅读进步书籍，开始关心政治。"

邓恩铭说他的启蒙老师叫高煌，高老师是他们荔波县第一个留日学生，为人开明，视野开阔，正是在高老师的鼓励下，他才跋山涉水、不远千里来到济南求学。

当王尽美听说邓恩铭自从离开家乡就再也没回去过时，就关切地问："你出来这三年不想家吗？"

邓恩铭没言语，他沉默了一会儿，低声吟诵道："君问归期未有期，回首乡关甚依依。春雷一声震天地，捷报频传是归期。"

王尽美见他眼睛里泛起了泪花，知道他一直在深切地思念着自己的家乡。王尽美想劝慰他，却又不知从何劝起，只好紧紧地握住这位游子的手。

邓恩铭很快从悲伤的情绪里摆脱出来，他说："这是我离开家乡时吟诵的一首诗。"他问王尽美："仁兄，你离开家乡时，又是一番什么心境？"

王尽美蓦然仰头望向东南方向，那是他家乡的方向，连绵起伏的乔有山，苍茫无际的大平原，流淌不息的潍河水又呈现于他的眼前，他情不自禁地吟诵道："沉浮谁主问苍茫，古往今来一战场。潍水泥沙挟入海，铮铮乔有看沧桑。"

邓恩铭听了，高声夸赞道："好诗！气势雄浑，豪迈奔放！"

王尽美说："这是我离开家乡时，站在村前的南岭上吟诵的。"随即又感慨地说："你我都是怀着教育救国的远大抱负而外出求学的，可是眼前这种腐朽陈旧的教育体制怎么可能救国呢？轰轰烈烈的五四运动刚过去不久，整个社会就立马沉寂了，所有的学校也立马沉寂了，我们这些满怀志向的学生们又被重新圈回校园里，我们斗争的激情又被沉闷的气氛压迫窒息着，我们革命的斗志又被腐朽陈旧的教育体制无情地侵蚀着，我开始对教育救国失去了信心。"说到这里，他高声问着船上的其他人："你们呢？"

王志坚深有感触地说："要想改造这个社会，就先要改造当前的教育。要改造当前的教育，就首先要改变那种陈旧腐朽的教育体制。"

如何去改变当前腐朽陈旧的教育制度成了他们热烈讨论的话题。他们意气风发，踌躇满志，各自陈述着自己的观点。

经过一天热烈的讨论，虽然没有找到改变教育制度的有效办法，但是他们谈得很投机。

他们望着西落的太阳，虽然意犹未尽，但最终还是要分手了。

分手时，王尽美提议："我们以后每周聚会一次，一起讨论社会问题，我们要把自己的命运与时代紧紧联系在一起。"

二

1919年的暑假过后，王尽美升入山东省立第一师范学校本科第十一班。

山东省立第一师范学校位于现在的泉城路中段的路北，它前身是山东大学堂附设师范馆，馆址设在济南贡院。1903年9月，师范馆从山东大学堂独立出来，改名山东全省师范学堂。1904年6月，为了扩大学校规模，学堂迁至泺源书院（原都司衙门）。泺源书院当时规模非常大，有大门三间、文昌阁一处、讲堂二处八间、斋舍一百六十四间、门屋二十间、厨房二间。书院斋舍均为红砖铺地，白灰抹墙，以石铺路，整洁美观。

王尽美觉得山东省立第一师范学校相比于北园分校，除了校舍面积大了，学习课程多了，并没有其他的变化，他每天还是埋在讲义堆里过生活，还是日复一日地重复着昨天的生活。他本想经过五四运动浪潮的洗礼，学校那些陈旧腐朽的教育理念与教学方式会有所改观，可是随着新学期的开始，他彻底失望了。

一个周日的早晨，王尽美望着窗外灿烂的朝阳，对宿舍里的王志坚大发感慨："你瞧，秋日的晨光是多么朝气蓬勃，而我们学校的教学氛围却暮气沉沉，让人感到窒息。"

王志坚走到窗前，看着红艳明媚的阳光，情不自禁地高声朗诵道："红日初升，其道大光。河出伏流，一泻汪洋……前途似海，来日方长。"然后对王尽美说："瑞俊，一切都会改变的。"

王尽美不满地看了他一眼说："你说什么时候才能改变？难道我们就这样徒耗我们每天的大好时光，去慢慢等待吗？"他见王志坚没有回答，就愤慨地说："新的一天又开始了，面对着如此美好的时光，难道我们就这样白白消耗完五年的学习生活，到头来除了装一肚子陈腐的学问，其他的像教学原理、教学方法、创新能力等都一无所获,像个书呆子一样走向社会。如果这样的话,我们怎么能够去适应复杂的教学环境,又怎么能够去教育好学生!每当想到这些,我越发感到可怕!"

王志坚无奈地说:"你说我们能怎么办?这种现状是你我能够改变的吗?"

王尽美激动起来:"但我们也绝不能就这样麻木不仁、随波逐流下去!我们要想办法去改变!"

王志坚悲观地说:"在学校这庙宇般沉寂的环境里,你说应该怎么去改变?除非……"

王尽美见他不说了,就追问道:"除非怎样?你快说啊!"

"除非再来一场像五四运动那样的运动!"王志坚低声说。

"像五四运动那样的运动?"王尽美惊讶了。

"对!再来一场那样的运动。"王志坚说到这里,忽然情绪高昂起来,大声喊道,"来吧!让五四运动那样的洪流把我们学校的沉疴与腐朽涤荡得干干净净吧!"

王尽美忽然兴奋起来:"志坚同学,你说得太好了!对啊,既然它已经腐朽,为什么不让洪流把它冲垮。我们应该让一师再经受一次五四浪潮的洗礼!"

王志坚受到王尽美的鼓励,也激动起来,他兴奋地说:"对,我们要再发动一次像五四那样的学生运动!"

突然冒出这样一个惊人的想法,让他们感到惊愕。他们面面相觑了一会儿后,随即一齐欢呼跳跃起来,宿舍的地板也被他们踩得发出咚咚的声响,像是擂起的战鼓。

他们被这个大胆的想法激动得热血沸腾起来!

他们要立即把这个想法告诉那些志同道合的朋友们,也让他们一起激动。

他们分头去召集邓恩铭、王象午、王翠琳、赵明宇等人,在王翔千居处集合。

三

王翔千那时在济南法政专科学校任文案，学校给他安排了专门的居所。他的居所成了诸城老乡经常聚会的地方。

王尽美与王志坚、邓恩铭、王象午、王甡琳、赵明宇等人很快聚集在王翔千居所。

当他们听了王尽美要罢课的想法后，先是惊愕，继而激动起来。

邓恩铭抢先说："瑞俊说得对，要想改变一师陈腐的教育体制，就要用运动的浪潮去冲击！"

王翔千说："教育体制的腐朽不仅存在于一师，还存在于一中、育英、正谊等所有的山东学校，山东教育的黑暗已是不争的事实。虽然许多有识之士企图去改变它，但都是隔靴搔痒，没有实质的变化。"

王象午说："要改革教育体制，就要像对待恶疮一样，非得用极其锋利的刀子将那腐烂的肉全部割去不可。如果只是动动皮毛，是不成的。"

王志坚说："因此，我们就要用五四那样的浪潮去荡涤它。"

经过一番讨论，大家同意用罢课的方式逼迫校方同意改革教育体制。

王翔千建议罢课先从一师发动，因为一师的于校长崇尚"无为而治"的治校原则，学生们的思想相对自由活跃，便于发动。

王志坚听说罢课要先从他们一师开始，顿时兴奋地举起拳头高喊道："让我们的一师去充当冲击黑暗教育的急先锋吧！罢课浪潮浩浩荡荡，顺者昌，逆者亡！"

四

王尽美与王志坚回到宿舍后，很快写了《罢课乃求学之好机会》一文，作为这次罢课的战斗檄文。

接着,他们把张世炎、吴隼、马馥塘等几位进步同学召集在一起,说出了他们罢课的打算。

他们听了后,激动地说:"太好了,同学们早就对学校的教育体制心存不满了,就等着爆发了。"

他们组成了罢课行动小组,并在当天下午把《罢课乃求学之好机会》这篇文章张贴在学校的公告栏里。

很快,一石激起千层浪,文章在学生中间引起了强烈的共鸣,都说写得好,说出了他们的心声。有的学生还迫不及待地打听什么时候开始罢课。

文章也震动了校方,学监主任徐昌言急忙来到公告栏前,他看罢,声嘶力竭地叫嚷着:"这是谁写的?"他愤怒地把文章从公告栏上撕下来,又气急败坏地说:"一定要把这个居心叵测之人查出来,严惩不贷!"

说完他狠狠地把文章抛在地上,随即又让一个姓李的学监捡起来,说拿回去查笔迹。

教务主任王士楷立马通知各班的班主任到学校会务室开会。

王志坚他们听了这个情况后,问下一步该怎么办。

王尽美果断地说:"我们要赶在他们采取行动之前就发动罢课。"

当晚,他们分头通知各班级的罢课负责人:在熄灯之后,组织人员张贴标语,通知学生明天一早到学校操场集合,向校方提请革新要求。

第二天一早,校园里到处贴满了"废除一成不变的旧教育""开放反帝反封建的言论、思想、活动自由"等标语。

早饭后,在王尽美等人带动下,学生集合在操场上,高喊着"废除一成不变的旧教育""开放反帝反封建的言论、思想、活动自由"等口号。

喊声此起彼伏,响彻一师的校园里。很快,罢课浪潮波及了全校,1000多名学生加入罢课队伍当中。

罢课行动之突然，罢课人数之众多，完全出乎校方的意料。徐主任惊慌了，赶紧打电话向于校长汇报。此时，于校长正在外地参加学术交流活动。

徐主任向他提议，要立马报警，把带头滋事的学生抓起来，杀一儆百！

于校长不同意这种过激做法，他要求学校先与学生开展对话，通过了解他们的诉求，有针对性地对他们进行开导与安抚。

徐主任放下电话，不满地对王士楷等人说："全校都变成一片惊涛骇浪的汪洋了，我们的校长还这般仁慈软弱。今天发生的这一切都是因为他无为而治造成的。我们要赶紧报告省教育厅，不然事态扩大了，我们都脱不掉干系。"

王士楷忙阻拦说："我们还是遵照校长指示，先对学生进行开导与安抚。"

徐主任说："他们罢课本身就是反动之举，理应予以严惩，干吗要去安抚，再说，他们那声势就像洪水猛兽一样，怎么安抚得了，要去你们去，我决不会向他们低头。"

王士楷等人离开后，徐主任对李监事说："这都是他于某不合时宜地推行'处无为之事，行无言之教'导致的恶果，就让他自食苦果吧！"接着低声吩咐说："你要想办法让学生把矛头指向校长。"

五

罢课进行两天了，除了罢课当天王士楷主任代表校方与学生进行了一次对话外，学校再也没了任何动静。不但王主任等校领导不再露面，就连平日里飞扬跋扈的徐主任也不见了人影，教师们对学生更是唯恐避之不及，要么闭门不出，要么躲着走。

面对学校这种冷漠的态度，罢课的学生们感到无比愤懑，罢课行动小组立即开会商议对策。

王尽美坚定地说:"学校一日不答复罢课要求,我们就一日不复课。"

随后,他们以级部为单位,组织学生通过演讲、诗歌朗诵等形式揭露学校旧教育的弊端,宣传新文化新思想。

这时,有老师私下劝导学生说:"你们就不要再闹了,闹也不会有结果。校长已明确表态,只要学生不怕耽误学业,学校就奉陪到底。"

罢课的学生们听了这话后,顿时无比愤慨,决定把斗争的矛头指向校长。

为了扩大影响,王尽美带领罢课学生从学校走向大街进行游行示威,他们高喊着"废除旧教育""言论要自由""撤掉校长"等口号,去教育厅请愿。

同时,王翔千、邓恩铭、王象午等人也发动一中、育英、法政专科学校、工业学校等学校的师生予以声援。示威浪潮很快波及全市。省市学联、社会团体、学生家长也纷纷参与到声援队伍中来。

罢课浪潮震怒了当局,山东省省长严命教育厅尽快平息这场学潮。当教育厅厅长要求与罢课的学生代表对话时,学生代表提出:对话的前提是先撤换校长。

从外地匆忙赶回的于校长,见事态发展到这个程度,感到十分焦虑和忧心。为了尽快平息罢课浪潮,他决定主动请辞。

新校长上任后,虽然表面上征求民意,采取了一些改良举措,但是一师的教学方式与教育制度依然没有根本改变。

王尽美从中深刻地认识到:教育体制改革并不是撤换几个校长就能做到的,它是一个社会问题,只有改变整个社会制度,它才能彻底改变。

这次罢课促使王尽美从残酷的现实中觉醒,他开始放弃教育救国的幻想,去努力从十月革命以及马列主义那里寻求救国的答案。

六

为了介绍新文化，提高人类之知识，1919年10月，王乐平开办了齐鲁通讯社，并设有售书部。后来，为了扩大齐鲁通讯社的业务及影响，1920年10月王乐平将社名更名为齐鲁书社，并迁址到大布政司街（今省府前街）北首的路东。

齐鲁书社与北京、上海、广州等地的出版社都建立了业务关系，大力推销全国的新书刊。店里的书籍、报刊种类很多，有全国最新出版的各种丛书与杂志，除了《俄国革命史》《资本论入门》《社会科学大纲》《辩证唯物法研究》等介绍十月革命和马克思主义的书籍外，还有《新青年》《每周评论》《共产党》《觉悟》《少年中国》《曙光》《新潮》《莽原》等进步期刊，这些期刊都是在知识青年中广为流传的刊物，这些进步书刊吸引了众多进步青年及学生前来购买与阅读，推动了济南地区传播马克思主义为中心内容的新文化运动。

王尽美是这里的常客。经过五四运动与一师学潮的洗礼，他放弃了教育救国的幻想，开始通过研读马克思主义著作与其他革命书籍，寻求新的救国道路。

他常来齐鲁书社看书，有时读书读得时间晚了，就吃住在这里。这里不仅成了他最好的读书场所，用齐鲁书社店员的话说，这里还成了他"免费的旅店"。

王尽美与王乐平关系不一般，既是同宗，又是同乡。王乐平的老家诸城王家楼子村就在大北杏村的东南面，两者相距十几里路。王尽美来济南求学之前，王新甫还专门领他拜访了王乐平的父亲王纪龙老先生。

王纪龙修书一封向王乐平推荐王尽美，说他志存高远、年轻有为，让他予以关照。王尽美一到济南，就拿着书信前去拜访了王乐平。从此，他经常去王乐平家。王乐平的夫人范氏也是诸城人,他们虽然住在济南,但还是留恋着家乡。王尽美每次放假回去,都会给她带些小米、绿豆、煎饼等家乡物产,她很欢心,把王尽美视为自家人。

五四运动后,王尽美从一名学生积极分子成长为社会革命活动的组织者和带头人。不久,他又在一师发动学潮,轰动了济南教育界,这些优异表现让王乐平对他更加赏识。他经常与王尽美进行交谈,向他传授了许多社会经验,对他的进步与成长起到了很好的促进作用。

王尽美不仅把齐鲁书社当成自己读书的地方,还把它当成交往进步青年的活动场所。一师学潮后,他成了进步青年学习的榜样,他们争相与他交往,王尽美得以结识了一大批有志青年。

他经常与王志坚、邓恩铭、王象午、王翔琳、赵明宇等志同道合的朋友在这里聚会,一起谈论时事,一起探讨如何改造社会。

随着前来齐鲁书社的顾客越来越多,王尽美建议王乐平把他外宅的三间南屋腾出来作为阅览活动室。

王乐平采纳了这个建议,不久就把阅览活动室建成了。他还特意让王尽美过来"验收"。

王尽美随着王乐平走进阅览活动室,看到屋子中间除了摆着一张长条桌和一些凳子外,还在东头靠南窗的地方放了一张竹床,就不解地问:"先生,这里放床干什么?"

王乐平笑着反问道:"你觉得呢?"

王尽美说:"我以后要是读书读晚了,就可以睡在这里了,再也不用和店员挤一张床了。"

"你以为我的店员愿意与你挤一张床?他们苦你久矣!你鼾声如雷,让他们无法入睡,以至于第二天都没有精神工作。故而,我特意给你安排了这个单间。"

"这么说,这个地方是专为我留宿用的!"

齐鲁书社聚集了一大批先进知识分子，这里成了山东最早的新思想、新文化的宣传阵地。它既是济南地区传播马克思主义的重要基地，又是共产主义思想的孵化器。1920年夏，在王乐平的支持与帮助下，以王尽美、邓恩铭、王志坚等为代表的先进知识青年以齐鲁书社为基地秘密建立起了康米尼斯特学会（共产主义学会）。

第六章　成立励新学会

一

面对身边这么多年轻有为、积极上进的青年学生，王尽美与邓恩铭、王志坚等人一直在考虑用什么方式把他们组织起来，成为一支改造社会的进步力量。

有一天，王尽美得到一个消息：在李大钊的倡导下，北大的一些进步学生已于1920年3月在北大秘密发起组织了马克思学说研究会。

当他把这消息告诉了邓恩铭等人后，邓恩铭等人很兴奋，要求赶紧前去取经学习，效仿他们也成立一个这样的组织。

一个周六的下午，王志坚把大家聚集在一起商议去北大取经学习的事。经过讨论，大家一致推荐王尽美前去取经学习，王尽美不仅与北大的罗章龙等学生很熟悉，还到北大的红楼拜访过李大钊先生。

去北大取经的事情确定后，王尽美问王志坚："今天是星期几？"

王志坚说："你激动得糊涂了，连今天是星期六都忘了！"

王尽美忙站起来："我这就去火车站。"

大家惊讶地问："天都黑了，这会儿去干吗？"

"我要去坐今晚十点的火车去北京取经啊。"

王志坚说:"干吗这么着急,明天去也不迟。"

"凡是确定好的事,就要赶紧干。"

"再赶紧,也不至于今晚就去吧。"

"晚上去,不仅不占用白天的时间,还节省住宿费。这是多么划算的买卖!我的阔少爷,你不懂。"

他见王志坚要跟他一起去,就阻止道:"这又不是去赶庙会,你凑什么热闹,再说,多一人要多一份开销。"

王志坚说:"我与你出去哪次不是我掏钱!"

"你的钱,就不是钱了?"

王翔千见王尽美真地要去,就问:"身上带钱了没有?"

王志坚埋怨说:"六叔,你真是多说话!等会儿不用你问,他就主动开口要了。"

王尽美故意摸了摸口袋说:"我还真忘了带钱,多亏六爷提醒。"接着,把手伸向王志坚说:"先借我一块钱。"

"我凭什么借给你?"

"就凭你刚才说的'我与你出去哪次不是我掏钱'这句话。"

"我不再当这个冤大头了!"

邓恩铭忙从口袋里掏出一块钱拿给王尽美说:"我带着钱呢。"

王志坚把邓恩铭的钱挡回去,从口袋里掏出钱往王尽美手里一拍说:"这可是一块一!有借有还,再借不难。"

当晚,王尽美就坐着火车赶赴北京。

二

前往北大对于王尽美来说早已是轻车熟路了,在五四运动期间,他代表山东学生会多次来这里联系事务，不仅与邓中夏、刘仁静等进步学生很熟悉，还与罗章龙成了无话不谈的知心朋友。

到了北大后，他先去找罗章龙。见到罗章龙后，开门见山地说了此行的目的。

罗章龙说："你真找对人了，我就是马克思学说研究会的书记。"

罗章龙领着王尽美先去了北大第二院的教室，让他列席参加了马克思学说研究会正在召开的一场研讨会。研讨会结束后，又领他去参观研究会的亢慕义斋。

亢慕义斋是李大钊在北大马克思学说研究会成立后建立的一个图书馆。"亢慕义"是德文"共产主义"的译音，"斋"是"屋舍"之意，"亢慕义斋"的意思就是"共产主义室"。

罗章龙见王尽美对墙上的那副"出研究室入监狱，南方兼有北方强"的对联很感兴趣，就介绍说："这副对联是大家一起拼凑的。"随后解释道："这副对联是有典故的，上联'出研究室入监狱'出自陈独秀先生的《研究室与监狱》一文。陈先生说：'世界文明发源地有二：一是科学研究室，一是监狱。我们青年要立志出了研究室就入监狱，出了监狱就入研究室，这才是人生最高尚优美的生活。从这两处发生的文明，才是真文明，才是有生命有价值的文明'。他的意思是，我们不仅要搞科学，还要搞革命。下联'南方兼有北方强'出自李大钊先生之语，李大钊先生常说，我们研究会的同志们虽然衣衫褴褛，却心存高远，具有革命的人生观。我们有来自南方的，也有来自北方的，南方之强加上北方之强，南北同志要团结互助、同心同德，才能彰显五湖四海的团结。"

王尽美听了罗章龙的讲述，很受感动与启发，随即吟诵出"凯旋门从来是白骨堆成，自由花须从血泊中开出"这两句话，表达了只有流血牺牲才能获得自由解放的信念。后来，他时常把这两句话挂在口头上，鼓舞了许多青年人的革命斗志。1921年，刚考入省立一中的王竹琳的弟弟王牲瑄，听到这话后也深受鼓舞，不仅很快参与了王尽美领导的革命活动，还把这两句话牢记在心中，并写进他自己的自传里，于是这两句话得以流传下来。

罗章龙陪王尽美从亢慕义斋出来，又去了北大的图书室、教室、学生宿舍等地方进行参观。

王尽美有些好奇地问："章龙兄，你该不会让我参观整个北大吧。"

罗章龙笑了笑说："我记得你第一次来北大时曾经说过，你与北大是同龄人。我当时就承诺，有机会要让你们这对同龄人好好接触一番。虽说你来北大好几次了，但每次都因公务紧张，来去匆匆，我一直也没机会兑现这个承诺。趁今天有机会，就把这个承诺给兑现了。"

罗章龙边与王尽美走着，边向他介绍北大马克思学说研究会成立的经过以及活动开展情况。

下午，罗章龙又向王尽美引荐了高君宇、何孟雄等研究会成员。当王尽美听说外地的学生或工人也可以被吸收为通信会员时，当场就填表登记，成了第一批外埠会员。

吃过晚饭后，罗章龙送王尽美去车站。路上，王尽美向罗章龙征求他对他们成立社会组织的看法。

罗章龙说："马克思学说研究会主要是研究理论与学术的，在现阶段，对你们不合适。我建议你们可以成立像湖南的'新民学会'、天津的'觉悟社'等类似的社团组织。"

王尽美欣然接受了罗章龙的建议，并向他征求采用什么样的办会宗旨。

罗章龙说："我觉得还是以体现学术为好，这样不易引起当局的注意，便于开展活动。当年我们在湖南成立新民学会时，就是以革新学术，砥砺品行，改良人心风俗为宗旨。"

临别时，罗章龙紧握着王尽美的手鼓励他说："你们的条件很有利，你又具备很强的组织与领导才能,我预祝你们的社团早日成立。"

王尽美坐在南下的火车上,望着车厢外闪烁在黑夜中的灯火,感到那些灯火就是点燃希望的火花,他对明天充满憧憬。

三

王尽美从北大"取经"回到济南后,就把大家召集到一起,汇报了去北大取经的情况。

大家根据王尽美取经带回的经验,开始讨论社团的名称、宗旨、信条、规章等事项。

当讨论成立什么样的社团时,有人建议依托王乐平的齐鲁书社成立一个读书会,这样可以师出有名。多数人同意这个提议。

当商讨读书会名称时,王志坚说:"当今社会上被提及最多的字要数'新'了,什么新思潮、新文化、新生活、新青年、新民学会……这说明当今社会无不在为求新而励精图治。我们读书会也要'愿学新心养新德,旋随新叶起新知'。为此,我建议取名励新读书会。"

邓恩铭说:"'励新'两字甚好!《礼记·大学》中曰'苟日新,日日新,又日新'。程颐曰'君子之学必日新,日新者日进也。不日新者必日退,未有不进而不退者'。我们就要时时要求进步,天天追求新生活。"

王尽美也赞同道:"'周虽旧邦,其命维新',只有励志求新、革故鼎新,我们的民族才能不断发展与强大。只是读书会范围小了,叫励新学会似乎更好。"

大家都表示赞同。

随后,他们又把"研究学理、促进文化"作为社团的宗旨,又推选王尽美、王志坚等十一人为学会发起人,还讨论了学会的章程,决定由王尽美、陈汝美等四人负责起草。

不久,邓恩铭要代表省立一中出版部去天津南开中学参观。在临行之前，王尽美特意嘱咐他："天津觉悟社开办得很好，在京津一带很有名气，李大钊等人都常去演讲。你一定要去那里学习取经。"

邓恩铭不解地问："我们学会的各个章程不是已经确定了，干吗还要再去学习取经？"

王尽美说："他山之石，可以攻玉。我们要博采众长，争取让我们学会的章程更加完善。"

邓恩铭从天津觉悟社带回了一些宝贵的开办经验，其中的"组织保密制度"引起了王尽美的高度重视，他建议在励新学会章程中增加"会员保密"这项规定。

正当励新学会紧锣密鼓筹办之际，王尽美忽然在一师又掀起了一个大风潮，这个风潮是由一篇文章引起的。

四

学校每个周六的下午都要组织演讲或者召开讨论会，这已经成为一师的一个惯例。

这个周六召开的是有关当前师范教育的讨论会。王尽美结合自己在一师的学习体会，谈了对师范教育的一些看法，他认为师范教育除了让学生获取知识外，还要培养学生应对环境的能力和创新的精神。如果学生不具备这些能力与精神，等他们毕业后走到社会上推行起移风易俗事业的话，势必会陷入万恶社会的漩涡里，并被其同化。

他感慨地说："现在的师范教育脱离了社会实际，纯粹是为教学而教育，导致了许多优秀学生虽有满腹经纶，却在实际教学中发挥不出来，结果为学生所不齿。为之，要大力提倡教育联系实际，不仅要根据师范生的职业特点合理设置课程，还要从需要出发，注重对社会的实践。"他向在座的会员们呼吁："我们要利用年假、伏假的时间，对乡村教育、社会风俗等现状进行详细调查与研究，写成报告，作为进行教育研究的第一手资料。"

王志坚听了王尽美的发言，拍手叫好道："瑞俊说得一针见血、切中时弊，我完全赞成他的主张。"他建议王尽美，"瑞俊，你尽快把这些观点写成文章，这将是一篇抨击当前师范教育的战斗檄文，我要把它刊登在《泺源新刊》上，以此向那些顽固守旧分子发出挑战。"

《泺源新刊》是省立一师的校刊，1920年10月1日由学生自治会开办，以研究教育为主要内容，王志坚担任主编。

《泺源新刊》编辑陈汝美担心地说："怕是学校的那些顽固派不会允许刊发这样的文章。"

王志坚不屑一顾地说："只要瑞俊能写出来，我就有办法刊发出去！"他接着满怀豪情地说道："我们要让它像匕首一样刺向那些守旧者的麻木神经，让他们在疼痛中觉醒！"

王尽美很快把文章写了出来，题目叫《我对师范教育的根本怀疑》。在王志坚据理力争下，文章终于得以在《泺源新刊》十号、十一号、十二号上连续刊载。

文章一经发表，就在一师引起轰动，师生们争相传阅，还掀起了一场大争论。

文章发表的当天下午，王志坚就兴冲冲地拿着文章向全班同学朗读："在这两年半的期间里，我也常常扪心自问，王瑞俊你不是学习的师范吗？你在教育原理上得到了怎样的知识？现在的乡村教育又是怎样？平民教育要怎样去提倡？到底什么是教育，什么是新教育？教育的目的在哪里？教育的方法是怎样……啊呀，惭愧！我哪能解答上来啊。"他读到这里，向同学发问道："哪位同学能够回答出这些疑问？"见没有人回答，他就激昂地说："你们为什么回答不出来？这正是这篇文章价值之所在！它既是要求改变师范教育现状的呐喊之音，又是对那些漠不关心社会的读书虫们发出的一声惊雷！"

这时，伦理老师走进了教室，他见王志坚正在教室里朗读这篇文章，怒不可遏地斥责说："这是一篇反动的文章！它不但违背伦理道德，还信口雌黄丑化我们一师。"

他接着又批评王志坚与王尽美沆瀣一气，不但自误前程，还让一师名声扫地。

王志坚本来就很反感这个思想迂腐的伦理教师，见他出言不逊，气愤地反驳说："这篇文章既没有违背伦理道德，也没有丑化学校。相反，它一针见血，直击我校教育之弊端，发人深思，振聋发聩，将极大地促进我们学校教育制度的改革。"

在王志坚与伦理老师进行激烈交锋的同时，王尽美也在学监办公室与徐主任进行着交锋。

徐主任拿着一份刚发行的《泺源新刊》气急败坏地拍打着办公桌，训斥王尽美："这就是你写的文章吗？纯粹是无中生有，造谣生事！给一师抹黑！"

王尽美义正言辞地反驳说："学监大人，请您指出文章何处诋毁学校了？又如何无中生有了？"

徐主任被他问得无言以对，就怒不可遏地把报刊抛向王尽美说："你自己写的文章，难道你不知道吗？真是岂有此理！"

班主任见王尽美还要进行反驳，急忙从地上拾起报刊，边推着他往外走，边对徐主任表态说："我这就让王瑞俊回去把文章中的那些不实之词予以改正，并登报加以澄清。"

徐主任怒气未消地冲着已经走出办公室的王尽美大声咆哮道："学校一定要对此事严肃查处，绝不姑息！"

从学监办公室出来，班主任责怪王尽美说："你太意气用事了！为什么不向学监主任认个错，表现出一个知错就改的好态度。"

王尽美不服气地说:"我本来就没错,让我承认什么?这篇文章哪一件写的不是事实?只是面对众多的事实,多数人看了不说,我把它们说出来而已。"

班主任训斥他说:"你想到这样做的严重后果吗?他们会借此开除你的!"

"我又没说错,他们凭什么开除我!"

"我不与你争辩!你回去必须要写出深刻检查,这样对你好。"

王尽美回到教室时,伦理老师已经被王志坚气走了,同学们围过来关心地问王尽美:"学校是什么态度?"

"让我写检讨。"

王志坚急切地问:"你答应了?"

王尽美故意说:"为了不受处分,怎么能不答应?"

王志坚气恼地说:"你写了检讨,不就等于承认你写的那些事实都是无事生非了?"

王尽美坚定地说:"我不但要写,还要写一篇大文章。我们虽然对师范教育产生了根本的怀疑,但是怀疑的最终目是什么?不是想把它一棍子打死,而是想开出一剂给它治病的良药,帮它找出一条正确的出路来。我要写一篇让整个济南教育界都能从中看到教育出路的文章。"

五

刚发生的文章风波虽然给王尽美造成诸多困扰,但没有影响他的士气。相反,让他更加充满了斗志与活力。为了保证励新学会的顺利召开,他于1920年11月14日召集参加筹建励新学会的成员,在齐鲁书社召开了一次预备会。会上通过了王尽美等人起草的励新学会章程、王尽美关于出版会刊《励新》的提议、学会管理机构的设置(庶务1人、文牍1人、编辑部主任2人、交际主任2人、发行部主任3人)等多项议题。

在讨论会址时,王尽美建议把会址设在齐鲁书社,设在这里既节省房租,又便于吸收会员。

商定好励新学会成立的时间和地点后,他们又讨论了邀请的嘉宾。

经过半年多的积极筹办,励新学会于1920年11月21日下午在济南商埠公园的南大厅召开。

王乐平与《曙光》杂志社的主笔王静一如约而至,王静一还送上十元钱的贺金。大会本着从简的方针,没有举行隆重的庆祝仪式,只是安排部分来宾和会员进行演讲与座谈。

会议推选邓恩铭担任学会的庶务,王尽美与陈汝美担任编辑部主任,不久励新学会的会刊《励新》第一期于12月发行,于1921年1月1日刊发了王尽美的《山东的师范教育与乡村教育》,这是王尽美继《乡村教育大半如此》《我对师范教育的根本怀疑》之后,写的第三篇关于乡村教育与师范教育的文章。

在1921年的新年伊始,王尽美为革新山东教育又发出一记洪亮的呐喊之声:"山东的乡村教育,不是没有发达的希望吗?我以为要想发展山东乡村教育,非先改造乡村教育命脉的初级师范教育,别无他法。"

六

大明湖是励新学会会员们经常聚会的地方,它远离市区,幽深僻静,在这里谈论时事,不易引起当局的注意。

夏日的一个星期日,王尽美与邓恩铭等会员又相约在这里聚会。

王尽美来到这里时,邓恩铭他们还没有到,他就到湖边看钓鱼的。

钓鱼的除了几位学生外，不远处还有一位老者。

那老者显然是位垂钓老手，每次下竿，都会钓到鱼。而那几位学生却一直没有钓到。王尽美好奇地靠近老者，想了解一下他钓鱼的技巧。观看了一会儿，终于看出了些门道。

王尽美见一位学生正要收竿，就过去问他怎么不钓了，那学生沮丧地说："今天不是钓鱼的日子，钓了半天连条鱼毛都没钓到。"

王尽美说："我替你钓如何？"

那学生怀疑地问："你会钓吗？"

王尽美笑了笑说："也许我的运气好。"

他接过鱼竿，调整了一下鱼线和鱼漂，然后走到有水草的地方下了竿，那位学生也跟了过去。

不一会儿，鱼漂动了动，水上还起了水泡，那位学生忙喊道："咬钩了！"

王尽美却没动，只是两眼紧盯着水面。鱼漂又往下沉了沉，那位学生催他快起竿！王尽美还是没动，并把食指竖在嘴前示意那位学生不要再出声。

过了一会儿，他见鱼漂猛地抖动了一下，便迅速起竿。

那位学生高兴地喊起来："钓到了，还是一条大鲤鱼！"

旁边的几位学生闻讯跑过来，他们没想到王尽美刚下竿就有所斩获，感到很惊奇，就让王尽美介绍钓鱼的经验。

没等王尽美开口，借给王尽美鱼竿的那位学生抢先说："我知道他是怎么钓到的，他先观察了那位老者钓鱼的方法后，把鱼钩和鱼漂作了改进，就钓到了。"

学生们恍然大悟："噢，钓鱼竟然这样简单啊！"

一位学生还煞有介事地总结说："只有把钓鱼的工具改进好了，才能钓到鱼，这就叫'工欲善其事，必先利其器'。"

王尽美听了，微微一笑说："这位同学说得有些道理，钓鱼与钓鱼的工具确实有很大的关系，但是有了好的钓鱼工具却不一定就能钓到鱼。"

那位学生问："为什么？"

王尽美说："钓鱼还必须有正确的钓鱼方法，但是有了正确的钓鱼方法，如果不能因地制宜的话，也不一定就能钓到鱼。"

"你说得也太复杂了吧。"

王尽美说："说起来复杂，实际钓起来很简单，只要有了钓鱼的工具，再掌握了钓鱼的方法就行了。下钩时，要根据鱼的不同习性采用不同的钓鱼技巧，如：冬天，鱼喜欢在深水区，下钩最好下在草丛里；夏天，鱼喜欢在树荫下，下钩就要下在树荫下；有的鱼喜欢吃蚯蚓，有的鱼喜欢吃面食；有的鱼鬼，它们只闹钩，不咬钩；有的鱼小心，好吐饵……"

学生们听了这些，都惊讶地说："没想到钓鱼还有这么多学问！"

王尽美说："刚才那位同学说的'工欲善其事，必先利其器'虽然有一定的道理，但不完全正确，我觉得这句话应该改为'工欲善其事，工具服其务'。因为器只是为做事服务的，而决定做事成败的关键是人。俗话说'善书者不择笔'，字写得好坏不完全决定于笔。如果有支好笔就能写好字的话，那么大家就不必辛辛苦苦练字了，去买支好笔就行了。因此，好的工具虽然对做事有利，但它充其量只能起到服务的作用，真正对做事起关键影响的是人，是正确的做事方法。"

有人好奇地询问王尽美的身份，王尽美正要回答，忽然看见邓恩铭来了，于是，就向他挥手示意。

邓恩铭跑过来，见王尽美与那几位学生在一起交谈，惊讶问他："你怎么认识他们？他们是我们一中的。"

王尽美说："刚才钓鱼认识的。"

那几位学生也惊讶地问邓恩铭："你也与他认识？"

邓恩铭自豪地说："他就是一师大名鼎鼎的王瑞俊，谁还不认识！"

那几位学生一听是王尽美,都纷纷围上来争相攀谈起来。有的询问他闹学潮的事,有的谈论他写的文章。

邓恩铭等他们交谈完,就问:"你们刚才在热烈地谈论什么?"

"听王瑞俊同学讲钓鱼的道理。"

邓恩铭惊奇地望着王尽美说:"瑞俊,没想到你还会讲钓鱼的道理啊!快讲讲,我也洗耳恭听。"

王尽美谦虚一番说:"我还是接着刚才的话题讲。其实,救国救民与钓鱼有着相同的道理。要改变这个黑暗腐败的社会,我们首先要有的放矢,对症下药,要像钓鱼一样掌握正确的做事办法。如果只是头疼医头、脚疼医脚,不采取正确的解决办法,就不能从根本上进行脱胎换骨的改造。"

有同学问:"你说改变这个黑暗腐败的社会的正确方法是什么?"

王尽美毫不犹豫地说:"走苏俄十月革命的道路!"

王尽美不仅通过钓鱼之道联想到救国之道,还以此启发同学们。这说明他不仅是一位善于观察与思考的有心人,还是一位注重工作方法的用心人。

第七章 建 党

一

1920年2月的一个凌晨，在北国冷冽的晨光里，一辆骡车正缓慢行进在北京通往天津的途中。陈独秀与李大钊两个人都装扮成商人坐在车里，他们不顾天气的寒冷，在热烈地讨论着建立中国共产党组织的问题，他们相互约定分别在上海和北京共同行动，建立党组织，这就是历史上"南陈北李，相约建党"的佳话。

1920年8月，陈独秀在上海成立了中国第一个共产党早期组织。两个月后，李大钊在北京也建立了党组织。他们南北呼应，向各地有志之士发出建党邀请。

关于山东建党的人选，陈独秀首先想到的是王乐平，他与王乐平在五四运动时就相识，后来王乐平开办齐鲁书社，又与他主办的《新青年》杂志社有着业务联系。王乐平不仅在山东有着极高的威望，他身边还有王尽美、邓恩铭等一批优秀的青年才俊，可以说具有得天独厚的建党优势。

陈独秀就让罗章龙带着他的亲笔信，前往济南拜见王乐平，邀请他在济南组建共产党组织。

罗章龙生于1896年11月30日，湖南浏阳人。在湖南与毛泽东等发起组织新民学会，后考入北京大学文学院。1920 年参与组织北京大学马克思学说研究会，同年加入北京的共产党早期组织，负责宣传工作。

王乐平读完陈独秀给自己的信并听取罗章龙对有关情况的介绍后，欣然允诺。

王乐平决定让王尽美带头干这事。经过五四运动的洗礼，王尽美不仅接受了马克思主义，还具有坚强的意志和革命的热情，也具备一定的组织和领导能力，他与一批有志青年共同成立了励新学会，是一支能够改变中国未来命运的生力军。

这天，王乐平回到齐鲁书社，听见王尽美正在院子里兴致勃勃地朗读着："由今以后，到处所见的，都是 Bolshevism①的战胜的旗。到处所闻的，都是 Bolshevism 的凯歌的声。人道的钟声响了！自由的曙光现了！试看将来的环球，必是赤旗的世界！"

他忍不住地赞赏说："大钊先生的《Bolshevism 的胜利》真是一篇激发革命斗志的好檄文！"

王尽美急切地问："先生，你说我们国家什么时候也会成为赤旗的世界？"

王乐平沉默了一会儿，反问道："你为什么觉得中国非要走苏俄十月革命之路？"

王尽美历数了孙中山领导的那些大大小小的资产阶级革命运动后，说："孙先生领导的这些革命运动虽然推翻了封建帝制，推动了中国民主革命的发展进程，但是由于它革命的不彻底，不可能从根本上拯救中国，实践证明，只有十月革命的道路才是中国的必经之路。"

王乐平望着慷慨陈词的王尽美，当即下定决心，要让眼前的这个年轻人走他想走的革命道路。

他试探地问："如果现在有人让你参加十月革命，你参加吗？"

王尽美毫不犹豫地说："为什么不参加？我一直都在期盼着这一天！"

---

① Bolshevism，即布尔什维克主义。

"如果让你带头在济南成立一个像苏俄那样的布尔什维克组织呢?"

面对这个突然的提问,他沉思了一会儿,说:"我怕是承担不起这个重任,但我一定会加入!"

王乐平领着王尽美走进他的书房,告诉了陈独秀致函自己在济南组建共产党的事儿。

王尽美听了激动地说:"这太好了!没想到我们苦苦寻觅的十月革命,竟突然出现在眼前。"他握住王乐平的手说:"先生,你就领着我们干吧!"

王乐平微笑着看了王尽美一会儿,探问道:"我想让你在济南组建共产党组织怎样?"

"我?"王尽美惊讶地用手指着自己问。

"你不是信仰马克思主义并一直推崇十月革命的道路吗?"

"是啊!我是坚信中国应该走十月革命的道路,可是我怕担当不起这份重任。"

王乐平鼓励说:"只要你想干,就一定能够干成!我会在背后帮助你们的。"王乐平知道王尽美一时难以决断,就说:"你先不要急着答复我。等考虑成熟了,再答复不迟。"

王尽美怀着无比激动的心情从齐鲁书社出来,仰望着辽阔的天空,顿时萌发出一种海阔凭鱼跃、天高任鸟飞的雄心壮志。

对于这样一件大事,他自己难以抉择,就去找邓恩铭、王翔千等人商议。

邓恩铭听了很兴奋,说:"既然先生让你干,你干就是!我也与你一起干。"

王翔千也支持说:"我虽然年纪大了,不能像你们那样冲锋陷阵,但我可以当你们的坚强后盾。"

有了他们的鼓励与支持,王尽美就坚定了带头成立党组织的决心。

通过王乐平的介绍,王尽美等人很快与上海的党组织取得了联系。

不久，北京的党组织也分别派张国焘、罗章龙、刘仁静等人前来指导。

1920年秋天，以维经斯基为代表的共产国际工作组的成员杨明斋回家乡平度路过济南，在王乐平的引荐下，他专门会见了王尽美、邓恩铭等人，对他们如何创建济南党组织进行了指导。

经过多方共同的努力，1921年春天，王尽美与邓恩铭、王翔千等人成立了济南共产党的早期组织。

二

济南共产党早期组织成立后，王尽美他们经常以励新学会的名义举行报告会、演讲会、研讨会等活动，还邀请一些有名的进步人士前来指导。1921年春天，他们又邀请北京的王晴霓前来讲课。

王晴霓是诸城市相州镇小梧村人，与王翔千、王统照既是老乡又是同族，是中国大学的一名学生，与王统照等14位同学一起创办了"曙光社"，他任《曙光》的主编。由于《曙光》在济南影响很大，他的到来，深受济南青年们的欢迎。

他在济南为励新学会举办的最后一场演讲由王志坚主持。

王志坚一改从前的做法，提议把演讲会从室内改到野外举行，他说："在充满诗情画意的明媚春光里，我们面对着大自然蓬勃的气息，会更好地吸收知识的营养。"

会员们都表示赞同，对于去哪里却产生了分歧，有的说去大明湖的湖心亭，有的说去济南商埠公园的南大厅。

见大家争执不下，王尽美表态说："我们听听王晴霓的意见吧。"他问王晴霓："王先生，您去过大明湖与趵突泉吗？"

"去过。"

"去过千佛山吗？"

"没有。"

王志坚忙对王晴霓说："王先生，四面荷花三面柳，一城山色半城湖，这是对济南的生动写照。您来到济南不仅要看泉，还要看山，看山就要去千佛山。"

王尽美见王晴霓点头同意，就说："那好，我们就去千佛山，正好也陪王先生游览一番。"随即又说："到了那儿，大家要看看那里的千尊石佛里有没有一尊王石佛。"

王志坚笑着说："我还没到立地成佛的地步。"

大家听了都笑起来。

王姓琳见王晴霓疑惑不解地望着他们，就解释说："王志坚字石佛。"

王晴霓这才恍然大悟，他笑着说："我也去捡尊石佛回来。"

千佛山在济南城的南边，站在山顶往北俯瞰，整个城市一览无余，近处的大明湖、远处的黄河尽收眼底。

这里虽然僻远，但因是星期天的缘故，游人也不少。为了避人耳目，王尽美建议找个僻静之处进行讲演，王志坚提议去半山腰的小松林。

去小松林的路上，他们遇到了一群吹着管号、举着红红绿绿小纸旗的男女，有一个人还跑过来向他们发传单。

王姓琳把传单拿给王尽美说："你看，他们是传教的。"

王尽美连看都没看，狠狠地把传单扔在地上说："不要理睬他们！他们这是借传教之名输送精神鸦片！"

王晴霓赞同说："瑞俊比喻得太好了！这些传教的就是帝国主义豢养的走狗，他们借上帝之名来愚昧麻木我们的民众，让他们心甘情愿地接受帝国主义的压迫。"

邓恩铭见那个传教的还在向会员发着传单，就跑过去夺过传单愤怒地说："快走开！你们这些帝国主义的走狗，不要再欺骗与麻木我们了！"

他随即把传单撕成碎片抛向空中,朝着那个溜走的传教徒高喊着:"你们口口声声说你们的上帝是全天下受苦人的救世主!就让这些碎片陪着他去见鬼吧!"

他们来到小松林,找了一块平整的地方围坐在下来,王晴霓站在中间开始演讲。

他先从直系军阀和皖系军阀之间的战争讲起。他说,正是军阀混战,才让中华民族处于内忧外患的水深火热之中。

当他开始讲应该如何去改变中国的前途和命运时,王甡琳悄悄地指着远处对王尽美说:"你瞧,刚才发传单的那个传教徒正朝我们偷看呢。"

王尽美立马警觉起来,提醒王志坚说:"我看那个人鬼鬼祟祟绝无好意,我们最好换一个地方。"

"怕什么,这里山高皇帝远,让他们尽情看吧!"

过了一顿饭的工夫,从山脚下来了十几个全副武装的警察,为首的还挎着把指挥刀,他们边走边四处巡看着。

忽然有个警察指着小松林,对那个挎刀的说着什么,挎刀的把手一挥,他们就朝小松林走来。

有些会员看到警察朝他们走过来,顿时有些慌乱,急忙站起来想躲开。

王尽美小声制止道:"大家不要动!既然警察已经注意上我们了,我们如果现在就离开,更会引起他们的怀疑。"

"他们要是怀疑我们在一起参加集会该怎么办?"

"咱们见机行事。"王尽美见会员还有些慌乱,又嘱咐道:"大家不要担心,我来应付他们。"

这时,一个警察走了过来,朝着他们大声呵斥道:"你们聚在这里搞什么反动集会?"

王尽美忙急中生智地说:"我们在一起背诵诗词。"他随即向王晴霓问道:"老师,现在轮着我开始背了吧?"

王晴霓先是一愣，随即反应过来，忙对会员们说："同学们，现在听王瑞俊同学背……"

王尽美赶紧背诵道："弃我去者，昨日之日不可留；乱我心者，今日之日多烦忧。长风万里送秋雁，对此可以酣高楼……"

挎刀的警察也走了过来，那个警察忙笑脸相迎地说："队长，哪里是什么激进分子在搞集会，原来是一群正在背诗的学生啊。"

队长没有说话，不动声色地用凶狠的目光扫视着在场的每个人，然后盯住宋介问："你是干什么的？"

王尽美忙迎上前说："长官，他是我们的国文教师。"

"你们都是学生吗？"

王尽美恭敬地说："是的，长官。"

"你们是哪个学校的？"

"一师的。"

队长接着又问一师在什么地方、校长是谁、他们是几年级几班的。王尽美沉着应对，对答如流。

队长没发现破绽，有些心有不甘地问："你们放着好好的学校不待，跑到这偏僻的地方来干什么？"

王晴霓说："今天是星期日，我领着学生到大自然里感受中国诗词之美。"

队长"哦"了声，有些羡慕地说："还是上学好啊！我怎么就没这个福分！我像他们这般年纪的时候，早就在店铺当学徒工了。你让学生可不要听坏人的蛊惑，浪费大好时光！"

王尽美趁机说："长官，你也与我们一起来感受一下诗词之美吧。"他又向宋介问道"老师，我还要继续背吗？"见宋介点头，他背诵道"俱怀逸兴壮思飞，欲上青天揽明月……"

"抽刀断水水更流，举杯销愁愁更愁……"队长也一同背诵起来。

王尽美赶紧停住，故作惊讶地望着他说："长官，你也会诗词啊？"

他又朝邓恩铭暗使眼色，邓恩铭立马会意，就招呼道："同学们，你们瞧，这位长官多厉害，能文能武！我们欢迎他参与我们的诗词背诵好不好？"

面对学生们的热情邀请，队长忙抱拳道："承蒙各位同学之盛情！鄙人只是对诗词略有所好而已，尤其喜欢李白诗的豪放与洒脱。无奈，今日公务在身，没福气与你们在此中吟诗作赋了。"他随即厉声问道"你们真没看见一群在这里散布反动言论的激进分子吗？"

邓恩铭装作想了想说："刚上山的时候，倒是遇到一群举小旗喊口号的人，还给我一张传单，被我撕碎了。"

王志坚也附和说："他们朝千佛寺那边去了。"

队长说："你们说的不就是那群传教的吗？"随即把手一挥，招呼着手下人下山。

手下人疑惑不解地问："不去抓那些激进分子了？"

他冷冷一笑说："即便再凶神恶煞的歹徒，只要到了千佛寺，都会放下屠刀立地成佛的，何况那些区区妖言惑众分子。"说罢，倒背起手高声吟诵着："君不见黄河之水天上来，奔流到海不复回。君不见高堂明镜悲白发，朝如青丝暮成雪。人生得意须尽欢，莫使金樽空对月……"然后兀自离开，其他警察也尾随而去。

大家望着警察远去的背影，如释重负，长吁了一口气。

王甡琳对王尽美赞赏地说："当我看着那个队长严厉盘问你时，真是为你捏一把汗！没想到你竟然临危不惧，大义凛然！"

王志坚不满地推了王甡琳一把说："你这是什么话啊！就像瑞俊上了刑场一样！"

王甡琳辩驳说："面对着那些恶魔般的警察，不就像上刑场一样吗！"

王志坚说："警察也不净是恶魔，我看刚才那个队长就很性情，真没想到他一个警察竟然如此儒雅。"

邓恩铭讥讽说:"我们的石佛就是大善人,孬好人不分。你没注意他刚才审视瑞俊时的眼神,多么凶狠,就像刀子一样,恨不得把你的心给挖出来。他貌似儒雅,其实是个心狠手辣之徒!"

王尽美听了他们的争论就想:起初那个队长对他们表现得很凶狠,当他知道他们在背诵诗词时,就变得和善起来了。这是为什么?还不是由于对诗词的共同爱好消除了彼此的敌意。如果在不同的阶层中找到共同诉求的话,那么就可以把更多的人联合起来。既然反对军阀统治、建立民主政治是各个阶层的共同诉求,那么我们宣传的对象就不应该仅局限于学生与工人了,还要扩大到市民、警察、士兵等所有阶层。只有把各个阶层的人们都联合起来,才会形成一股强大的社会力量。正如湖南的毛泽东在《湘江评论》创刊宣言中所指出的:什么力量最强?民众联合的力量最强。

面对这场突如其来的危机,王尽美不但成功地予以了化解,还从中领悟到了更深刻的革命道理。

三

王尽美常去省立一中找邓恩铭、王翔琳、赵明宇等人商议事情,有时还在那儿吃饭、借宿。

一天下午他赶到一中时,已经错过了打晚饭的时间,空荡荡的食堂已经没有卖饭的了,他喊了一会儿,才出来一位三十出头的炊事员,问他怎么才来打饭,王尽美说出去办事回来晚了。

那个炊事员很和善,让王尽美先等一等,他到里面看看还剩没剩饭菜。

一会儿,他拿着两个馒头和一棵大葱出来,对王尽美抱歉地说:"菜没了，我怕你吃饭没东西就，就给你剥了棵大葱。"

王尽美忙对他表示感谢。

那个炊事员忙说："不用谢。"他看着王尽美手里拿着的《泺源新刊》嗫嚅地说："能不能把它借我看看？"

王尽美感到很惊讶，没想到一个炊事员竟然会对这本刊物感兴趣。

那炊事员见他没表态，又说道："我看完后立马还给您。"

"你要是喜欢看，就送给你了。"王尽美见那个炊事员惊喜地望着自己，又说，"只要你喜欢看，我以后还可以给你带来其他书刊。"

那个炊事员忙感激地说道："以后只要你来吃饭，我就给你准备一棵大葱。"

王尽美回到邓恩铭宿舍，把这件事告诉了他们。

邓恩铭说："学生们都对这个炊事员印象很好，他不仅态度和蔼，打饭还一视同仁。"

王尽美问这个炊事员叫什么名字。

"我们只知道他姓王，有的学生叫他王老好，有的叫他王炊事员。"

他们接着就议论起这个王炊事员来。

王甡琳说："这个王老好别看是个炊事员，却喜欢读书，我常在图书室遇见他。"

王克捷也说："我们在操场上进行讨论时，他常站在一旁听。有一次，我喊他过去参加讨论。他说他是粗人，不敢和有文化的人在一起。我就对他说，我们都是劳动者，人人平等，没有什么贵贱之分。"

王尽美说："这个王炊事员既是穷苦人，又想进步，正是我们要重点发展的对象。"

以后，王尽美每次去一中，都要到食堂看望王炊事员。每次王尽美去吃饭，王炊事员都会给他剥好一棵大葱。王尽美与王炊事员成了无话不谈的朋友。

王炊事员告诉王尽美，他之所以在学校食堂当炊事员，不是图轻快，是为了能够跟着读书人沾点文化气。他从小就爱读书，由于家里穷，读完初小，就辍学了。

王尽美常带去《励新》《泺源新刊》等刊物给他看。

有一次，王炊事员突然跑到一师找到王尽美激动地说："我在《泺源新刊》上读到你写的《乡村教育大半如此》了，文章里的话都说到我的心坎上了。"

夏天的一个晚上，当王尽美去一中寄宿时，已经快半夜了。他在伙房前，看见王炊事员正抱头坐在石板上，就走过去问他怎么还不睡。

王炊事员忙掩饰说："屋里太热睡不着，想在外面凉快凉快。"

王尽美发现他刚才流泪了，就问发生了什么事。

他嗫嚅了一会儿才说："我父亲病了。"

"病了就赶紧送医院，光难过有什么用。"

"我不只是为父亲生病难过，而是……"他说着就自责地捶打着自己的头，"都怪我！都怪我！"

王尽美急忙拦住他，催他快说发生了什么事。

他说难以启齿，在王尽美再三逼问下，才说出了实情。

原来他妹妹为了凑钱给父亲治病，竟然去了那种地方，他知道后，气愤地当众打了她。说到这里，他痛心疾首地说："这不怪她，她干这事虽然不光彩，但为了救父亲的命，才被迫卖了自己的身子。这些都是我的责任，怪我无能，没把这个家照顾好！"

王尽美劝慰说："你不要为此太自责，这不是你的错，要错也是这个社会的错。"

他听了王尽美的话后，惊奇地问："你说的是真的？"

王尽美说："像你这种遭遇全天下比比皆是，穷人为了活命，被逼得卖儿卖女、为贼作娼之事屡见不鲜，你说这是我们穷人自己愿意做的吗？

你说这是我们穷人自己的过错吗？"

王炊事员又垂下头悲观地说："我越活越感到没什么盼头了，还不如一死了之！"

王尽美说："不是活着没什么盼头，而是要看我们敢不敢去改变我们的生活，就像我以前对你说过的苏俄，那里的穷人过去也过着暗无天日的生活，后来他们在布尔什维克领导下，通过十月革命推翻了沙皇统治，当家做了主人，过上了幸福的生活。既然苏俄能够走这条道路，我们为什么不能走？因此，只要咱们全天下的穷人团结起来，去推翻军阀专制统治，建立起民主政府，我们的生活就会有盼头，我们的好日子就会到来。"

在王尽美开导与鼓励下，王炊事员看到了生活的希望，他急迫地问："谁能领导我们去走苏俄十月革命的路？我们怎么才能去把全天下的穷人团结起来？"

"只要我们有了这样的想法，肯定会找到领导我们的人，肯定会找到把全天下穷人团结起来的办法。"

后来，王尽美到淄博煤矿开展工人运动，就把王炊事员介绍到那里当了矿工。

临别时，他在王炊事员的蒲扇上写下四句话后，对王炊事员说："这是我对你的赠言，你一定要记住：只要不向命运低头，只要时刻想着去改变自己的命运，你就会对生活永远充满信心。"

第八章　创办《济南劳动周刊》

一

为了发展壮大我党所领导的工人阶级力量,王尽美经常到济南大槐树机厂、新城兵工厂、鲁丰纱厂、电灯公司等地方开展革命活动。

一个星期天的下午,王尽美从济南大槐树机厂赶回城里,没有回学校,而是直接去了王翔千的住所。

他一进门就兴奋地对王翔千说:"我刚从大槐树机厂回来,在李广义与王明珠的积极动员下,又发展了黄锦荣、刘乃泮、王乃和等几个积极分子。通过一下午与他们的交谈,他们都对发展工人运动充满了信心。我想在大槐树机厂成立个积极分子活动小组,让李广义当组长,你觉得怎样?"他见王翔千没应声,就端起茶缸要去给他倒水,就说:"我不渴,先商议正事儿。"

王翔千看了他一眼说:"你的嘴唇都干裂了,还说不渴。你继续说,我听着呢。"

"我坚信用不了多久,大槐树机厂就会发展成济南工人运动的中心。"

王翔千把水放到王尽美面前,问道:"你刚才说的那个李广义可靠吗？"

王尽美很有把握地说："可靠！励新学会成立不久，他就经常领着工友参加咱们组织的报告会、讲演会。济南党组织成立后，我正是在他的介绍下，才到大槐树机厂开展革命活动。"

王翔千抽了几口烟，说："哦，我记起来了，他在大槐树机厂当油漆工，家里孩子多，生活很困难。有一次，你看见他的孩子被别人家孩子吃馒头馋得哭，就从我这里拿给他家几个馒头。"

王尽美不好意思地笑了："我当时还是打着王志坚生病的幌子向你要的馒头，没对你说实话。正是因为那件事，他全家对我很感激，我们就成了好朋友，这还得感谢你家的馒头呢！"

王翔千故作不满地说："没有我，怎么会有我家的馒头？"他接着眯起眼狡黠地望着王尽美："快说，今天来我这儿，是不是还想要馒头？"

"今天可不是要馒头这么简单了，我想让你帮着办刊！"他见王翔千吃惊地望着自己，就解释说："就是办份像《劳动界》那样的工人刊物，专门用来指导与宣传工人运动。"

他见王翔千抽着烟没言语，就兴致勃勃地说："工人阶级虽然还是一种新兴的力量，但是随着中华民族资本经济的不断发展与壮大，产业工人队伍也会随之不断发展壮大，他们必将成为改变中国社会的重要力量。"他见王翔千还不表态，就奇怪地问："你觉得办刊很难吗？"

王翔千磕了磕烟袋锅子，这才开口道："办刊不难，我从1912年就开始在报社做编辑，也算是老报人了。难的是办刊的钱从哪里来。"

"从我们的活动经费里出啊。"

王翔千听了王尽美这种轻描淡写的口气，就有些不满地说："我们现在都在举债过日子了，哪有多余的活动经费啊！"他见王尽美不相信自己所说的话，就进一步说："且不说上级早先应承的党小组筹建费到现在还没兑现，就连正常支付的活动经费也拖欠两个多月了。"

"你要赶紧催啊！"

王翔千无奈地说："就差天天催了。再说，即使这些费用都兑现了，也还不够还债的。"

王翔千见王尽美十分吃惊地望着自己，决定把真实的财务状况告诉他，不再向他隐瞒。

"今天我就把咱们的全部家底亮给你，省得你当家还不知柴米贵。"

王翔千找出账本，把济南党组织成立以来的各项账目一样样说给王尽美听。

王尽美听得有些不耐烦："你就直接告诉我，现在财务状况到底怎样。"

王翔千直截了当地说："除了借条就是借条，除了债务还是债务。"

"不可能吧？"王尽美惊讶得瞪大了眼睛。

王翔千知道王尽美不会相信，就找出借款明细给他看：某时某日，俊从王乐平处借款××元；某时某日，俊从赵环瀛处借款××元；某时某日，王（王翔千）向学校预支了三个月的月薪；某时某日，王志坚……

王翔千指着最近的一笔借款说："你还记得大槐树机厂一个工人在上夜校时突然生病的事吧。你当时紧急派人来找我借钱住院，这是我让恩铭连夜跑到他叔父那里去借的。"

王尽美沮丧地说："我们连正常运转都这样困难，更不用说办刊物了！"

王翔千见他情绪低落，就安慰说："困难是暂时的，我正想偷偷卖掉老家的几亩水田来应急。"

王尽美忙摇头说："这不行！要是让你家老太爷知道了，还不得敲断你的腿啊！"

王翔千笑笑说："他要是真敲的话，我就是再有两条腿恐怕也早被他敲断了。近来，家乡闹土匪，世道很不太平，老家来信说，他们想来济南避一避，我正好借着这件事，卖掉些水田。这样，我们的日子不就好过了。"

王尽美还是郁郁不乐地说："但办刊物是没希望了！"

"车到山前必有路，咱们再慢慢想办法。"

"还有什么办法可想啊，快要被债务压得喘不动气了。"

王翔千忽然问："你还记得王晴霓吗？"

"记得，你怎么忽然想起他来了？"

"他现在是《大东日报》的主笔，前几天来找过我，想让我写一篇反映工运的文章登在他们报刊上投石问路，看看这方面的读者数量如何。"

王尽美顿时兴奋起来："这可是大好事啊！能不能让他每期都给咱们刊登一篇写工运的文章？"

"这事倒是可以商议，只怕这类文章很难吸引读者。"

王尽美满怀信心地说："读者绝对没问题！你想啊，工人阶级现在正处在发展壮大阶段，仅济南就有十多万工人，加上他们的家属，已经形成了一个几十万人的群体。再说，工人比市民有觉悟、有收入，他们将是潜力很大的读者群。"他见王翔千很感兴趣地听着，就继续说着："多发工运的文章对于我们搞工运十分重要！搞工运不能少了媒体的宣传与推动，你可一定要想办法把这事谈妥！"

王翔千没有表态，又装上一袋烟，王尽美抢先给他点上。

王翔千瞅了他一眼说："你小子又要耍什么鬼点子？"

王尽美忙向他作揖说："这事就拜托您老了！我的好六爷，您无论如何也要想办法，让这个王大编辑每期给咱留出块版面来。"

"好事全是咱们的了！你干脆让人家把副刊给咱们算了。"

王翔千这话提醒了王尽美，他激动地说："对呀，这事还真行！"

他接着向王翔千分析起了这事的可行性。

"听你这么一说，这个想法倒是可以试一试。"

"这事要趁热打铁，明天正好是周一，咱们就去拜访王晴霓。"

二

第二天上午，王尽美向老师请了假，与王翔千去了大东日报社。

见到王晴霓后，王尽美把用《大东日报》副刊做工运专刊的想法说了后，又详细地陈述道："一、副刊不仅不会影响主刊的发行，还会带动主刊的发行量。二、副刊采稿、编排都由我们负责，无需你们操一点心、花一分钱。"

王翔千惊奇地问："工钱谁出？"

"我写稿，你编辑，还用什么工钱。"

"哈，你原来是让我们自己剥削自己啊。"

王尽美继续说："三、我国的工人阶级正处在发展阶段，他们有收入、有觉悟，将是最具潜力的读者群。四、我们可以负责副刊的全部销售。"

王翔千担心地问："这么多报纸怎么卖？"

王尽美充满自信地说："我们有那么庞大的工人群体，还怕卖不出去。"

王晴霓听了王尽美的分析，感到办副刊很可行。但他自己做不了主，需要向报刊的投资人汇报。他让他们先回去等消息。

几天后，王晴霓回信了，说已经把情况向投资人作了汇报，投资人想与王尽美他们面谈。

《大东日报》的投资人是张公制，他时任山东省议会的副议长，为人开明，与王乐平私交不错。

他们见面后，张公制先询问了他们用副刊的目的。

王尽美说，他们要把副刊办成指导工人的刊物，目的是促进一般劳动者的觉悟，好向光明的路上去寻人的生活，从增加劳动者知识、提高劳动者的地位、改善劳动者生活三个方面保证劳动者的权益，为广大劳动者服务，为工人劳苦大众的解放呐喊。

王翔千见张公制听了没言语,知道他担心办这样的报刊会引起当局的反对,就解释说:"张议长,保护劳工权益是政府所提倡的,也是社会上有志之士义不容辞的责任,像北京、上海、广州等地都出版了《劳动音》《劳动界》《劳动者》等关于劳动者的刊物,深受社会和工人阶级的欢迎。您大可不必担心。"

他们的游说终于打消了张公制的顾虑,他同意让他们先试刊一期。

王尽美与王翔千把副刊取名为《济南劳动周刊》,用斧头和锄头交叉成的图案作为报头。

1921年5月1日,《济南劳动周刊》第一期终于在五一国际劳动节这天与广大读者见面了。它内容真实生动,以采访的形式真实地反映济南工人的生活状态。同时,还介绍马克思主义、苏俄工人阶级当家做主的一些情况。报刊无论从形式到内容,都让读者感到耳目一新,引起了社会的广大关注。

为了扩大副刊的社会影响力,王尽美发动励新学会的会员们分头到工厂、居民区发售报纸。作为主编的王翔千也整天背着装着报纸的背包,像报童一样在街头叫卖。

王尽美他们虽然没有钱自己办报,但他们善于借助外部力量,把《大东日报》副刊为己所用,有力地推动了济南工人运动的开展。这不仅体现了王尽美干事的能力,更体现了他对革命事业的执着。

第九章 参加中共一大

一

1921年的6月，刚放暑假不久，王尽美就收到共产党上海发起组寄来的邀请他参加中共一大的通知，他马上把这喜讯告诉了邓恩铭。

"瑞俊，这太好了！我们终于盼来了这个好消息。"邓恩铭很兴奋，他充满向往地说，"终于可以见到大上海了，到了那里，我们要尽情地游览一番。"

他见王尽美表现得不热切，就疑惑地问："你不是也一直盼着去见识一番大上海吗？"

王尽美说："恩铭，我当然想去见识下大上海了，但是我想这次参加会议的都是我党的精英，我们更应该利用这个千载难逢的机会向他们学习。"

"你说得对，虽然我们平时经常读他们的文章，但是只有面对面交流才能更深刻地了解他们的思想。瑞俊，我一想到马上就要见到李大钊、陈独秀这些革命导师们，就有种难以抑制的激动。哎，你再说说你第一次见到李大钊先生时的心情。"

"我都对你们说了好几遍了！"

邓恩铭执拗地说："我还是想听！"

"你还是等见了李大钊先生，再亲身感受吧。"王尽美笑着对邓恩铭说。

邓恩铭沉默了一会儿，忽然深情地抒发道："每当我读到人道的警钟响了！自由的曙光现了！试看将来的环球，必是赤旗的世界这振聋发聩的革命宣言时，内心就像江河在奔涌，就像大海在咆哮。我真地难以想象当我见到期盼已久的偶像时，该是一种怎样激动的心情啊！"

王尽美也被邓恩铭激动的心情所感染，也充满向往地说："恩铭，我此时何尝不想尽快见到那些让我神交已久的导师。正如你刚才所言，我们虽然读过他们的文章，但还没能面对面亲身感受他们的人格魅力。我们趁此机会，一定要登门拜访他们，向他们虚心请教，与他们倾心交谈，聆听他们的教诲。早在家乡务农时，我就开始拜读《青年杂志》，就开始把陈独秀先生视为自己的偶像，正是在他的思想影响下，我才在家乡开展起了新文化运动。每当读到他光芒四射的文字时，我是多么想聆听他的教诲、向他倾诉自己的感想啊！还有湖南的毛泽东，我与他虽然未曾谋面，但自从读了他的文章、听了罗章龙对他的介绍，冥冥之中，我预感到我们一定会很投缘。文如其人，从他气势磅礴、见识独到的文章中，我感到他一定是一位才华横溢、意志坚定之人。"他说着，忽然问邓恩铭："你还记得他写的《湘江评论》创刊宣言吗？"

"记得记得，气贯长虹，每每读之，都会激情澎湃。"邓恩铭随即朗诵道，"世界什么问题最大？吃饭问题最大。什么力量最强？民众联合的力量最强。什么不要怕？天不要怕，鬼不要怕，死人不要怕，官僚不要怕，军阀不要怕，资本家不要怕。"

王尽美也一同朗诵道："时机到了！世界的大潮卷得更急了！洞庭湖的闸门动了，且开了！浩浩荡荡的新思潮业已奔腾澎湃于湘江两岸了！"

理想的火焰在两个年轻人的心中热烈燃烧着。

邓恩铭急切地说："反正已经放暑假了，我们还是早点赶赴上海吧。"

王尽美故意戏谑他说:"你急不可待了吧,是想早日去见识一番大上海那个花花大世界吧。"

邓恩铭故作不满地说:"我刚才不是一听要去上海,才激动得口不择言了嘛,又让你抓着小辫子不放了。"

王尽美捅了他一下说:"我是逗你呢!"

邓恩铭感慨道:"我此时的心情真的可谓'即从巴峡穿巫峡,便下襄阳向洛阳',恨不得马上飞去上海,拜会我的那些心中偶像!"

正当他们准备动身的时候,北京的张国焘去上海路过济南。王尽美召集王翔千、王志坚等在济南的几位党员,聚集在大明湖的游船上与他一起畅谈。

邓恩铭问:"张兄,大会不是七月上旬才召开吗,你这么早去干什么?"

张国焘有些得意地说:"受守常先生委托,我要早过去与上海发起组的李达、李汉俊等人商定会议章程等诸多事宜。"

王尽美有些惊讶地问:"守常先生不参加了?"

"守常先生正忙于领导北京八所大学的'讨薪委员会'向北洋政府讨薪,难以分身。"

邓恩铭问:"你们北京的另一个代表是谁?"

"刘仁静。"张国焘见王尽美、邓恩铭疑虑地望着自己,忙解释说,"本来考虑让邓中夏或者罗章龙去,但是他们都忙于事务,脱不开身。"

听说李大钊与罗章龙都不能参会,王尽美与邓恩铭不免有些失落。

二

张国焘离开济南后,王尽美与邓恩铭也随即动身前往上海。

他们按照地址找到了法租界白尔路389号(今太仓路127号)的博

文女校，接待他们的是王会悟。王会悟是李达的夫人，她负责接待参会的代表。为了稳妥起见，在放暑假之前，她就早先预付了两个月的租金，以"北京大学暑期旅行团"的名义，租下了博文女校的二楼。

博文女校与设在望志路106号（今兴业路76号）李公馆的一大开会地点相邻，代表们住在这里出入都很方便。

女校二楼有两间临街的房间，王尽美与邓恩铭被安排在西面的那间。

他们安顿好后，本想去拜访李达与李汉俊，当听王会悟说他们正忙于筹备会议时，就没去拜访。

王会悟担心他们闲着无聊，就建议他们出去逛逛，并向他们推荐了"外滩""十里洋行"等多处景点。

王尽美开玩笑地说："我们第一次来大上海，怕出去迷了路。"

王会悟听了后，有些歉意地说："要是有熟悉上海的人陪着你们就好了，可是我忙得实在是脱不开身啊。"

王尽美忙解释说："我们之所以早来，就想利用开会前的时间拜访一下各位参会代表，另外多看些革命书刊，本来就没有逛街的打算。"

王会悟听他们想看革命书籍，就高兴地说："这里最不缺的就是革命书刊了。"

她很快拿来了《共产党宣言》《俄国革命纪实》《新青年》《劳动者》等书刊，另外又拿出几本《共产党》月刊，并特意嘱咐说："这是内部秘密发行的。"

王尽美说："我们看完后，一定完璧归赵。"

王会悟说："这是我们家先生特意赠送给你们的。"

李达当时是《共产党》月刊的主编。

过了几天后，其他代表也陆续到达。

住在博文女校的代表除王尽美和邓恩铭外，还有长沙代表毛泽东、何叔衡，武汉代表董必武、陈潭秋，北京代表张国焘、刘仁静等。毛泽东就住在王尽美的隔壁。

王尽美与邓恩铭趁着尚未开会之机,忙着拜会各位代表。他俩在房间里、在餐桌上、在校园内,利用一切机会向他们请教,与他们畅谈对马克思主义的认识。他俩的虚心好学和对真理的执着追求,给代表们留下了深刻的印象。

当王尽美走进毛泽东的房间时,两人一见如故,紧紧握着手,像是久违的老朋友。

他们都是从乡村走出来的农家子弟,都怀着教育救国的抱负。一个来自芙蓉之国,一个来自孔孟之乡;他们一个从韶山冲走向长沙,一个从大北杏村走向济南;一个在湘江畔读湖南省立一师,一个在黄河之滨读山东省立一师;一个发起成立新民学会,一个发起成立励新学会;一个在《湘江评论》上号召"民众大联合",一个在《泺源新刊》上呼吁改革乡村教育。

他们虽然一个生长在长江之南,一个在生长在长江以北,但是救国拯民的共同目标,让他们不远千里,跋山涉水,相聚于上海,一起擘画着一件开天辟地的大事。

三

1921年7月23日晚上8时,中国共产党第一次全国代表大会开幕。共产国际代表马林和尼克尔斯基出席了大会的开幕式,他们代表共产国际向大会的召开表示了热烈祝贺,马林还介绍了共产国际的情况。

随后,在张国焘的主持下,代表们拟定了会议议程。

在24日举行的第二次会议上,各地代表相继汇报了各地党组织成立以来所进行的工作,王尽美简要汇报了山东在建党、开展工运、宣传马克思主义等方面所做的工作。

25 日、26 日这两天休会,王尽美又趁机去拜会了毛泽东、董必武、陈潭秋等代表,在建党、马克思主义宣传、工人运动等几个方面,与他们进行了深入的探讨。

7 月 30 日晚上,大会正在二楼会议室进行,突然一个陌生中年男子不顾王会悟的阻拦,强行闯了进来。当他看到参会代表时,忙说走错了门,随即溜走了。这起突发事件,立即引起与会代表的高度警觉,马林当机立断,停止开会,让各位代表迅速离开会场。

于是会议改在嘉兴南湖的一条游船上继续召开。

大会最后确定了党的名称为中国共产党,党的性质是无产阶级政党,通过了党的第一个纲领和第一个决议,选举产生了党中央领导机构。

在中共一大胜利闭幕后的当晚,王尽美伫立在嘉兴南湖的湖畔,望着沉沉暮霭中的点点渔火,心潮澎湃,他满怀信心地把实现共产主义作为了自己终生的信仰和奋斗的目标,对中国的未来充满了希望,仿若看到了黎明的曙光,耳畔似乎响起了声声战斗的召唤和阵阵冲锋的号角。

中国共产党的成立是中国开天辟地的一件大事,也是王尽美一生新的开端。

参加完一大后,他改名励志,把自己的名字由王瑞俊改为王尽美。他在写给族兄王庆增的信中说道:他终于找到了一条救国救民的道路,这条道路就是实现共产主义。只有共产主义才是全世界尽善尽美的伟大事业。信中还附有一首诗:

贫富阶级见疆场,尽善尽美唯解放。

潍水泥沙统入海,乔有麓下看沧桑。

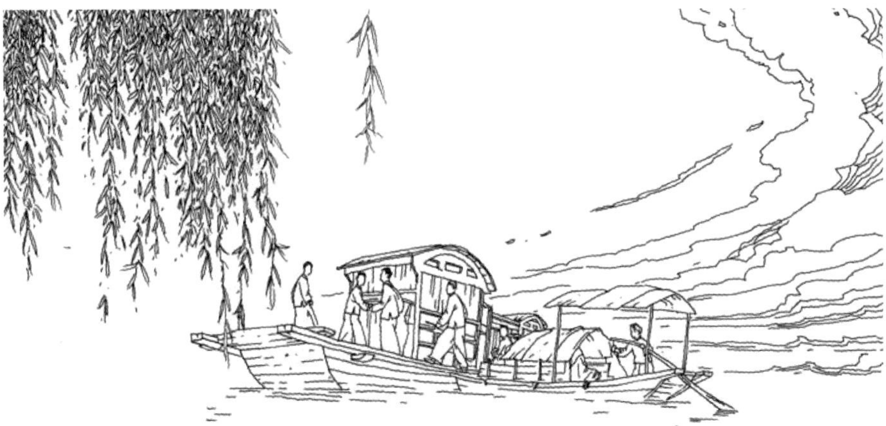

第十章　宣传马克思主义

一

周日的上午，在大明湖湖心亭的树林里，王尽美、王翔千、王志坚、王象午、贾乃甫、王𤳆琳、赵明宇等人正在听邓恩铭朗读一本书：

"有一个怪物，在欧洲徘徊着，这个怪物就是共产主义。旧欧洲有权力的人都因为要驱除这个怪物，加入了神圣同盟。罗马法王、俄国皇帝、梅特涅、基佐、法国急进党、德国侦探，都在这里面。

那些在野的政党，有不被在朝的政敌，诬作共产主义的吗？那些在野的政党，对于其他更急进的在野党，对于保守的政党，不都是用共产主义这名词作回骂的套语吗？"

邓恩铭读到这里，把书合上说："这是《共产党宣言》的开篇部分，这本书是我与瑞俊从中共一大上带回来的，想让大家都读一读。我现在先向大家简单地介绍一下这本书的内容梗概，以便让大家有所了解。

"《共产党宣言》是马克思和恩格斯为共产主义者同盟起草的纲领，于1848年2月正式出版，它是马克思主义诞生的重要标志，也是马克思主义的重要组成部分。"

"为了便于学习，陈独秀让陈望道把它翻译成了中文。《共产党宣言》

第一次全面系统地阐述了科学社会主义理论,指出共产主义运动将成为不可抗拒的历史潮流。从原始社会开始,整个人类的社会发展史就是一部阶级斗争史,当社会发展到资本主义阶段,无产阶级就要勇敢地站出来,用斗争的方式消灭私有制,纠合无产者团成一个阶级,颠覆有产阶级的权势,无产阶级掌握政权。达到第一步后,劳动家者就用他的政权渐次夺取资本阶级的一切资本,将一切生产资料集中在国家的手里,就是集中在权力阶级的劳动者手里;这样做,生产力就可以用最大的速度增加了。共产党最鄙薄隐秘自己的主义和政见。所以我们公然宣言道:要达到我们的目的,只有打破一切现社会的状况……"

"讲得好!"王志坚忍不住鼓掌称赞道:"瞧,恩铭从一大归来,竟然成为马克思主义理论家了。"

邓恩铭不好意思地说:"理论家可不敢当!像我们党内的李大钊、李达、李汉俊、陈望道等同志那才称得上马克思主义理论家呢,比起他们来,我差远了!不过,这次去开会,在刘仁静的指导下,我对《共产党宣言》有了更深刻的认识与理解。别看刘仁静年龄比我小,但人家不仅能背过《共产党宣言》,还讲得头头是道,真是让我开了眼界。通过与各位参会代表的交流,我与瑞俊感到我们对马克思主义的了解还很欠缺,研究得还远远不够,因此,在回济南的路上,我们商议要尽快成立济南马克思学说研究会。"

王尽美说:"我们革命的实践,必须要有革命理论作指导。事实充分证明,马克思主义理论就是我们党进行革命的指导思想。今天把大家召集在一起,除了向各位传达一大会议精神外,还要一起商讨成立济南马克思学说研究会的事。下面,我们就一起商讨这个问题。"

大家经过一上午热烈的讨论,商定了研究会的宗旨、章程、组织形式等问题,最后只剩研究会的选址问题了。

大家都倾向于把会址设在与教育部门有关联的单位,这样不仅能显示学术团体的性质,还不容易引起当局的注意。

有人建议把会址设在齐鲁书社,与励新学会的会址在一起,这样相互便利。

王尽美反对,说:"当局已经开始把励新学会视为危险组织了,一旦励新学会被取缔,研究会也势必受到牵连。"

王翔千说:"瑞俊言之有理!我看把会址设在山东教育会那里,在那里不但不容易引起当局的注意,而且教育会会长是省议员,与王乐平私交不错,让乐平向他打声招呼,他还能为我们提供一些方便。"

大家都表示赞同。这样,会址也就确定下来了。

最后,在王尽美倡议下,大家都站起来,举起拳头,跟着邓恩铭高声朗诵道:

"共产党最鄙薄隐秘自己的主义和政见。所以我们公然宣言道:要达到我们的目的,只有打破一切现社会的状况,叫那班权力阶级在共产的革命面前发抖呵!无产阶级所失的不过是他们的锁链,得到的是全世界。

万国劳动者团结起来呵!"

二

当天晚上,王尽美去了王乐平家,这是他参加完一大后第一次去拜见他。他向王乐平简单地介绍了参会的经过,没有提及会议的具体内容。接着,又说了想把研究会会址设在山东教育会的打算,王乐平答应帮着向教育会打个招呼。

经过一番积极的筹备,1921年9月的一天上午,在贡院墙根街的山东教育会门口挂起了一块"马克思学说研究会"的牌子,这标志着济南马克思学说研究会正式成立了。

相比励新学会而言，济南马克思学说研究会的宗旨更明确、管理更严格，它要求入会人员首先要信仰马克思主义，必须经会员介绍方能加入。研究会的会员组成也很广泛，不仅有学生，还有其他知识分子、革命者、工人、劳动群众等。励新学会里信仰马克思主义的会员也加入进来，这样就导致了励新学会的分化，那些信仰三民主义的会员加入了国民党，还有一部分什么也不信仰的就自行消失了。

马克思主义研究会规定每周的周六开办一次学习会，学习的形式有座谈、演讲、分组讨论等。王尽美把参加一大时带回的《共产党宣言》《马格斯资本论入门》《共产党》《工钱劳动与资本》《列宁传》《俄国革命纪实》《共产党的计划》等书籍，以及社会主义、共产主义的宣传册提供给会员学习。他还让会员把一些《共产党宣言》小册子、马克思与恩格斯的徽章、纪念章带到各个学校去推销，这样不仅增加了研究会的收入，还让马克思主义迅速传遍了校园。

王尽美对马克思主义的学习格外重视，每次学习，他都亲自带头，每当遇到不明确的问题时，他们就一起进行反复讨论，有时争得面红耳赤。为了弄懂某个革命观点，他查阅众多书籍，以致彻夜不眠。正是在他这种刻苦学习精神的鼓动下，研究会内部形成了一种赶、学、比、帮的浓厚的学习气氛。

王尽美在让会员学好马克思主义理论的基础上，还让他们把深奥的理论编写成浅显易懂的革命道理，通过演讲、传单、歌谣的形式传播给不同阶层的民众。

为此，他还编写了许多歌谣。"反帝反封建，五四大运动；打烂旧世界，民族才振兴；同学快觉醒，革命学列宁！"这首歌谣还成为济南市民津津乐道的街谈巷议，很快在民众中广泛传播开来。

王尽美把会员分成厂矿组、军队组、城内组、城外组等不同的活动小组，不仅把马克思主义宣传到城内的厂矿、军队，还宣传到淄博矿区、益都省立十中等外部区域。

经过王尽美与济南马克思学说研究会会员们的不懈努力，马克思主义就像一股春风，很快吹遍齐鲁大地，有力地促进了山东革命运动的蓬勃开展。

三

济南马克思学说研究会有个会员叫周仲千，小时候曾经练过几年武术，人又长得魁梧，从来不怵事，同学们都叫他"周大胆"。他是诸城人，在济南育英中学读书，通过老师王翔千的介绍认识了王尽美，并加入了济南马克思学说研究会。

济南马克思学说研究会除了组织会员学习马克思主义理论外，更多的是通过集会、演讲、贴标语、撒传单等形式，在社会上进行马克思主义宣传。宣传的对象不仅有学生、农民、工人，还有士兵、警察、店员等。

为了宣传得生动有趣、通俗易懂，王尽美就把宣传的内容根据不同的宣传对象编写成不同的歌谣。

针对工人，他写道："工人白劳动，厂主吸血虫；工人无政权，世道太不公；工人站起来，革命打先锋！"

针对农民，他写道："穷汉白劳动，财主寄生虫；贫穷并非命，世道太不公；农民擦亮眼，革命天才明！"

针对店员，他写道："店员白劳动，财东吸血虫；人穷并非命，世道太不公；工商联合起，革命无不胜！"

针对学生，他写道："反帝反封建，五四大运动；打烂旧世界，民族才振兴；同学快觉醒，革命学列宁！"

由于这些歌谣写得切合实际、简单明了，当它们被印成传单散发出去时，很快就被争相传播，成了街谈巷议，在社会上取得了很好的宣传效果。

这天，周仲千在街上正散发着传单，忽然一个士兵问他："传单的内容怎么没有关于我们当兵的？"

他惊讶地问："你们当兵的也对传单感兴趣？"

当兵的说："只要说的是咱们老百姓的事，谁都会感兴趣。"

周仲千兴奋地把这件事告诉了其他会员，并提议也要有写关于当兵的歌谣。

其他会员却满不在意地说："写了也是白写，他们在兵营里看不到。"

"我们不会把传单发到兵营里？"

"兵营戒备森严，谁敢进去？"

周仲千把胸脯一拍说："只要有人写，我就敢进去。"

有人讥笑周仲千说大话。

王尽美听说这事后，就表扬周仲千说："好你个周大胆，说话就是有胆量！"他又对其他会员说："兵营有什么可怕的，它就是狼窝，我们也要闯一闯！"

他让周仲千找来纸和笔："我现在就给当士兵的写。"

他思索片刻，笔走龙蛇地写道："小兵死千万，大官立了功；为何打内战，道理讲不清；枪口要对外，反帝是英雄！"

会员们看了，都齐声叫好。王尽美意犹未尽，又写了一首：

"小兵死千万，死在打内战；躯体成炮灰，生灵遭涂炭；红颜悲入梦，白发哭闾前。"

写完后，王志坚忙让人拿去印刷成传单。

有人对周仲千说："有写给士兵的传单了，你现在怎么不敢说要去兵营了?"

周仲千一挺胸脯说:"谁怕了!不是还没让我去吗?"

王志坚向他打趣说:"人家一瞧你这彪悍模样,立马就会怀疑你是土匪,不等你靠近兵营,恐怕早把你抓起来了。"

周仲千见他们信不过自己,就负气地说:"不用说进兵营,就是进督军府我也不怕!"

有人起哄说:"大家都听好了,这个周大胆说他进督军府都不怕!"

"督军府有什么可怕的!你们以为我不敢啊?"周仲千见没人相信他的话,就急忙表态说:"你们要是不信,我就立军令状。"

王尽美走过来对周仲千说:"我信你!并且我与你一起去。督军府就是龙潭虎穴,我们也要进去试试!我就不信督军田中玉的老虎屁股摸不得。"

大家见王尽美也要深入虎穴、铤而走险,都劝说道:"听说督军府三步一岗,五步一哨,戒备森然,你不能去冒着这个险!"

"不入虎穴,焉得虎子。他田督军虽然能够干涉议会选举,却阻止不了我们到他的督军府撒传单,我们就要借此好好打击一下这个军阀老贼的嚣张气焰!"

王志坚赞同说:"对!就得给这个独裁分子一点颜色瞧瞧。他不是在竭力阻挠王乐平进议会吗,咱们就替王乐平出出这口恶气。"

督军府是山东军政首脑的中枢,戒备森严,不用说进去了,就连靠近大门都难。督军府大门两侧各有士兵持枪把守,门口还设有警卫室。

大家见王尽美决意要去督军府,再劝也无益,就一起商议怎么进督军府。

周仲千说:"我趁着守卫不注意,冲进去放下传单就快跑出来。"

王尽美摇头说:"这样太危险!我们一定要想个万全之策,既要达到目的，还要保证人身安全。"

这时，王翔千走过来笑着问："这里怎么这么热闹？"

周仲千就把刚才的事情告诉了老师，王翔千说："要想进督军府，首先要弄清里面的布局。"

王志坚说："六叔，你不是去过那里吗，你快说说里面是什么样子。"

王翔千说："前年我跟着王乐平去过，他那时还是议会秘书长。我当时也没有太留心，只感到里面很大，进去很容易迷路。"他对王尽美说："你们应该先去找王乐平了解一下那里的情况。"

王尽美说："我这就去找。"

王志坚说他道："你真是个急性子。"

王尽美："听说议会马上就要改选了，田督军近来正忙着约见一些议员，我觉得可以利用这个机会。"

"怎么利用？"大家关切地问。

王尽美说他还没想好。

王志坚想了想说："我看就让瑞俊装扮成议员趁机混进去怎样？"

大家都说这个办法好。

周仲千见进督军府没他的份儿了，就急了，嚷嚷着非要让他去。

王志坚说："看你这长相，哪里像议员，你去不是自投罗网吗？"

王翔千见周仲千非要去，就想了一个两全其美的办法："我看让瑞俊扮成议员，让周仲千扮成他的随从，两个人一块儿去，这样还能相互照应。"

王尽美与周仲千开始着手为进督军府做准备。

他们观察完了督军府门前的情形后，又去了王乐平家，向王乐平了解督军府里面的布局，并根据他的讲述画了一张详细的地形图。

临走，王尽美又让王乐平找出他当议员穿的衣服，说要装扮成议员混进去。

王尽美穿上王乐平找出的长衫、戴上他的台湾草帽，又夹起他的公文包，在他面前来回走着，让他看看像不像。

王乐平说："像不像不单单在于你的装扮，主要还在于你的神态。你要从心里把自己当成是一个真正的议员，这样你才显得坦然，就不会引起他们的注意。"

一切准备妥当后，王尽美与周仲千两人乘坐一辆洋车向督军府驶去。

洋车刚靠近督军府，就有警卫跑上来大声呵斥着："快走开！"

周仲千忙赶紧下车解释说："老总，车上坐的是王议员，他受田督军的邀请，前来督军府议事。"

那警卫嘟囔道："怎么这几天净来些议员。"

旁边的警卫说："省议会马上就要召开了，听说督军正忙着约谈各位议员呢。"

洋车到达督军府门口后，王尽美下了车，旁若无人地往督军府走去。他见周仲千还站着没动，回身低声喊他说："愣着干吗，还不快走！"周仲千这才回过神来，赶紧跟上。

他们走进都督府大门，从影壁墙往左拐，走了一会儿后，又进入一个月牙门，往右拐。然后沿着一条南北甬道往前走，快走到尽头时，才看见一座二层的古式建筑掩映在绿树丛中，这就是督军办公楼了。据王乐平介绍，督军很少在这里办公，他大多数时间居住在东面的一处四合院里。王尽美朝那四合院望去，从月牙门里可以看见里面有持枪的警卫。

周仲千忽然感到有无数双眼睛从树后、花丛中、窗口里盯着他，顿时胆怯起来，哆嗦着手摸了摸了装在长袍底下的传单，这传单似乎成了一颗定时炸弹，随时都有爆炸的危险。

他刚要往外掏，被王尽美发现了，王尽美严厉地低声责问他道："你要干什么！"

周仲千紧张地说："我想把传单撒在路边的花坛里。"

王尽美见他神色慌张，知道他害怕了，就低声安慰说："别紧张！我们进都进来了，还怕什么。传单先不要急着撒。进来一趟不容易，咱们先把督军府好好参观一番再说。"

他说完，就气定神闲地往前走。

周仲千一直以为自己胆子很大，没想到在这个场合竟然害怕了。他不禁自责起来。

他跟着王尽美在督军府里转悠了一会儿，就不害怕了。他们一边往外走一边把传单撒在路边显眼的地方。

当他们走出督军府时，周仲千凑近王尽美得意地说："咱们也给警卫留些吧。"

王尽美会意地一笑，就把一个公文袋交给他说："你把它拿给警卫，就说这是给田督军的公文。"

周仲千把公文包拿给警卫后，就赶紧追上王尽美问："咱们不是要给他们留传单吗？"

王尽美笑笑说："你没看看公文袋里装的是什么，你还真以为是公文啊！"

周仲千这才恍然大悟，他狠狠地拍了一下后脑勺说："我真是猪脑子！"

第二天，济南的报纸上就登出了"反动传单撒到督军府"的新闻。

济南马克思学说研究会的会员们看了报纸后都欣喜若狂，王志坚大发感慨地说："这些传单就是射向反动军阀的一颗颗子弹！"

王尽美说："这是周仲千同学的功劳啊！"他接着夸赞他遇事沉着冷静。于是，大家都竞相赞扬着周仲千。

周仲千对王尽美十分感激，这明明是他的功劳，他却把功劳让给了自己。

感激之余,周仲千终于明白一件事:自己的老师王翔千是一个耿直不阿、狂傲不羁之人,无论资历还是学识,王尽美都无法与他相提并论,可是老师对小他十岁的王尽美总是心悦诚服。今天,终于有了答案。

通过这件事,周仲千不但明白了其中的原委,还被王尽美高尚的品质深深折服了。

王尽美不仅有胆识、有智慧,还具有"功成不居、甘为人梯"的博大胸怀。

第十一章　专职革命家

一

王尽美虽然已经成为中共济南地方党组织负责人，但他的身份还是一师的学生，还要照常上课，还要照常参加学校的一切活动。他只能利用晚上与周末的时间开展革命活动。

一师的学监及其走卒们对王尽美闹学潮、写文章揭露教育弊端一直怀恨在心，把他视为学校的危险分子。为了限制他外出活动，晚上加强了对大门的管理，只要一到规定的时间就立即锁上学校的大门，严禁任何人进出。

尤其是到了冬天，昼短夜长，学校要求一黑天就关校门。那时，王尽美晚上经常到济南大槐树机厂等厂里的工人夜校讲课，当他回到学校时，校门早就关了，他只好冒着严寒四处借宿。

这天晚上，王尽美赶回学校时，正遇到刮风下雨。他拍打着紧锁的大门，央求门卫让他进去。门卫看着他在风雨中冻得瑟瑟发抖的样子，虽然很同情，但是不敢违背学校的规定，尤其是学监早已暗中命令，如果谁敢私自给王尽美开门，一经发现，就立马开除。学监还专门派人进行监视。

门卫只好从门缝里递出一块雨布对王尽美说:"你还是快去别处借宿吧。"

王尽美只好冒着风雨去了省立一中找邓恩铭借宿。

省立一中那时正在修建校舍,开放了学校的后门。这后门管理不严,可以随便进出,这为王尽美借宿提供了便利。

当王尽美来到邓恩铭宿舍时,宿舍已经熄了灯。他为了不影响宿舍的人休息,就蹑手蹑脚地摸着黑往邓恩铭床前走。

一不小心,头撞在床头上了,他情不自禁地"啊呀"了一声,邓恩铭被惊醒了:"谁?"

王尽美小声说:"我,王瑞俊!"

邓恩铭忙起床,惊讶地问:"你这么晚来,发生了什么事?"

王尽美摆摆手,有气无力地问:"有没有干粮?我饿坏了!"

邓恩铭见他冻得打哆嗦,忙帮他脱掉淋湿的衣服,把他推上床,披上棉被。然后,去找干粮,给他倒热水。

邓恩铭看着王尽美狼吞虎咽的样子,不禁埋怨说:"干工作,也不能这样拼命!"

这时,宿舍的其他人也被惊醒了。当他们听了王尽美的遭遇后,都为他鸣不平。

王甡琳愤怒地说:"学监之流不但不关心学生的疾苦,还在这么寒冷的夜晚里,故意把学生挡在门外,其心肠真是歹毒,其用心真是险恶!"

赵明宇不解地问:"瑞俊又没有得罪他们,他们干吗要对他这样冷酷无情!"

邓恩铭说:"学监之流作为学校腐朽制度的维护者,他们喜欢逆来顺受、任其摆布的学生,怎么会容忍像瑞俊这样敢于反抗的学生,他们当然要敌视他,为难他,甚至打击报复了!"

王尽美愤懑地说:"我之所以反抗他们,就是看不惯他们自私自利、虚伪狡诈的嘴脸。他们虚情假意地装出一副道貌岸然的样子，口口声声说抓纪律、抓学习都是为学生负责。假如他们真是对学生负责的话，试问，他们明明知道学校腐朽的教学制度已经不适应社会的发展了，已经不能培养出社会上真正需要的人才了，为什么不去改变？相反，他们为了迎合当局的利益，却心甘情愿地去充当奴役师生的工具。说白了，他们这样做的目的就是为了自己的饭碗去钻营、去欺骗广大师生！"

邓恩铭说："瑞俊说得对！他们要是真为教育好，早就应该去改变学校陈旧的教学方式了。结果呢，从闹学潮到现在，一师的教育方式没有任何的改变。"他接着鼓励王尽美说："瑞俊，你要勇敢地站出来，去撕掉他们伪善的面孔，去揭露他们丑陋的嘴脸，不要让他们再继续蒙骗与贻误广大师生了。"

二

面对学校冷酷的现实，王尽美经过多次思考，最后终于下定决心：宁可牺牲自己，也要把学监之流阴险狡诈的伪善面目揭露于大庭广众之下，不能再让更多的师生受其蒙蔽与欺骗了。

于是，他写了一篇题目为《饭碗问题》的文章，用辛辣的笔触揭露了学监之流名为办教育实则为自己饭碗而钻营的伪善面目，破除了许多思想幼稚的学生对这些道貌岸然的伪君子的迷信。

学监之流们看了文章后恼羞成怒，说这是对他们的污蔑与诋毁，强烈要求学校把王尽美开除。学校碍于王尽美在学生中的威望，如果仅凭这篇文章就把他开除，恐怕难以服众。因此，采取了先礼后兵的策略，逼迫王尽美向学监之流道歉。

王尽美义正词严地拒绝说："我是被他们逼迫得忍无可忍才揭露他们

伪善面孔的，我为什么要道歉？要道歉的应该是他们！"

学监之流闻听后，勃然大怒，全然不顾全校师生的反对，悍然把王尽美开除了。

王乐平、王翔千听说王尽美被开除了，都要去设法挽救。

王尽美却劝阻说："我早就不想在这样的学校上了，开除对我来说与其说是一种打击，倒不如说是一种解脱。"

邓恩铭与王志坚等人坚决不同意就此善罢甘休，他们劝王尽美说："即便你不想上学了，也得让学校给个公正理由，不能凭着学监之流的一句话就把你开除了。"

王尽美说："他们都是一丘之貉，相互狼狈为奸，我们去找他们又能怎样？"

邓恩铭说："他们不给个正当的说法，我们就发动学生进行抗议示威。"

王尽美说："我们作为革命者，首先要为革命着想，不能把精力与资源徒费在我身上，要把它们用在开展革命工作上，争取早日推翻军阀独裁统治，因为它才是万恶之源！"

在一个寒冷的冬天，王尽美告别了一师，从学校走向社会，从一名在校学生成长为一位职业革命家。

他从此奔走疾呼于齐鲁大地，穿梭往返于胶济铁路沿线，辛勤撒播着革命的火种。

尽善尽美唯解放

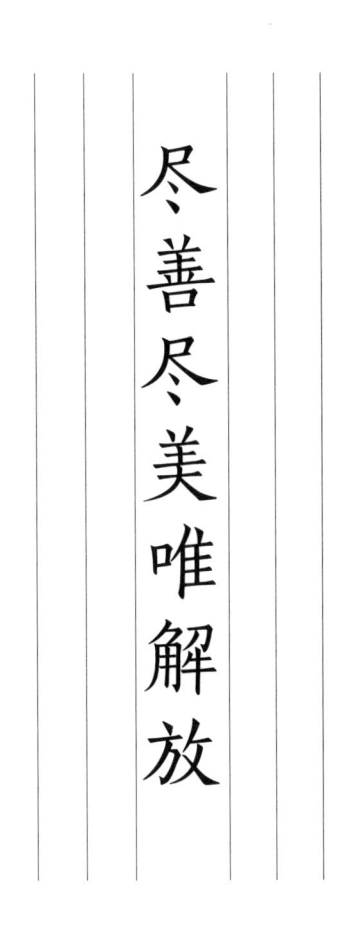

第一章　参加远东大会

一

时已冬季，济南城已经被寒冷与萧瑟的气氛所包裹，大布政司街两旁的树叶早已脱落，光秃秃的枝杈与街道一样都灰头灰脸地颤抖在呼啸的北风里。大街上却不见清冷，街道两旁的书籍、碑帖、文具、古玩等店铺常有顾客光顾。

王尽美告别一师后，就暂时寄居在坐落在这里的齐鲁书社。起先他想租房子，王乐平劝阻说："组织上每月给的那十多元的经费也仅够你生活的。"他又说："我已经与在省教育厅工作的老乡王乃昌打过招呼，想在社会教育经理处为你谋个差事，那里主要经营书籍，时间也宽松，耽误不了你干大事。"

齐鲁书社设在大布政司街王乐平的私宅外院里，这里地处济南城的中心繁华地段，元朝时曾被称为宪衙街、同知巷、澄清里，到了明朝，因布政使司设在这里，就改称布政司街。它南接院西大街、东临芙蓉街，这两条大街都是济南城商贸聚集中心。这儿因交通便利，有文化底蕴，又临近大明湖，吸引了不少富贵人家来此居住或经营店铺。

王尽美每天早出晚归，忙着开展革命活动。近期，他正忙于筹备山东代表团，准备参加 1922 年 1 月 21 日在莫斯科召开的远东各国共产党及民族革命团体第一次代表大会，他是中国代表团执委之一。

远东大会是共产国际为了对抗美、英、日、法等国于 1921 年 11 月 12 日召开的华盛顿会议而召开的，出席大会的有朝鲜、印度、印尼等多个国家的代表。

中国代表团对这次会议十分重视，对参会代表也严格挑选，刘仁静还专门从北京来到济南与王尽美协商选派出席会议的山东代表。

王尽美与刘仁静早就熟悉，他们一起参加过中共一大，后来在筹办励新学会期间，王尽美去北大马克思学说研究会取经，与刘仁静也有接触。

刘仁静对王尽美说："临来之前，守常特意嘱咐要邀请王乐平先生参加。这次大会具有统战性质，参加的国家很多，共产国际对这次会议很重视，要求中国代表团成员不仅要有共产党的代表，还要有国民党及其他进步团体的代表。不仅要动员我们的党员参加，还要积极争取国民党及其他进步社会团体参加，让代表团具有广泛的代表性。"

王尽美说："我找过王乐平先生，他说北洋政府派他去参加 11 月 12 日在美国召开的华盛顿会议。"

刘仁静一听就急了，说："他不仅是山东国民党的负责人，还是山东求民主、反独裁的一面旗帜，我们要想办法让他去莫斯科，最起码不能去华盛顿。"

他想了一会儿说："我还是代表李大钊去登门拜访他吧。"

刘仁静在王尽美陪同下去了王乐平家，王立哉也在。

王立哉是王乐平的堂弟，他在伯父王纪龙与堂兄王乐平的影响下，15 岁就加入了国民党，他于 1913 考入年山东省立第四师范学校，毕业后任枳沟高小校长。王乐平成立齐鲁书社后，又聘请他为书社经理。

刘仁静向王乐平转达了李大钊的问候后，就邀请他去参加莫斯科会议。

王乐平说:"瑞俊已经对我说过这事儿。"

刘仁静道:"先生不应该去参加华盛顿会议,它是一次分赃中国的会议。"

王乐平说:"我们对此早已心知肚明,但这次就是抱着明知不可为而为之的态度,为维护国家的主权放手一搏。"

从王乐平家出来,刘仁静愤慨地对王尽美说:"北洋政府派130多人的代表团去华盛顿,貌似救国,实则是劳民伤财,是误国!王先生这么个明白人,怎么也犯糊涂啊!"

二

王尽美他们走后,王立哉不解地问王乐平:"堂兄,你不是以生病为由推辞参加华盛顿会议了?"

王乐平颔首一笑,没言语。

王立哉继续问:"之前你一直想去苏俄进行实地考察,这次不正是个好机会吗?"

王乐平没接话茬,只是感慨地说:"孙先生自1894年11月在檀香山成立兴中会以来,一直为反帝反封建奔走疾呼,先后进行了一系列的革命运动,但最终以失败而告终。随着十月革命的胜利和五四运动的爆发,中山先生从工人与学生们身上感受到了广大民众的力量,逐渐看清了中国革命发展的新方向、新道路,他对苏俄的态度开始越来越友好,今年6月份他在演讲中就指出:'俄国社会革命成功,已成为农工兵国''中国最宜以俄为鉴',他还说:'法美共和国皆旧式的,今日唯俄为新式的,吾人今日当造成一最新式的共和国',中山先生近期还派代表多次与苏俄方面进行接触,想通过与苏俄合作,来寻找一条新的救国救民的道路。

中山先生联俄的主张之所以难以在党内达成共识，除了某些政客为了维护自己的私利之外，与我们党内多数同志缺乏对苏俄的了解与认识有着很大关系。这就要求我们要在党内大力宣传苏俄革命，让他们更多地了解苏俄的状况。因此，我一直想去苏俄进行实际考察，真正弄清苏俄社会的真实情况、老百姓生活、政治制度等，然后把所见所闻形成第一手材料向孙先生汇报。这样既可以为他制定苏俄政策提供参考，又可以用事实去教化那些反对者。"

王立哉被王乐平的一番慷慨陈词弄糊涂了，他搞不明白这位堂兄到底是想去还是不想去莫斯科啊。

王乐平看着发蒙的王立哉忽然笑道："立哉，我看还是你替我去吧。"

王立哉连忙摆手说："人家请的是你这尊大神，我哪有这个资格啊！再说，听说那里天寒地冻的，我可不去受那个罪。"

王乐平心有所思地说："对啊，出这么远的门，路上又这么危险，要作精心准备才行啊。"

王立哉恍然大悟，惊喜地说："你定下去莫斯科了？"

三

刘仁静没能劝说王乐平成行，感到有些沮丧。

王尽美安慰说："乐平先生去不去莫斯科我不敢说，但我相信他是不会去华盛顿的。在五四运动中他为了捍卫国家主权、收回青岛，以山东议员的身份奔走疾呼于济南、上海、北京各地，积极争取声援。正是在他领导下，山东率先发起拒签和约的请愿运动。1919年6月18日，他又率领山东各界80余名代表进京请愿，他们冒着高温在总统府门（新华门）前双膝跪地、失声痛哭，以死相谏政府在合约上签字。天又突降大雨，他们衣衫湿透却无一人起立。"

刘仁静说:"李大钊对山东请愿代表的'秦庭之哭'曾无限悲伤地说'这样的炎热酷日,大家又跪到新华门前,一滴血一滴泪地哭。'"

王尽美说:"像乐平先生这样一位具有爱国情怀、民族气节的人,他不会去参加卖国求荣的华盛顿会议的。"

刘仁静听后,释然说:"只要他不去华盛顿就好。"

四

刘仁静让王尽美立即召集报名参会的同志开个动员会,他要把苏俄那边的困难情况向他们说明白,让他们要有充分的心理准备,以防半途而退。

刘仁静在动员会上介绍说,苏俄那边十分寒冷,虽然战争已经结束,但是白匪还没完全肃清,经常出没在铁路沿线,途中存在着很大的危险。加上帝国主义封锁,那边的生活也十分艰苦。

听完刘仁静的介绍后,参会的人员非但没被困难吓退,反而都热情高涨。

王象午说:"为了赶赴革命圣地,我万死不辞。"

邓恩铭以"苟利国家生死以,岂因祸福避趋之"表达了自己参会的决心。

王复元也表示不怕困难,愿意前往。

刘仁静见大家参会的决心很坚定,深受鼓舞,当场确定了参会人员,他们是王尽美、邓恩铭、王象午、王复元。王尽美的身份是劳动报记者,邓恩铭、王象午的身份是学生,王复元的身份是印刷工人。

在准备动身去莫斯科参加会议的前夕,中国代表团团长张国焘特别指示中共济南党组织,要想尽一切办法动员王乐平去莫斯科参加会议。

五

王尽美接到指示后,立马去了王乐平家,王乐平却出门了。

王尽美就去找到王立哉:"乐平兄去哪儿了?"

王立哉见王尽美有些着急的样子,就问他发生了什么事?王尽美把上级让他动员王乐平去苏俄的事说了,并让他帮着劝说王乐平。

王立哉安慰王尽美说:"这事你不要着急。乐平兄是个明白人,他知道什么该做什么不该做。等他回来了,我立马告诉你。"

六

这天,王尽美听说王乐平回来了,就急忙赶过去。

当他走进齐鲁书社时,看见书社的几个伙计正往王乐平家里搬运着绸缎,就惊奇地问:"你们搬运这么多绸缎干什么?"

有人说:"老爷最近将出远门,要带在路上用。"

王尽美一听王乐平要出远门,就急了,忙问:"你家老爷呢?"

"正与王经理在书房聊天呢。"

看着王尽美急急忙忙走进来,王乐平笑着对王立哉说:"说曹操曹操就到了,你看怎么样。"

王立哉笑着说:"知瑞俊者,乐平仁兄也!"

"你们背着我在说什么?"随即,王尽美又有些挖苦地问:"你们不会是在商议让我帮着倒卖丝绸吧?"

"你说对了!"王乐平笑着说:"这可是我托人采购的上等的昌邑丝

绸。去那么远的地方,沿途还很不安全,我们带上丝绸装扮成商人的模样,既可以作掩护,又可以卖掉解决途中的费用。"

"你要去哪儿?"

王立哉见王尽美还没明白王乐平的意思,就说:"与你们一起去莫斯科啊!"

王尽美这才恍然大悟,他惊喜地问王乐平:"先生,你决定去莫斯科了?"

王乐平笑了笑,说:"我要去莫斯科当一个探路者。"

至此,前去莫斯科出席远东各国共产党及民族革命团体第一次代表大会的中国代表团一共由39人组成,代表团团长为中国共产党党员张国焘、副团长为中国国民党党员张秋白。

据《中共党史资料》第39期刊发的俄罗斯国家档案馆移交我国中央档案馆的文件记载:参会的共产党14人,其中,来自山东五人,他们是:王尽美、王居一(王乐平)、王莜锦(王象午)、邓恩铭、王福源(复元)。在填写的属何党派或团体栏目中,王尽美填的是"中国共产党山东部",王乐平、邓恩铭等四人填的是"中华共产党山东部"。另有国民党1人,青年团11人,无党派人士13人。

第二章　回到济南

一

王尽美与王乐平是1922年4月回的国。

王乐平没有回济南，而是直达上海面谒孙中山，汇报了他在苏俄的所见所闻，为推动孙中山提出"联俄、联共、扶助农工"的"新三民主义"发挥了积极作用。

王尽美于4月底回到济南后，迎接他的除了积攒下来的成堆的工作外，还有王翔千拿给他的几封家书，他看着家书，深切感受着家人心急如焚的期盼之情，半年多见不到他音信，家人都快急疯了，母亲四处打探他的消息，妻子彻夜难眠，祖母急出了病。

王翔千见王尽美看完信，表情凝重，就关切地问："你失踪这半年，可把家人急坏了吧？你母亲都托人找到我老家去了，东莱银行的赵先生也来过，说老家来信让他打听你的消息。你还是把手头的工作放一放，先回家看看。"

王尽美喃喃自语道："信中说我祖母病了，她心口疼是老毛病了，一遇到急事就容易犯，我从这里给她买些西药寄回去。只是……"

王翔千见王尽美欲言又止，忙问："怎么了？家里还发生什么事？"

王尽美低沉地说："地主家要把村后我家的那块水浇地收回去。"

"为什么？"

"说有佃户要出双倍的价钱租种。"

王翔千气愤地说："他们以为你们王家真的没人了，这不是明着趁火打劫吗，真是可恶！你赶紧回去！一是让你家里人放心，再一个打消他们收地的念头。"

王尽美悲愤地说："穷人最可恨的就是这种窝里斗的劣根性，他们明明都是被压迫被剥削的，非但不团结起来去与地主老财斗，反而相互欺诈、彼此争斗。"

王翔千问王尽美准备什么时候动身。

王尽美无奈地说："你瞧瞧眼前这些事。王用章和滕沛昌去广州参加第一次劳动大会和中国社会主义青年团第一次大会很快就回来了，回来后，我们要听取他们的汇报，要传达与学习会议精神。我还要赶在中共二大召开之前把劳动组合书记部山东支部成立起来，最好再把大槐树机厂、淄博煤矿等地的工会也成立起来……这么多急迫的工作，我怎么能扔下不管。"他见王翔千没吭声，就说："等参加完二大再回去吧。现在我就给家里写信，告诉她们我已回到济南，让她们放心，再给祖母寄些西药回去。"

正当王尽美的家人收到书信欢天喜地时候，中国劳动组合书记部山东支部于1922年5月中旬在济南成立了。

在成立大会上，王尽美起草并宣读了《中国劳动组合书记部山东支部宣言》，他向工人阶级发出倡议：将一个产业底下的劳动者，不分地域、不分男女老少，都组织起来，做成一个产业组合，去与资本家等剥削阶级作斗争。

他满怀信心地指出：将来的世界一定是工人阶级和劳苦大众的世界。

中国劳动组合书记部山东支部成立后不久，端午节就到了，王翔千让王尽美去他家过节。

王尽美说:"听说俺表姐与家人都来了,连老太爷也来了。我正好去看看他们。"

王翔千说:"乡下闹土匪,他们没办法,只好都跑来避难了。这也好,原先怎么让老太爷来他都不来,这次不请自到。"

二

王翔千住在南关的后营坊街,这里原是明清时期驻扎军队的地方,俗称西营房街,辛亥革命后改称为后营坊街。它北接护城河,南靠千佛山,西临趵突泉,东依黑虎泉,有山有水,是文人雅士理想中的栖居之所。王翔千被济南法政专门学校辞退后,又到育英中学任教,这里离育英中学近,他就把家安置在这儿了。原先在房东的后院租了三间北屋,后来由于家里人从老家都来了,又在前院租了三间东厢房。前院的北屋住着房东,房东先前住在院西面的一处月牙门的小西院里,由于小西院隔着花墙就是水塘,时常发生孩子落水的事,房东担心孩子越墙去水塘玩耍不安全,就搬到了前院住。王翔千干脆把这处月牙门小院也租过来,当自己的会客娱乐室。

端午那天,王尽美由于到大槐树机厂参加了一个活动,到王翔千家时已经很晚,见他家人都已经安歇,就没去打扰,跟着王翔千来到月牙门小院。王翔千又把中午他家吃剩的红烧肉、一节鲅鱼拿过来,就与王尽美一起小饮起来。

"仁兄,中国劳动组合书记部山东支部已经成立了,接下来办一份机关报怎样?"

"你想把停办的《济南劳动周刊》再拾起来?"

王尽美笑笑说:"知我者,仁兄也!"

王翔千提醒道:"你可要想好了,《济南劳动周刊》原先是依附《大东日报》出版的,现在要想恢复起来,就要由我们自己独立出版了,且不说开办手续复杂,光出版费这一块儿我们能承担得了吗。"

王尽美说:"正如鲁迅先生所言:世上本没有路,走的人多了就变成了路。路是用脚走出来的,办法是用头脑想出来的。"

"我知道你确定想干的事,别人想拦也拦不住。你说你打算怎么干吧。"王翔千把酒盅往桌子上一放,表示下决心支持他。

"近来我要把主要精力用在成立大槐树机厂与淄博矿区工会上。用章参加完全国第一次劳动大会刚一回来,就让我派到淄博煤矿去了。我想办刊这事还是由你负责,你任主编,我与用章给你当助手。"

王翔千有些微醺地望着王尽美说:"你小子这是又要打让我去淘换钱的主意。"

"来,六爷,我敬你一杯。"王尽美忙赔着笑脸端起杯敬王翔千。

王翔千抿了一口,美滋滋地说:"还是家乡的酒喝起来顺口啊。"他指着酒坛说:"这还是我在家时自己用高粱酿造的,结果我们家的老太爷也喝上瘾了,这次来济南,他什么也没捎,只捎了这几坛酒。"接着吟诵道:"我有一瓢酒,可以慰风尘。"

王尽美举杯说:"浊酒不销忧国泪,救时应仗出群才。"

王翔千应和道:"拼将十万头颅血,须把乾坤力挽回。"

两人一饮而尽,然后相视大笑道:"痛快哉,痛快哉!"

沉默了一会儿,王翔千忽然感慨道:"我们既然选择了这条路,就要义无反顾走到底。我宁可倾家荡产,也要把我们的事业搞好。刊物先期的启动资金包在我身上了,但以后的印刷费你们可要自己想办法。"

王尽美惊讶地问:"先期启动资金可是一笔大数目啊!你全包了?"

"我虽然不能卖身,但可以卖地啊。"王翔千说着"嘿嘿"笑起来,他见王尽美疑惑不解地望着自己,就得意地低声说:"老太爷不是来了吗,他这是来帮咱们的,我现在就有借口卖地了。"

两人把办刊物的地点确定后,又商定把《济南劳动周刊》改名为《山东劳动周刊》。

王尽美再三嘱托王翔千说:"六爷,你一定要抓紧筹备,力争在党的二大召开之前创刊,也算是我们山东党组织向大会敬献的一份礼物。"

第三章　成立工会

一

成立中国劳动组合书记部山东支部后,王尽美先后去津浦铁路大槐树机厂、淄博矿区等地开展工作,想赶在参加党的二大之前,把这两个地方的工会成立起来。

津浦铁路大槐树机厂是当时济南最大的工厂,1910年由德国人建立。全厂2000多名工人深受帝国主义的压迫与剥削,不仅工资待遇低,还饱受侮辱,工人进出工厂时不准走大道,任由工头随意搜身检查。当时工人中流传着"干的牛马活,吃的猪狗饭,监工洋狗满厂窜,不知哪时要难看"这样的歌谣。

励新学会成立后,王尽美就开始到这里进行革命宣传,结识了李广义、王明珠等一些工人朋友。济南党组织成立后,他又常到这里开展革命活动,培养了李广义、苏锦荣等一批工人骨干。

1921年夏天的一天,王尽美找到李广义、苏锦荣说:"你们不是想成立个工人组织吗?"

他们说:"是啊,只是还不知道成立什么形式的。"

王尽美兴奋地说:"现在有答案了!北京的邓中夏、张国焘等同志已经给我们做出表率了，他们于今年5月1日在长辛店成立起工人俱乐部，许多地方的工人代表都争相前去参观学习呢。"

李广义说："这下好了，我们有效仿对象了。"

苏锦荣问："我们是不是也应该前去学习啊？"

王尽美说："我今天来就是想征求你们的意见，我们济南党组织想派你们两个前去学习，不知你们愿意不愿意？"

他们兴奋地说："当然愿意了！"

"你们先不要这样急着表态，我还有话要问你们。既然要去学习，就得把真经取回来，这就不能只去三天两日了，也许要去十天八日，甚至半月二十日。去这么多天，你们怎么向厂里请假？"

李广义说："我快一年没歇班了，我说家里有事想多歇息几天，应该没问题。"

苏锦荣想了想说："我正好有个亲戚在河北，我就找个理由说去走亲戚。"

"还有一件事也必须向你们说明白。我们党组织这次只能负责你们的学习费，至于这段时间的工资啊，你们可要受损失了。"

李广义说："贤弟，你要是这样说就见外了，比起你给予我们那么多的帮助，我们这点工资算什么。"

苏锦荣也说："是啊，你让我们去，就是对我们的信任。只要能够为工友出点力，就是损失再大也值得。"

王尽美见他们态度这样坚定，就说："我们已经与那边联系好了，你们到那里直接去找史文彬，他是俱乐部的委员长。"

"史文彬？"李广义感到这个名字有些耳熟。

王尽美问："你们认识？"

李广义说："重名重姓的有的是，我先前有个工友叫这个名字。"

王尽美忽然想起了什么："对了，我听王荷波说史文彬就是咱们山东人，曾在济南干过工。"

王尽美所说的这个王荷波，是中国工人运动的先驱，1882年5月出生于福州市，因家庭贫寒，19岁就外出谋生，后来到了浦口，在浦镇机车厂当钳工，1921年3月浦镇机车厂成立工会，他当选为工会会长。他这次来济南大槐树机厂，想把津浦铁路全线工人串联组织起来。王尽美安排李广文、苏锦荣协助他开展工作。

李广义听了王尽美对史文彬的介绍后，高兴地说："你说的这个史文彬就是他！他是山东青城（今高青县）人，我们曾一起在济南十二马路的公益铁厂做过工，他后来去了北京。"

"这更好了，有朋友帮忙，你们一定要把那里的真经取回来。"

李广义与苏锦荣到了长辛店，史文彬热情接待了他们，还让他们住在自己家里，不仅向他们详细介绍长辛店工人俱乐部的情况，还领他们到工人补习学校、娘娘宫工人活动点参观，让他们很受教育与启发。

王尽美根据李广义、苏锦荣从长辛店学习来的经验，指导济南大槐树机厂工人，于1921年6月在济南大槐树北街增盛东酱菜园后院的五间房子里，成立了津浦路大槐树机厂工人俱乐部。

俱乐部开办了四处工人补习班，王尽美定期前来给补习班的工人上课。他讲课通俗易懂、深入浅出，常结合身边的实际例子，用提问的方式向工友们阐述一些大道理。

一次，当他讲到工人是世界的创造者时，就提问道："你们创造了大量财富，为什么却吃不饱穿不暖？"随后讲解说："原因就是你们创造的劳动果实都让工厂主、监工、领班这些人合伙占有了。"

接着，他教导工人："你们要想捍卫自己的劳动成果，就要把所有的工人团结起来，与他们去抗争。"

王尽美对工人充满同情，只要工人有难处，他就想方设法帮着去解决。为了资助生活困难的工人,他还把自己的一些物品拿去典当。有一次，他看到一个工人家的孩子因为馋馒头，哭着向父亲要，他就把王翔千家的馒头拿给他。工人对他很信赖，有困难就找他，有不明白的问题就向他请教，他成了工友们的知心人。

1922年，王尽美从苏俄回到济南不久，就到大槐树机厂工人俱乐部看望工人，许多工人下班后也顾不上回家，就去俱乐部看望他。

他们亲热地问："王教员，半年多没见你了，我们大家都很想念你，你这段时间去哪里了？"

王尽美说："我从去年底就去了苏俄，在莫斯科参加了一个国际性的大会，参加大会的有来自十几个国家的革命者与进步人士。大会结束后，我又在那里参观了他们的工厂、学校、群众团体、农村等地方。苏俄人民虽然生活条件还很艰苦，但是他们脸上都洋溢着翻身当家做主的成就感和幸福感，他们都在为建设美好的新生活而忘我工作着，还把星期六定为义务劳动日。"

工人们听了，都充满向往地说："要是我们也能发动十月革命就好了，把工厂变成我们自己的，我们就不再受压迫受剥削受欺辱了。"

王尽美说："十月革命的胜利，就是俄国工人阶级在布尔什维克领导下联合贫农取得的。"

有人问："我们为什么不能像苏俄工人一样，发动十月革命？"

王尽美说："我们工人阶级现在还比较弱小，还没强大到去战胜军阀与帝国主义的程度。目前，我们工人首先要团结起来，成立一个为工人服务的组织，这个组织就是工会。工会可以为我们工人争取更多的权利与待遇，可以让我们不再受资本家及其走狗们的奴役！"

在王尽美领导和参与下，1922年6月18日，在俱乐部职工学校旧址上建立起了津浦铁路大槐树机厂工会，这是山东工人组织的第一个工会，被称为"齐鲁工会第一家"。

大槐树机厂工会成立后，王尽美经常前来指导，与会员一起参加娱乐活动。在参加活动的过程中，他发现有些工人对参与工会积极性不高，有些会员还想从工会退出来，这引起了他的高度重视。他通过走访与调查找到了原因：工会领导成员中有大半的人是工头，工人没有发言权；由于限制工人的条文过多，让工人感到参加工会后，反倒不自由了。

他以"求真"的署名在《山东劳动周刊》上刊登了《大槐树机厂一个工人告厂友书》一文，指出了工会存在的不足，倡议会员要有责任心，要关心热爱工会工作，把工会发展成真正为工人服务的组织。

为了让会员学习文化知识，提升他们的知识水平和认知力，1922年7月，经王尽美倡议，在大槐树广智院成立了济南工友读书会，他还制定了《济南工友读书会宣言》《济南工友读书会公约》，倡议工友每天要省出点时间用来读书，每星期日开一次研究会，轮流讲述读书心得，每月请专业人员进行一次讲演。

在王尽美与中国劳动组合书记部山东支部的培养教育下，工人的认识水平和思想觉悟很快得到了提升，他们不仅认识到工会组织的重要性，还在工会领导下开始争取自己的权利和待遇。

大槐树机厂的工人在工会组织下，向厂方提出增加薪资等三项要求。当遭到厂方拒绝后，他们立即动员全厂工人消极怠工，同时，派代表到天津路局请愿，与局长进行说理斗争。经过7天的不懈斗争，厂方终于答应了工人的要求。

大槐树机厂工会领导工人通过斗争取得了胜利，这让工人们认识到了团结的力量，认识到了工会的重要性。于是，越来越多的工人加入了工会。

大槐树机厂工会的成立就像一束曙光，让工人看到了光明的前途；又像一面旗帜，召唤着工人阶级为捍卫自己的权益去进行斗争。

二

大槐树机厂工会成立后，王尽美就赶赴淄博煤矿。

淄博是当时山东最大的煤矿基地,有着上万名煤炭工人。自从中共一大后,王尽美就把目光投向了这里,曾多次到这里进行社会调查,了解工人疾苦,进行革命宣传。

淄博煤矿工人的生存条件十分恶劣,正如当时流行的一首歌谣唱的那样:"煤矿工人苦难言,下井如进阎王殿。来到井下用目观,好像地狱无二般。来往伙夫(采煤工人)如鬼状,监工把头赛判官。棍子打,巴掌扇,拳打脚踢家常饭……"

1922年6月,王尽美来到淄博煤矿后,与早先到达这里的王用章一起到淄川、十里庄、南旺、大昆仑、南定、西河等矿区了解情况。

为了真实了解工人的井下生活,他还跟着矿工一起下煤矿,热情地与工友们攀谈、握手。工友们的手又脏又黑,不好意思伸出来与他握手,他却硬是紧握着他们的手说:"正是你们沾满炭泥的手,挖出了煤炭,温暖了千万个家庭,为国家创造了大量的财富。这是光荣的双手,这是造福社会的双手。"

工友们听了都很感动:"还是王同志把我们这些'煤黑子'当人看。""煤黑子"是矿主对煤炭工人的蔑称,说他们浑身黢黑得像炭黑一样。

王尽美问工友们:"你们天天埋在炭堆里,豁上性命干十二个多小时,工资仅得二三毛钱,连吃穿都不够。为什么你们辛苦劳动创造了大量财富,反而吃不饱、穿不暖?"他见他们说不出原因,就解释说:"这是因为你们创造的财富都被矿主等剥削阶级夺去了。"

工友们问他怎么才不受矿主的剥削,他说:"工人阶级只有通过工会组织团结起来,才有力量向剥削阶级争取我们的权利。"

他还把以前编写的歌谣教给工友们唱:"工人白劳动,厂主吸血虫;工人无政权,世道太不公;工人站起来,革命打先锋。"

王尽美在洪山镇马家庄机器图算学校多次召集矿工开会,了解工人的疾苦和诉求,向工友们讲解成立工会的意义就是"把工人组成一个团体,专门给工友们谋取利益"，还散发《劝工友们速来入会》的传单。

当王尽美听说矿上有一个叫王老倔的矿工，长年生病，家庭十分困难，但动员他入会，他却死活不肯时，就悄悄对王用章说："除留下我们的路费外，你把身上带的钱全给我。"

王用章不解地问："你要钱干什么用？"

他说要帮助王老倔。

"把钱都拿出去，我们吃住怎么办？"

"咱就与工友们一起吃住。"

当王尽美把钱递到王老倔手上时，王老倔感激涕零地说："王同志，你真是我们家的大救星啊。"

王尽美说："工会才是工人阶级的大救星。我们每个工人要想争取到更多的权益，就要依靠自己的工会组织。"

王老倔惭愧地说："我现在才算真正明白了，王同志无论做什么都是为了我们工人好。只要王同志让干的事，我以后都毫不犹豫地干。我现在就申请加入工会。"

煤矿工友都说，王尽美是他们"煤黑子"的知心人。

6月25日，山东矿业工会淄博部发起会在洪山镇马家庄机器图算学校宣告成立，王尽美在大会上发表了演讲，并在会后亲自撰写了《矿业工会淄博部开发起会志盛》一文，及时报道了大会的盛况。

工会成立大会结束后，王尽美向王用章打听起王炊事员的情况。

王用章说："他很上进，正想要求加入党组织。"

王尽美说："你带我过去看看他吧。"

这时，忽然一个矿工找到王尽美说："王同志，你不认识我了？"

来人正是他要找的王炊事员。

王尽美惊喜地说："我正要过去看你，你怎么找到这里的？"

王炊事员说："刚才召开工会成立大会的时候，我就在现场。当你讲话的时候,我还狠劲为你鼓掌呢。散会后,我想找你,又怕你官大了见不上。后来我考虑再三,怎么也得见上你一面,就跟在你们后面来了。"

王尽美询问他家的情况,他说在矿上虽然又苦又累,但是能够养家糊口,他父亲的病比以前好多了,他大妹妹也离开了那个肮脏的地方。

他问王尽美:"你现在怎么改成这个名字了?"

王用章向他解释说:"王同志参加完中共一大后,为了表达他对实现共产主义理想的坚定信念,就把名字改为了王尽美。"

王炊事员听了后,就让王尽美帮他改个名字。王尽美见他执意要改,就问:"你还记得我写在你蒲扇上的赠言吗?"

"记得!当然记得。那四句话早就刻在我的脑海里了。"王炊事员随即说道,"为何贫穷并非命,乃因世事太不公。如把脑筋肯放开,天下大事无不成。"

"咱们穷苦人不要害怕贫穷,只要我们敢想敢做,就没有做不成的事,就能够改变我们贫穷的命运。"王尽美欣慰地说:"你就改名叫王开成吧。脑筋一开,办事就成,只要想做,没有不成。"

第四章　创办《山东劳动周刊》

一

在王翔千的努力筹备下,《山东劳动周刊》在1922年7月9日这天创刊了。

报刊第一号上重新发表了王尽美撰写的《创刊宣言》和《尽美附记》。《尽美附记》是王尽美为津浦铁路的司机傅长义写给编辑部的一封控诉信作的评论。傅长义在控诉信里写道:他在津浦铁路当火车司机已经数十年了,一直没有犯过大过,只因为有一次工段长查车时见存着四个破煤筐,就把他开除了,结果导致他的妻子气恼而死,撇下两个年幼的孩子整日号哭。他无奈之下,想借助《山东劳动周刊》讨个公道。王尽美在《尽美附记》中,对傅长义的遭遇表示了极大的同情,控诉了当权者对工人的随意欺压,表达了对工人兄弟深切的关怀,并为工人阶级指明了斗争方向。

二

《山东劳动周刊》虽然办起来了,但是王尽美他们却为了刊物的出版与发行付出了极大的代价。

他们除拖欠了一身债务外，还把自己贵重的物品都拿去作了抵押。

有一次，王尽美为了支付印刷费，把身上的钱全部掏光了，连一分饭钱都没剩下。无奈之下，他只好找到王乐平说："我出门走得急，身上忘了带钱，给我三毛钱，我把车费付上。"

当王尽美从王乐平手中接过钱要往外走时，王乐平家的佣人好心地对他说："你先在屋里坐着吧，我去替你付车费。"

他不好意思地低声说："我连早饭都没钱吃了，哪还有钱坐车，我这是要去饭馆先填饱肚子。"

那个佣人听了后，疑惑不解地问："你们共产党人怎么越革命越穷啊？连饭都快吃不上了。"

王尽美说："我们共产党人干革命不是为了中饱私囊，我们吃不上饭，是为了让更多的贫苦大众吃上饭。"接着戏谑说："因此，我们就要多向您家老爷这些国民党官员'敲竹杠'。"

王翔千听说这事后，感叹地说："三毛钱竟让英雄气短，让一个堂堂的共产党组织的负责人而折腰，真是'贻笑大方'啊！"

王尽美说："英雄气短又何妨？只要为了革命，为了全天下的劳苦大众早日过上好日子，不用说折腰了，就是从我身上割肉，我也在所不惜！"

这就是一个革命者的胸怀与气度啊！他们为了革命，为了劳苦大众，从不计较个人的荣辱得失。

第五章　山海关风暴

一

中共二大结束不久，中共中央决定把中国劳动组合书记部山东支部并入北方部，王尽美被调到中国劳动组合书记部北方部工作，参与领导北方12个省16个大城市的工人运动。

他到北京不久，受中共北方区领导人李大钊的派遣，作为中国劳动组合书记部的代表到山海关领导山海关地区的工人斗争。

山海关古称榆关，扼京奉铁路的咽喉，既是华北通往东北的要冲，又是临榆县政治经济中心，这里有一家中英合办的铁工厂，工人数千名，是当时中国最大的桥梁生产企业。

1922年9月初，化名刘瑞俊的王尽美在北国萧瑟的秋色中，风尘仆仆地来到了山海关。

他先到了山海关南门外的府庆里，与山海关京奉路工友俱乐部的领导人杨宝昆取得了联系。

杨宝昆是一名共产党员，原是长辛店工人俱乐部的委员，1921年10月，受中国劳动组合书记部北方分部的派遣，来到山海关铁工厂成立了京奉路工友俱乐部。

为了深入铁工厂开展工作，王尽美向杨宝昆提出要到厂里当工人。

杨宝昆上下打量了他一番，摇头说："不行不行，工厂里的活儿太累，你吃不了这个苦。"

王尽美笑着说："杨兄，你以为我是个公子少爷啊，我可是贫苦出身，从小就吃苦受累，地里什么样的农活儿都干过。从事革命以后，也常进工厂、下煤矿与工人一起劳动，还被称过'煤黑子'呢。"

杨宝昆好奇地问："什么是'煤黑子'？"

王尽美气愤地说："这是煤矿主对我们煤矿工人的蔑称！"

杨宝昆不解地问："你又不是煤矿工人，怎么会称呼你'煤黑子'？"

王尽美顿时来了兴头，把棉袄扣子一解，向杨宝昆讲起他在淄博煤矿成立山东矿业工会淄博部时的经过。

王尽美为了亲身体验煤矿工人的艰辛，曾与罗章龙在井下待了半个月，成了一名真正的煤炭工人。有一次，他带领工人向矿主争取权益，矿主指着他轻蔑地说："你也不瞧瞧自己是什么身份，就你这么个小小的'煤黑子'还有资格跟我说话？"

杨宝昆听了气愤地说："这些资本家也太嚣张了，他们根本就没把咱们工人放在眼里。"

王尽美说："因此，我们要把工人团结起来，与他们进行斗争！要想把工人团结起来，就要与他们打成一片。杨兄，只要工厂肯收我，让我干什么都行。"

杨宝昆想了想说："我找找厂里，让你跟着我学习翻砂吧。"

二

9月中旬的一个上午，杨宝昆领着王尽美走进了铁工厂的铸造车间。

他向工人们介绍王尽美说："工友们，这位是我们车间新来的学徒工刘瑞俊，是我山东的一个远房表弟，以后跟着我学翻砂，请大家今后多多关照。"

杨宝昆在工人中很有威望,工友们都表态说:"你放心,你的表弟就是我们的表弟。"

杨宝昆又单独把刘武和佟惠亭两位师傅介绍给王尽美认识。

刘武是北京宛平县人,在厂里当铁匠,小时候习练过武术,他仗义执言,敢与工头硬碰硬,深得工友们的信任。

王尽美见他身强力壮,耿直豪爽,对他很有好感,上前与他握手。

刘武端详着王尽美问:"瞧你文质彬彬的,当过教书先生吧?"

王尽美笑了笑说:"教书先生没当过,只是读了几年师范。"

刘武说:"只要读过师范的就是教书先生。我们都是大老粗,以后如有冒犯之处,还望多多包涵。"说完,向王尽美双拳一抱。

王尽美也忙抱拳回敬。

杨宝昆又对旁边一个四十多岁的工人说:"我把表弟叫到咱们这里来,就是想让他到我们工友俱乐部教工友们学文化。佟师傅,你觉得怎样?"

那人叫佟惠亭,天津人,在车间当车工。他办事沉稳干练,一身正气,很注重维护工友的利益。

佟惠亭一直在观察着王尽美,见杨宝昆问他,就说:"没问题!我瞧着刘表弟绝不是个寻常之辈。"

他见王尽美要与他握手,忙把手往后缩着说:"我满手是油,握不得。"

但王尽美还是紧紧握住他的手说:"这才是真正劳动者的手,是创造劳动财富的手,也是让我们工人阶级引以为豪的手!"

从此王尽美就成了铸造车间的一名学徒工。

三

由于王尽美干活不怕累,对工友又热情,很快与工友们熟悉起来,工友们都亲切地叫他刘学徒。

他白天在车间翻砂,晚上到工友俱乐部教文化,并以教文化的名义对工人进行革命宣传。他讲课通俗易懂、生动有趣,工友们都喜欢听。

他向工人们讲述苏俄工人阶级的生活状况,说那里的工人就是工厂的主人,不受压迫与剥削。

工友们听了都充满向往地说:"要是铁工厂也是我们工人自己的就好了,再不用受总管、工程师、监工那些人的压迫和欺诈了。"

王尽美鼓动他们说:"你们要想让工厂成为我们自己的,就要像苏俄一样进行十月革命。"

他又向工友们介绍着什么是十月革命、什么是马克思主义。

工友们虽然不能完全理解他讲的这些革命道理,但见他经多见广、很有学问,都从心里佩服他。

王尽美也很快与刘武、佟惠亭等人建立起了友谊。他们遇到问题时,就会找王尽美请教;王尽美对他们也很倚重,常让他们陪着自己到工友家做客,帮着工友排忧解难。

厂里有个叫佟一丁的师傅,为人老实憨厚,家里有四个未成年的孩子,老婆又常年生病,全家就靠他一个人挣钱养家。监工赵璧的儿子结婚时,他因为没钱去送礼,赵璧对他怀恨在心,故意找碴为难他。上个月,佟师傅因去给老婆抓药,上班迟到了几分钟,赵璧知道后,不仅劈头盖脸打了他一顿,还扣了他半个月的工钱,导致他家都揭不开锅了。王尽美听说这事后,叫上刘武和佟惠亭,提着一袋子粮食去佟师傅家看望。

从佟师傅家出来后,王尽美心情沉重地说:"工友生活得太苦了,我们一定要替他们撑腰说话。"

刘武说:"从工头到监工都与资本家狼狈为奸,欺压工人。我们身单力薄,怎能为工友撑腰说话?"

王尽美握紧拳头说:"团结就是力量!只要我们通过俱乐部把工人团

结起来，形成一个拳头，就有资本跟资本家及其他们的走狗们进行斗争，就能为工友们争取更多的权益。"

王尽美了解到，工人最痛恨的就是监工赵璧。赵璧仗势欺人，对工人十分恶毒，工人们一直试图把他扳倒，只是苦于没人带头。他们见王尽美有见识，又好帮助人，就想让他帮着把赵璧拉下台。

王尽美也正想把扳倒赵璧作为开展斗争的切入点，就答应了工人的请求，他嘱咐工人先搜集扳倒赵璧的证据。

赵璧的后台是英国籍总管包孟和工程师陈宏经等厂方势力，要想扳倒他绝非易事，必须借助全厂工人的力量。王尽美想通过工友俱乐部把全厂工人组织起来，但是俱乐部成员关系很复杂，彼此分帮结派，很不团结。要想把俱乐部整顿成一个强有力的领导团体，首先要解决帮派的问题。于是，王尽美通过夜校开始对工人进行开导。

王尽美问："你们反对哪个资本家？"

工友们回答说："凡是资本家我们都反对。"

王尽美又问："赵璧不剥削哪个帮？"

工友们回答说："他哪个帮也剥削。"

王尽美听了深有感触地对工人们说："是啊，在这个世界上无论是外国的资本家，还是中国的资本家，剥削是他们共同的本性，他们不管什么天津帮、唐山帮、南皮帮、塘沽帮，只要是工人，他们都会进行剥削。作为资本家走狗的赵璧，他虽然是天津人，不照样剥削天津帮吗？因此，我们不能对他们抱有任何的幻想，他们与我们就是压迫与被压迫、剥削与被剥削的关系。"

刘武愤怒地站起来说："我们不能就这样白白地忍受他们的压迫与剥削！"

王尽美肯定道："说得对！我们就要反抗他们的压迫与剥削！"

有人问："我们怎么去反抗他们？"

王尽美忧虑地说："他们仗着自己有钱，对外买通了当地政府，对内又豢养着像陈宏经、赵璧这样的一批走狗与打手，我们要是与他们单打独斗的话，无异于以卵击石。"

有的工人一听就急了，高声嚷嚷说："难道我们就任由他们剥削与压迫吗？我们就没有对付他们的办法了？"

王尽美环视着在座的所有工人，见他们的斗争热情已经被鼓动起来，心里暗暗高兴。

他让他们先安静，然后说："办法倒是有，就看我们想不想做了。"

工友们急切地问是什么办法，王尽美斩钉截铁地说："把我们的工友们全都团结起来，一起与他们进行斗争！"

王尽美见大家都齐声叫好，就开始讲起怎么才能团结起来。

他说："我们不要再分什么帮，要把所有的帮都联合起来，把工友俱乐部当成我们的大家庭。不管俱乐部的成员是哪里人，都要彼此相互信任、相互帮助，当成自家兄弟对待。只要我们工友们团结起来了，就会有力量去与赵璧斗，就能把他拉下台！"他进一步引导说："佟惠亭师傅虽然与赵璧都是天津人，他不照样反对赵璧吗？还有刘武，他虽然是北京人，不照样帮助我们每位工友吗？大家要向佟惠亭和刘武师傅学习，以后不要再拉帮结派，要在工友俱乐部的统一领导下，团结一致。只要你们做到了，我向你们保证，我们很快就能把赵璧扳倒。"

王尽美按照长辛店俱乐部的模式，对工友俱乐部进行了整顿。先召集了一些年轻精干的工人组成了纠察队，让刘武任纠察队总队长，同时兼任俱乐部的总干事。又通过工人选举，选出了俱乐部委员会的委员及委员长，佟惠亭担任委员长，负责俱乐部的日常管理。

王尽美还成立了由杨宝昆任组长的秦皇岛党小组，把刘武、佟惠亭都发展为党员。

在不到一个月的时间里，王尽美就完成了对工友俱乐部的整顿，把俱乐部的领导权牢牢地掌握在党的手里，为开展山海关工人大罢工奠定了基础。

四

这天，工人崔玉书拿着一摞工票找到王尽美，兴奋地说："刘先生，我终于搜集到赵璧吃空额的证据了。"

崔玉书在整理工票时，发现赵璧把已经被除名的工人的名字填在工票上，他经过私下调查，发现赵璧多次通过这种方式骗取工资款。

王尽美听了很高兴，感到扳倒赵璧的机会来了！

他经过一番深思熟虑后，先让崔玉书把赵璧吃空额的丑闻公布于众，把舆论制造出去。接着，他召集俱乐部的骨干成员一起研究斗争策略，决定由杨宝昆、佟惠亭等十五名工人联名向京奉路局写控告信，控告赵璧的所有恶行。控告信写好后，当晚就让俱乐部副委员长景树庭带着赶往天津呈送给京奉路局。

那时，正值长辛店工人罢工取得了胜利，各地工人运动日益高涨之时，京奉路局怕再激起工人闹事，就答应了开除赵璧的请求。但是，工厂的总管包孟和工程师陈宏经，却极力保护赵璧，他们不但不执行开除赵璧的命令，反而把景树庭开除了。

王尽美知道这事后十分气愤，亲自与杨宝昆、佟惠亭、景树庭等人一起去了天津。他们据理力争，迫使天津京奉路局派人到山海关铁工厂进行督办，最终把赵璧开除了。

赵璧被开除，包孟、陈宏经以及与他们狼狈为奸的大小封建把头们都恼羞成怒，开始对闹事的工人进行报复。他们让一个叫高六的亲信接替赵璧当了监工，高六在陈宏经等人指使下处处对工人进行刁难。

有一次，佟惠亭在上班时间上厕所超过了 5 分钟，高六就以此为借口把他开除了。工人们知道这事后，聚集到俱乐部门口，要求俱乐部出面让厂方收回开除佟惠亭的成命。

王尽美看着工人群情激愤的场面，意识到铁工厂的工人阶级已经觉醒了，领导工人开展大规模罢工的条件已经成熟。他立即上报北方区委，决定以开除佟惠亭为导火线发动工人大罢工。

随后，他以工友俱乐部委员会的名义起草了"革除陈宏经，佟、景二人复职；增发奖金；待遇平等，工人家属来往乘车发给免费票"等六项要求。

王尽美把这六项要求写成两份，准备一份交给厂方，一份送到天津京奉路局。

杨宝昆要求让他去天津京奉路局。

王尽美说："参与扳倒赵璧的佟惠亭、景树庭都遭到了他们的打击报复，你要是再出头的话，怕下一个被打击报复的就是你了。"

杨宝昆说："我不怕！"

王尽美说："杨兄，这不是怕不怕的问题，而是你首先要保护好自己。在这斗争的关键时刻，还需要你在工作岗位上发挥更大的作用啊！"

刘武说："刘先生，还是让我去吧。一是我不怕，再一个他们也不敢把我怎么样！"

王尽美想了想，虽然俱乐部这边也很需要刘武，但是去天津京奉路局更需要一个稳妥可靠的人，权衡再三，还是答应了。

王尽美随后把六项要求登在了报纸，向外界公开发布。他又召开工友俱乐部委员会议，决定先向厂方提出工人的诉求，如果厂方不答复，就组织罢工。

为了扩大社会舆论宣传，王尽美把这里的情况呈报给中国劳动组合书记部，由劳动组合部通报全国各地的工人组织。他起草了电讯文稿发往各地的报社。

不久,山海关铁路工人开展斗争的消息迅速传遍全国,各地工会纷纷来电来函表示坚决支持。秦皇岛和开滦煤矿等地的工人俱乐部还派代表来到山海关进行声援,与他们一起并肩斗争。

这些都有力地鼓舞了山海关铁工厂工人的斗志与信心,山海关地区的工人斗争即将拉开序幕。

五

工友俱乐部的呈文送到京奉路局已经十多天了,还不见回复,工人们都很焦急。

刘武气愤地说:"这些当权派根本就没把我们工人的事放在心上!"

景树庭也着急地说:"我们不能就这样眼睁睁地等下去了,要赶紧想办法。"

佟惠亭示意他们先不要着急,他指了指正坐在凳子上低头沉思的王尽美说:"先看看刘先生怎么说。"

王尽美站起来坚定地说:"我们要制造更大的声势,进一步向路局施加压力。"

王尽美与工友俱乐部决定召开工人大会。

9月25日下午6时,1000多名工人在铁工厂北门的一块空地上举行集会。

王尽美在大会上揭露了帝国主义、资本家及其走狗的阴谋诡计,他鼓动工人们说:"我们工人阶级是创造世界的,为什么反被贱视?没有生命和热血的代价是换不来幸福的。只要我们团结起来誓死力争,就没有办不到的事情!如今当局不应允我们的要求,就是想看看我们的实力,我们再不起来奋斗，恐怕就没有好日子过了。"他接着向工人们大声发问道"工友们，如果当局不答应我们的要求，我们该怎么办？"

杨宝昆、佟惠亭、崔玉书等人带领着工人们群情激昂地高喊着："我们要誓死力争！""如果当局不答复我们的要求，就马上罢工。"

9月30日，京奉路局虽然给俱乐部送来了批复的公文，但是对罢免陈宏经及恢复佟、景二人的要求只字未提，对其他要求也是含糊其词。同时，还以关闭工厂来对工人进行威胁。

山海关铁工厂工人于10月1日召开了第二次露天大会，并派人再次去天津与路局谈判。

京奉路局非但毫无解决问题的诚意，还采取软硬兼施、挑拨离间的卑鄙手段欺骗着工人。

为了不让反动当局的阴谋得逞，王尽美当机立断，号召铁工厂的工人马上进行大罢工。

六

1922年10月4日，声势浩大的山海关铁工厂工人大罢工开始了。

王尽美把起草的《山海关工人宣告罢工真相》印成宣传单，散发到工人手里，贴满山海关的大街小巷，随后又发表在《民国日报》上。

山海关工人罢工的消息很快在长城内外传播开来，罢工得到了全国许多工人组织的支持与援助。唐山五矿的三万多工人每人还捐献一天的工资，从经济上给予罢工强有力的支持。

王尽美随时把报纸上刊登的有关罢工的消息，以及全国兄弟工会发来的信函读给大家，鼓舞他们说："工友们，我们不是在孤军奋战，而是有成千上万的工人阶级兄弟与我们一起并肩战斗。"

王尽美白天带领工人进行罢工，晚上与俱乐部成员开会。开完会，他又忙着撰写文件、起草电文，每天都工作到深夜，有时还彻夜不眠。

房东鲁懋堂看他这样操劳，心疼地劝说道："刘先生，你不能这样熬夜啊，身子骨就是铁打的也经不起这样的折腾。"

王尽美揉了揉疲倦的双眼笑笑说："我会注意的，可是……"他指了指堆积在眼前的文件说："这些电稿、文件可不等人啊！我必须赶紧写出来发到各地去，好让全国各地都能及时了解我们的罢工情况，得到他们的支援啊。"

鲁懋堂听了王尽美的话，无奈地说："你工作上的事，我们也不懂。我们只是担心，要是把你身体累垮了，谁还能为我们工人排忧解难。"

"只要能为你们工友们多争取利益，我是累不垮的。"王尽美说着，又忍不住咳嗽起来。

鲁懋堂关切地说："这几晚上，我们经常听到你咳嗽，有时咳嗽得连我们都跟着难受。你是不是……"

王尽美忙抱歉地说："鲁师傅，真是对不起，我打扰你们休息了。"

鲁懋堂忙摆手说："我们不是这个意思，只是我老伴担心你受了风寒，让我劝你去医院检查检查。"

"没事的，也许这里天冷，我初来乍到还不适应。"

王尽美虽然嘴上这样说，但他心里明白，自己的身体已大不如前了，近来常发热、咳嗽。可是，在这罢工的关键时刻，他哪有时间去检查身体呢！

罢工进行了几天后，京奉路局那里还不见任何动静，斗争进入僵持阶段。王尽美知道这是当局在有意使用拖延之计，他们企图用制造经济困难的办法来削弱工人的斗志。是啊，工人都是靠工资吃饭，有的全家都在铁工厂上班，如果工厂不开工，工人生活就成问题，罢工也就很难坚持下去。

面对这样严峻的斗争形势,王尽美心急如焚,他决定立即召集工友俱乐部的委员们开会,商议对策,尽快取得罢工的胜利。

有人分析说:"当局之所以迟迟不肯答复我们的要求,主要是我们还没戳到他们的痛处,虽然铁工厂不开工让当局受到一些影响,但这种影响只是局部的,对全局没有多大影响。"

王尽美鼓励大家想想用什么办法才能真正戳到当局的痛处。

李耀东师傅说:"我听说前年有辆马车横过铁路时,马突然受了惊吓,把火车给拦住了,这件事让京奉路局十分震怒,一下子开除了十几个相关人员。"

他的话提醒了大家。

"对啊,要是铁路不通车了,想出关的出不去,想入关的进不来,不用说京奉路局,就连北京政府也会被惊动。"

于是,大家开始商议用什么办法使铁路通不了车。

有人建议动员机车司机进行罢工,但机车司机大多是英国人,他们不可能实行罢工。

有人建议用路障把铁路拦住,或者把铁路给破坏了。经过讨论,大家觉得这些办法都不妥,因为破坏铁路是违法行为,正好让当局有了镇压罢工的借口。

正当大家争论不休的时候,刘武忽地站起来把胸脯一拍说:"既然这也不行,那也不行,干脆让俺豁上性命把火车拦住算了。"

王尽美听了,顿时豁然开朗,他有办法了,那就是卧轨截车!

卧轨截车虽然很危险,但是除此之外,再没有更好的办法。

他决定破釜沉舟、背水一战。于是,他站起来也把胸脯一拍说:"我们进行卧轨截车怎样?"

王尽美见大家都表示同意,就第一个报名参加。在他的带动下,工友们也都踊跃报名。

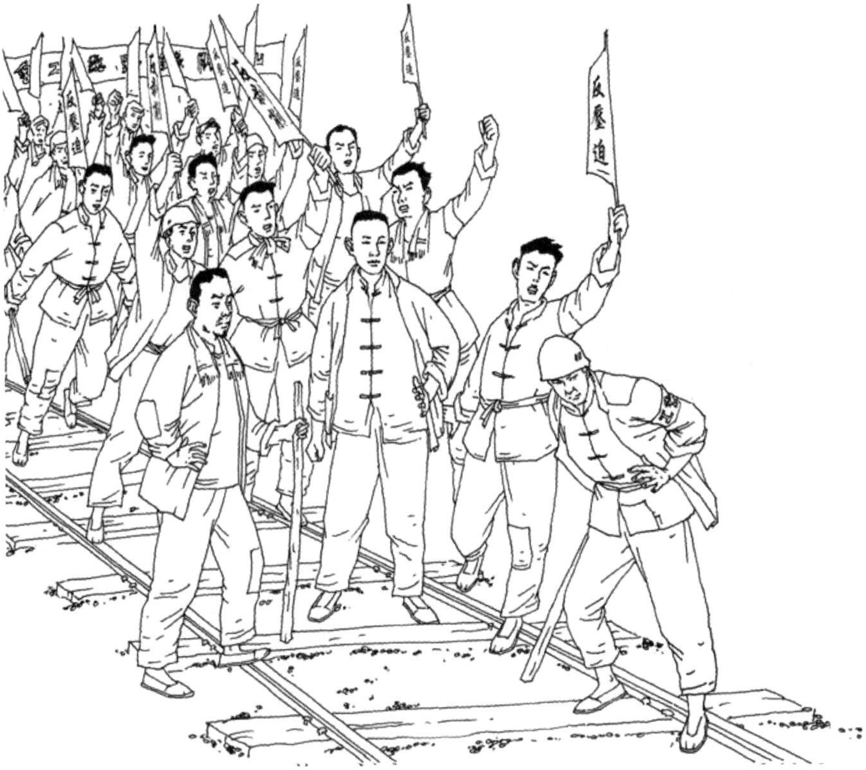
反壓迫

为了保证卧轨截车行动顺利进行，王尽美派佟惠亭等人代表罢工工人，向火车站的站长发出了中断铁路行车的通知。然后，由刘武率领工人进行卧轨拦车。

10月9日上午，刘武带领着1000多名工人高举着罢工的旗帜，像一道巍峨的长城横挡在京奉铁路上。

他们面对着飞速驶来的列车，临危不惧、大义凛然地齐声高喊着："如不答应条件，我们就死在这里！"

一阵阵激昂的高喊声，如同秦皇岛外汹涌的波涛一样，生出排山倒海、惊天动地的力量。

眼看着火车离卧轨的工人们越来越近了，中国司机不忍心看着自己的阶级兄弟就这样惨死在车轮下，他不顾身边英国机务纠察的阻拦，愤怒地将英国机务纠察推倒在一边，紧急刹了车……

在王尽美的正确领导下，山海关铁工厂的工人经过近半个月的坚决斗争，终于取得了罢工的完全胜利。

这次罢工就像飘扬在北国寒风中的一面猎猎旗帜，有力地鼓舞了京奉铁路沿线工人的革命斗志。

不久，王尽美又与罗章龙、邓培等人一起组成了开滦五矿工人同盟大罢工指挥部，他具体领导秦皇岛码头工人的罢工。

王尽美又在秦皇岛掀起了码头工人大罢工的怒潮。

七

正当工人运动进入高潮的时候，风云突变。

1923年2月7日，反动军阀吴佩孚向京汉铁路罢工工人举起了屠刀，制造了二七惨案，一场血雨腥风弥漫在中原大地上，白色恐怖笼罩全国，工人运动陷入了低潮。

山海关、秦皇岛地区的反动当局，趁机向工人进行反扑，危险也向王尽美袭来。

1923年2月中旬的一天中午，当王尽美与杨宝昆等工人下了班刚走出铁工厂时，早已守候在厂门口的军警一拥而上，把他们抓了起来。

佟惠亭听说王尽美与杨宝昆等人被抓，赶紧派人查明被抓的原因。原来杨宝昆的妹夫向官府告发了他们。

杨宝昆的妹夫姓张，原是山海关铁工厂翻砂车间的二把头，人称张把头。他为人贪婪凶狠，带领身边的一些恶棍无恶不作，经常对工人敲诈勒索。王尽美来到铁工厂后，对京奉路工友俱乐部进行了整顿，加强了党对工人俱乐部的领导，杨宝昆趁机把张把头这股恶势力搞垮了。他为此怀恨在心，一直伺机报复。当二七惨案发生后，他看到工人运动遇到挫折，就趁机落井下石，向临榆县政府告发王尽美等人"聚众闹事"。

王尽美领导工人成立工会、进行罢工，早就引起临榆县反动当局的注意与仇视，他们曾对王尽美进行秘密查访，多次想进行报复，鉴于当时工运正处在高潮，才没敢贸然下手。当白色恐怖的乌云笼罩在山海关的上空时，他们感到时机已到，正想对王尽美等人下手，见有人状告他们，就迫不及待地派军警对他们进行了抓捕。

佟惠亭弄清事情原委后，立马召集工人纠察队，押着张把头一起来到临榆县政府。

400多名纠察队员声势浩荡地围住县政府，把纠察队的旗帜插到县政府的大门口，齐声高喊着："如果不放人，我们就冲进县政府！"

临榆县的张县长怕事态闹大，答应与佟惠亭等工人代表进行对话。

佟惠亭让工人纠察队在外面等着，他与几个代表走进县政府。他对张县长义正词严地说："这是张把头对王尽美、杨宝昆等人的诬告。"接着，他说明了张把头诬告他们的原因。

他见张县长听后没有表态，就说："我们已经把张把头带来了，如果你不相信，可以当面澄清！"

张县长说："不必了，我们不是因为听信一面之词才去抓人的，而是另有原委。"

佟惠亭说："我们不管什么原因，只要你们抓我们的工人，就先要跟我们工会打招呼，不然产生的一切后果要由你们县政府负责。"

他话音刚落，大门外就传来"赶快放人，不然就冲进去"的阵阵怒吼声。

张县长见工人群情激愤，怕众怒难犯，再说他们抓王尽美等人也没真凭实据，就决定暂且放人。

王尽美被释放后不久，临榆县政府就公布了"取缔山海关铁工厂工会"的政令。

工人们要进行抗争，被王尽美制止了。他先向工人分析了目前不断恶化的斗争形势，开导他们说："当反动当局疯狂时，我们不要一味与他们硬拼，要讲究斗争策略，要学会保护自己。留得青山在，不怕没柴烧。"

为了避免出现重大损失，王尽美决定把工会的牌子暂时隐藏起来，把工友俱乐部变成工友娱乐部。同时，让秦皇岛党小组也转入秘密活动。

他担心工人气馁，就鼓励他们说："乌云遮不住太阳，困难只是暂时的。只要我们不失去斗争精神，工人运动的高潮很快就会重新到来。"

不久，北洋政府张贴出布告，宣称"主张共产，宣传赤化，不分首从，一律处死"，并向铁路沿线各站通缉抓捕中国劳动组合书记部的所有成员。王尽美的处境日益艰难与危险起来。

鉴于形势的异常严峻，秦皇岛党小组建议王尽美尽快离开山海关返回北京。

王尽美拒绝说："不能公开活动，我就进行秘密活动。只要上级没有指示，我就一直和山海关的工人兄弟斗争在一起！"

不久，上级党组织通知王尽美回北京任职。

当工人们听到王尽美要走的消息后，纷纷前来送行，有的给他路费，有的送他礼物，他都一一谢绝了。

他望着眼前这些朝夕相处的工友们，动情地说："大家的心意我领了。我希望你们不要忘记斗争，早日过上像苏俄工人一样当家做主的好日子。"

他还嘱咐工友们有空就去北京看他，也可以给他写信。

为了确保王尽美路上的安全，秦皇岛党小组上演了一出"瞒天过海"的好戏。他们为了迷惑反动当局，就让一个工人装扮成王尽美，工友俱乐部为他举办了一场欢送会。等欢送会结束后，让他沿着铁路往天津方向走去……

此时的王尽美早已化装成邮差乘着火车离开了山海关。

王尽美离开山海关是在1923年2月的一个风雪交加的黄昏。

他凝视着窗外，深情地望着大雪纷飞的这片土地，感到难舍难离。

他虽然在这里工作了不到半年的时间，但是他与这里的工友们朝夕相处，并肩战斗，一起成立了秦皇岛地区第一个中共党组织，一起取得了山海关铁路工人大罢工的胜利，已经产生了深厚的革命感情。

至今，山海关这片王尽美曾经工作过的地方，还到处留有着他光辉的足迹，他的革命事迹继续传颂在这片土地上，传颂在山海关桥梁厂，传颂在秦皇岛的码头上，传颂在工友们的后代中。

第六章　主持济南工作

一

1923年3月初,王尽美从北京调回济南,全面主持中共济南支部工作。

此时,济南城依然春寒料峭,大明湖还被冰雪封盖着。王尽美与王翔千在大明湖畔边走边交谈着,脚下的冻雪被踩得发出嚓嚓的声响。

王尽美看见湖边玩雪的孩子,突发兴致地问王翔千:"六爷,你还记得第一次领我来这里的情形吗?"

王翔千想了想,摇摇头说:"不记得了。你怎么忽然想起了这件事?"

"那是我第一次来大明湖,记忆颇深啊!"王尽美指着不远处的超然楼说:"你还领我们去了超然楼,你说济南有座超然楼,诸城有个超然台。你还介绍说,超然台是苏轼当年任密州太守时修建的,它的名字是苏轼的弟弟苏辙给起的,取《道德经》中的"虽有荣观,燕处超然"之意,苏轼的千古绝唱《水调歌头·明月几时有》就是在超然台上因思念苏辙而写成的。它不仅是一座历史文化坐标,还是兄弟手足之情的结晶。你还带我们去扁食楼吃饺子,那里的饺子真好吃,现在想起来还觉得口有余香。我当时就想,等有了钱,我一定要在这里回请您,可是这个想法到现在也没有兑现。"

王翔千笑笑说:"只要你心里还惦记着这顿饺子就好。"

他们把话题转到了工作上。

王翔千忧心地说:"中共济南支部在你离开这半年里,工作没有取得什么新的进展。我作为济南党支部的老同志,深感惭愧。现在革命又处于低潮,许多工作更是难以开展。"

王尽美说:"二七惨案虽然给我们工人运动造成了重创,使全国革命笼罩在北洋军阀制造的白色恐怖之下,但是作为一个真正的革命者,越是在困难关头越要挺身而出。我近期要在济南弄出几个大动静来,让我们济南的党组织以战斗的姿态向反动军阀发出挑战,以此振奋革命士气、鼓舞革命信心。"

王翔千惊喜地问:"你打算弄出什么大动静?"

"我这次回到济南,虽不算新官上任,但也要烧起三把火。第一把驱走寒冷,第二把点燃希望,第三把照亮……"

王尽美说着话,又咳嗽起来。

王翔千警觉地问他是不是病了,王尽美忙掩饰说:"可能让冷风呛着了。"

王翔千瞧着他说:"你的气色很不好,听说你在山海关很拼命,除了没白天没黑夜地工作外,还省吃俭用,把节省出的钱都拿去帮助困难工友了。这样会把身体搞垮的。"

王尽美笑笑说:"没事,我心中有数。"

王翔千郑重地告诫他说:"你的身体不只是你的,还是党组织和你家人的,我作为你的兄长与同志,要对你的健康负责。在你回来之前,罗章龙就已来电要求我们务必注意你的身体,说你近期身体状况一直不好,一定要让你去医院检查。"

王翔千见王尽美只是点头,没有明确表态,就生气地说:"少对我打哈哈!你说到底什么时候去检查,我陪着你!"

王尽美忽然感到内心涌起一股暖流,这股暖流就是来自战友真挚的关爱啊!

他眼睛有些湿润,却强作笑颜地说:"我的好六爷,你总得给我时间啊。"他见王翔千正表情严肃地注视着自己,忙收敛起笑脸认真地说:"等烧完这三把火,我一定去!"

二

王尽美召集中共济南支部与团济南地委的同志开会,他分析完当前严峻的斗争形势后,鼓励同志们说:"越是斗争形势严峻,越能彰显我们党的革命勇气,越能考验我们的革命意志。与反动军阀作斗争,要讲斗争策略,更要展示出我们英勇不屈、敢于斗争的革命精神。"

团济南地委负责人贾乃甫充满斗志地说:"反动军阀向我们举起屠刀,我们就要勇敢地冲上去与他们进行殊死搏斗!"

"对!越是斗争形势严峻,我们越是要与他们作坚决的斗争,绝不退缩!"其他人也同仇敌忾地响应道。

王尽美看着充满斗志的战友们,高高举起拳头坚定有力地说:"虽然时下的济南还被寒冷笼罩着,但是我们要让它暖起来、热起来,让这里的春天早日到来。为此,我们要在济南烧起三把火,第一把火驱走寒冷,第二把火点燃希望,第三把火照亮前途。"他对贾乃甫说:"第一把火就烧在五一劳动节这天,由你们团济南地委负责。你们要召集各行各业的工人代表参加,不仅要在会上踊跃发言、散发传单,还要举行游行示威。第二把火由党的特派员吴容沧带头燃烧。"

吴容沧疑惑地问:"我们怎么烧?"

"你们就在 5 月 5 日那天烧,以济南马克思学说研究会的名义召开纪念马克思诞辰 105 周年大会，会上不仅要宣传马克思学说，还要用马克思的革命斗争精神激发起人们反帝反封建的斗争热情。"

5 月 1 日这天，团济南地委召集济南各行各业近 500 名劳动者举行了五一国际劳动节纪念大会。纪念活动搞得很热烈，参会人员热情高涨，慷慨陈词，争相发言。他们本想举行游行示威活动，由于遭到当局的严令禁止，只好在街上散发着传单，用传单的形式介绍五一劳动节的由来，揭露资本家对工人阶级的剥削与压迫，号召工人阶级联合起来，以苏俄工人阶级为榜样，打倒军阀、打倒帝国主义，为自由而战，为解放被压迫的人民而战。这次活动极大地鼓舞了工人群众的斗争士气。

第一把火还没熄灭，王尽美又点燃起了第二把火。

三

5 月 5 日这天上午，济南马克思学说研究会在教育会场召开了隆重的纪念大会，参加大会的主要是学生与教育界的其他人士。王尽美亲自主持了这次大会，他用炭笔画了一幅一米高的马克思画像悬挂在主席台的正中央。

许多人还是第一次见到马克思的画像，他们都好奇地端详着，有的说马克思长得像头怒狮，有的说他的胡须像燃烧的怒火，还有的说他宽大的前额闪烁着智慧的光芒。

会场四周贴满了"打倒国际帝国资本主义""推翻武人政治"等标语，王尽美用俄语领唱《国际歌》，贾乃甫、王辩、侯志等社会主义青年团团员们跟着高唱着：

"起来，饥寒交迫的奴隶

起来，全世界受苦的人！

满腔的热血已经沸腾

要为真理而斗争！

旧世界打个落花流水

奴隶们起来，起来！

不要说我们一无所有

我们要做天下的主人！

这是最后的斗争

团结起来，

到明天

英特纳雄耐尔就一定要实现

……"

庄严雄浑的歌声响彻济南的上空，让会场上的人们群情激昂，斗志昂扬。

唱完国际歌，王尽美作了长篇演讲，介绍了马列主义的基本原理和十月革命的经验。他边讲边挥动着手中的传单，号召大家要到工人中去，要到市民中去，要到农民中去，团结一切可以团结的力量，同心同德一起进行反帝反封建的斗争。他越讲声音越激昂，越讲感情越澎湃。他先解下脖子上的围巾，又解开上衣的扣子，让浑身沸腾的热量散发出来。他挥舞着手臂酣畅淋漓地演讲着……

侯志激动地对王辩说："你瞧！王同志就像一团燃烧的烈火，快把整个会场点燃了。"

王辩也激动地说："我看他更像一位斗士，正挥舞着手臂要去砸碎这个黑暗的旧世界。"

王尽美精彩的演讲给400多名与会者上了生动的一课。

这次大会进一步扩大了马克思主义的影响，激发了人们反帝反封建的爱国热情。

四

在短短五天的时间里，王尽美与同志们相继烧起了两把大火，映红了济南的天，照亮了人们的心。

同志们都说这两把火烧得旺，烧得好，让人们在寒冷中感受到了温暖，激起了广大群众战胜白色恐怖的勇气与热情。

有人急切地问："我们第三把火什么时候烧？"

王尽美信心百倍地说："很快！"

在参加纪念五一国际劳动节大会的头一天，王尽美心中就有了烧第三把火的目标。

那天，他去一家剃头铺理发，当问起剃头师傅的收入时，剃头师傅满腹牢骚地说："都快关门歇业了，还谈什么收入。"

王尽美问他是怎么回事，剃头师傅说："警察厅为了搜刮百姓巧立名目，要对所有理发店、剃头铺征收卫生执照捐，我这个剃头铺每月就要交1元的税。本来一月下来剩不了几元钱，再交了税，一家老小吃什么喝什么！"

他关切地说："你们不能这样坐以待毙，要想应对办法。"

剃头师傅说："我们理发工正在串联罢工。"

他感到机不可失，决定充分利用这个机会，在全市搞一次理发工人大罢工。

第三把火从1923年7月11日开始燃烧起来。

这天上午，700名理发工人参加集会要求减免卫生执照捐，并痛打了负责征税的理发工会会长李德石，警察逮捕了3名理发工。

为了要求免去卫生执照捐、释放被捕工人，济南数千名理发工人，从12日至15日连续在千佛山举行罢工集会，王尽美在15日举行的大会上发表讲话，在他的鼓舞下，工人们一致表示"不获胜利决不罢休"。

开完大会后，罢工工人举行了游行示威，前往警察厅请愿。警察厅见理发工人人多势众，怕犯众怒，扩大事态，只好答应了工人们的要求。

罢工胜利后，王尽美指导理发业工人成立了山东理发业联合总会，起草了《山东理发业联合总会成立宣言》。他在宣言中指出：理发业工人要想提高人格，解除压迫，只有结起坚固的团体来。

王尽美把宣言发表在1923年10月10日《平民日报》第一版上。

宣言就像吹响在鲁西嘹亮的冲锋号角，各地闻风而动，长清、齐河、临邑、商河、平原、禹城、济阳等十六个县相继建立了分会，会员很快发展到1700多人。

济南理发业工人大罢工，是新成立不久的中共济南地委领导的全行业的工人罢工运动，在山东工运史上占有重要地位。

第七章　重回北京

一

王尽美在济南烧起"三把火"之后,他又往返于胶济铁路沿线,在淄川、博山、青州、潍坊、青岛等地发动全省的工农组织,让革命之火在齐鲁大地形成燎原之势。反动当局把他视为眼中钉、肉中刺,四处进行通缉。

中共北方区委为保护他的安全,1923年秋,把他重新调回北京。那时北京的革命形势也十分严峻,军阀曹锟当权,北京政治暗无天日,禁锢严密甚于专制帝政时代,杀戮政治党人尤为残暴,故当时北京有刑场之称。

王尽美毫不畏惧,与中国劳动组合书记部的同志每天奔波于北京、张家口等京绥铁路各个站点,重新恢复被军阀破坏的工会组织。同时,还积极筹划着营救二七惨案中被囚禁在保定监狱的革命同志。

曹锟之所以把这些革命同志一直关押在保定监狱,是想从他们身上获取"共党操纵工会、进行赤化"的证据,借此诬陷共产党领导的劳工组织为反动组织,趁机予以取缔,可谓用心险恶!但是,我们狱中的同志表现得很坚强,没有让他们的阴谋得逞。

尽快把保定监狱中的同志营救出来,成了北京党组织的一项重要任务。鉴于当前严峻的斗争形势，已经不能再像过去那样通过游行、罢工等方式开展营救了，只有通过法律手段进行解决，这需要找律师为关押人员作无罪辩护，证明他们参与罢工是为了捍卫自身的正当权益，没有其他政治企图，更不是被某种组织操纵着去破坏治安、反对政府。因此，当务之急是尽快与狱中的同志取得联系。

北方区委知道营救工作的艰巨性，特意把张隐韬调来协助王尽美。王尽美与张隐韬在1922年进行开滦五矿同盟大罢工时就已经认识，张隐韬当时任工人纠察队的教练。他尽职敬业，白天黑夜带领纠察队监视工贼、维持秩序、巡逻救护，给王尽美留下了深刻的印象。

张隐韬是南皮县人，穷苦出身，不仅革命意志坚定，还为同志出生入死。在开滦五矿同盟大罢工中，保安队抓走了罗章龙和邓培等人，他冒着生命危险把他们从反动分子手中抢了回来，张隐韬被罗章龙赞誉为"易水奇男燕地侠"。

王尽美经过反复考虑，决定先去探监。

同志们劝阻说："探监太危险，无异于深入虎穴！"

王尽美坚定地说："只要能够早日救出狱中的同志，我们就是虎口拔牙也在所不辞。"

保定是曹锟经营多年的大本营，曹锟在此对革命实行残酷镇压，我党在那里没有党、团组织。通过什么样渠道打通与保定监狱的关系，成了开展营救工作面临的主要难题。

王尽美忽然想起罗章龙曾经提起过，去年他曾派张隐韬到保定、清河、烟台等地的陆、海军学校，联系进步学生，宣传革命思想。

也许，张隐韬在保定能有朋友。他赶紧把张隐韬找来。张隐韬说他在保定陆军学校是有几个朋友，只是不知道他们与监狱那边有没有关系。

"只要那里有朋友就好，即便他们与监狱那边没有直接关系，也可以让他们设法找关系。你与我明天就去保定陆军学校找你的朋友。"王尽美见张隐韬笑了,就问,"你笑什么?"

"我之前就听说你干事性子急,真是百闻不如一见,果真如此。"

"我干事就喜欢痛快。"

"我就喜欢与痛快人一起干事。"

二

第二天一早,王尽美与张隐韬乘火车去了保定,在陆军学校找到了一个姓张的学员。

张学员见到张隐韬喜出望外,热情地把他们领进宿舍,迫不及待地向张隐韬汇报他发展进步学员的情况。

张隐韬说:"关于这事咱们以后再谈,今天有一个重要的事情需要你帮助。"

张学员忙问:"什么事?"

"你在保定监狱有没有关系?"他见张学员摇头,就引导说:"你的朋友有没有与监狱有关系的?"

张学员想了想说:"有个姓秦的当片警的朋友,听说他表兄在保定监狱当狱警。"

"这个秦片警是否可靠?"

"秦片警是我正在发展的对象,很有正义感,我们已经成为好朋友了。"

张隐韬让张学员快去与秦片警联系,最好约在今晚见面。

王尽美见张学员出去了,就了解起张学员的情况。

"他是我的南皮老乡,也是穷苦出身,对军阀之间的争斗十分反感,曾经一度产生了退学的念头,不愿充当军阀之间争权夺利的工具。我劝他说,即使你不当兵了,还会有成千上万的人当兵,你以为你不当兵就能制止战争吗？你如果真的想制止战争，就应该站出来动员更多的士兵们不去充当战争的工具。他听了我的劝说后，就开始在学员中积极进行革命宣传，发展进步力量。"

王尽美听了张隐韬的介绍，再加上刚才的印象，感到这个张学员值得信任。

张学员很快回来了，说："秦片警说凡是与监狱打交道的多是怕人的事，知道的人越少越好，他就不与你们见面了。他马上与表兄打招呼，如果他答应，你们就直接去找他表兄。"

不久，秦片警打来电话说，他表兄同意了，让他们明天上午去监狱找他表兄。他表兄叫张志诚。

王尽美想了想，对张学员说："麻烦你再问问秦片警，能否把张狱警的住址告诉我们，最好去他家找他。"

张学员又从秦片警那里要来张狱警的住址，王尽美这才感到踏实了。

王尽美与张隐韬谢过张学员，从陆军学校出来后，先去了裕华路，张狱警家就在这条路上。

为了办事方便，他们想在附近找家旅店住下。可是找了几家，王尽美都嫌住宿费太贵。

张隐韬为难地说："这里是保定的繁华地带，房费自然高。"

王尽美建议去附近找个家庭旅馆。张隐韬觉得家庭旅馆虽然便宜，但是住宿条件差，怕委屈了王尽美。

王尽美满不在乎地说："我们不是出来享福的，只要有个地方住就行。"

他们找到一个家庭旅馆，王尽美经与店主过一番讨价还价后，店主同意让他们住并且免费提供早餐。

进了房间后，张隐韬夸赞王尽美说："没想到你还是一个做买卖的好手啊！"

"不是我吝啬，而是好钢要用在刀刃上，把省出的钱用在革命事业上多好。"王尽美问张隐韬:"你酒量如何?"

"还行,一般平日里不喝,但真要喝起来,却从未醉过。"

"今晚就去张狱警家,最好把他约出来一坐,你一定要陪他喝好。"

张隐韬这才恍然大悟,捅了王尽美一拳说:"真有你的!原来你是想通过喝酒摸清他的底细啊!难怪章龙兄夸你不光意志坚定,还有勇有谋!"

王尽美意味深长地说:"我们整天都提着脑袋干革命,不谨慎不行啊!"

傍晚时分,王尽美与张隐韬捎着礼品去了张狱警家。

当张狱警知道他们是他表弟介绍来的,就热情地让他们进屋坐。

王尽美见他一家老小挤在两间低矮的平房里,就对张狱警说:"咱们还是到外面找个饭馆边吃边聊吧。"

张狱警不高兴地说:"你们既然是我表弟的朋友,自然也是我的朋友。你们不要太破费,有事尽管开口。"

"你既然把我们当成朋友,该不会连顿饭都不赏脸吧?"

经王尽美与张隐韬俩人的再三劝让,张狱警才跟着他们来到了附近的一家酒馆。

喝到酒酣耳热之际,张狱警忍不住倾诉起监狱的腐败:"监狱本是改造犯人的地方,如今却成了犯人的避风港,只要肯花钱,在里面比外面还逍遥自在。"

张隐韬气愤地说:"真是有钱能使鬼推磨!我们的社会都腐败到如此地步了。来,喝酒!何以解忧,唯有杜康!"他一碰张狱警的酒杯说:"兄弟先干为敬了。"言罢,一饮而尽。

张狱警也一饮而尽。他用手抹了一把嘴巴问:"你们找我想探监还是捞人?"

张隐韬让他讲讲"探监"与"捞人"各有什么讲究。

"探监有探监的规矩,捞人有捞人的规矩。捞人还要看捞什么人,最难捞的就是民愤极大或者罪大恶极的刑事犯,还有政府缉拿的政治犯,除此之外都可以用钱捞。"张狱警说到这里,忽然警觉地问:"你们要想找我捞人,我可做不到。探监倒没问题。"

王尽美经过一番观察后,感到张狱警为人可靠,就对他说了要探监的事。

张狱警听后为难地说:"给狱中的犯人送些物品,或见个面都没问题,但要与犯人进行单独接触这可不好办。"

张隐韬忙敬他酒。最后,张狱警终于答应了。

三

三天后的晚上,按照早先与张狱警的约定,王尽美与张隐韬去了保定监狱。到了监狱门口,王尽美让张隐韬隐蔽在外面等他,他一人进去。

张隐韬不放心,要与他一起去。

"我们要做好两手准备,你留在外面是为了以防万一。"

王尽美进了监狱找到张狱警,张狱警把他领到宿舍,从床铺底下拿出一身禁卒的制服让他穿上,交代一番后,领他去了关押革命同志的牢房。

牢房里的同志对王尽美突然到来感到万分惊喜,他们争相与他握手交谈。

王尽美宽慰他们说:"北京党组织一直十分关心你们,正在想方设法进行营救。你们一定要保护好自己,等待组织营救。"

他在他们中间指定了联络人,负责与外界联系。

王尽美以禁卒的身份多次进入保定监狱,不仅给监狱里的同志带去了安慰与鼓舞,还从他们那里收集到了出庭辩护的有力证据。

遗憾的是,没等把这些同志们从狱中营救出来,王尽美又被调回山东主持工作。

第八章　推进山东国共合作

一

1923年6月，中国共产党在广州召开第三次全国代表大会，大会主要议题是讨论与国民党合作，建立统一战线的问题。大会决定采取共产党员以个人名义加入国民党的形式实现国共合作。

王尽美组织济南党、团组织认真学习了党的三大精神，并与邓恩铭、王翔千、贾乃甫、马克先、王用章、王复元、王辩、庄龙甲等人一起，以个人名义加入国民党，成为跨党党员。

1924年1月20日，王尽美作为山东代表赴广州参加了国民党第一次全国代表大会。当他开完会从温暖如春的广州回到济南时，迎接他的却是刺骨般的寒冷，冷的不仅是天气，更是一场严峻的政治危机。

当时以特派员身份负责中共济南地委工作的吴容沧，眼看就要过年了，为了筹集活动经费和偿还债务，就拿着一张我党的传单到通惠银行进行劝捐。他劝捐不成，反被通惠银行告发到官府，以敲诈勒索罪被判入狱。受其影响，其他在济南的共产党员也遭到官府通缉，王翔千等人纷纷逃到外地避难。这个事件在社会上给我党造成了十分恶劣的影响，导致中共济南地委的工作几乎陷入停顿状态。

王尽美面对如此严峻的政治形势，非但没有退缩，反而以更加积极的姿态大力开展国共合作，他先是参与了李大钊组建国民党北京执行部的工作，被任命为工人部助理。随后在4月份，又与王翔千等人帮助国民党在济南成立了山东省临时党部，被选为执行委员，接着又帮助国民党在益都（今青州）、潍县、烟台、青岛等地相继成立起国民党党部。

为了推进国共合作，培养我党的优秀人才，王尽美还把李耘生、刘俊才、丁君羊、李宇超等我党的优秀青年充实到国民党党部中。

同时，他还领导中共济南地委的同志相继在济南火车站、大槐树机厂、鲁丰纱厂等地成立了党支部，广泛进行革命活动。当时在那里的工人中流行着一句口头语："今天唱西皮的又来了，下班去听啊。"CP是共产党的代号，西皮就是CP的谐音词。

山东的国共合作虽然取得了很大的进展，但是国共两党之间也产生了一些不和谐的因素，这些都亟需王尽美去进行解决。

二

1924年暮秋的一个周日下午，王辩带着校友刘淑琴来到育才小学，想来拜访王尽美。

王辩是王翔千的长女，在省立济南女师上学，她从15岁就开始跟着父亲从事革命活动，是山东最早的一批女共产党员，当时担任中国社会主义青年团济南地委临时执行委员、国民党山东省临时党部候补执行委员。

她们刚走进学校，就听见从王尽美的办公室传出大声的训斥声："你这是政治上的幼稚、做法上的冲动！"

王辩惊奇地自言自语道："王同志在向谁发这么大的火？"

刘淑琴忙站住说："我们还是不过去了吧。"

王辩不解地问:"你不是一直想拜见王同志吗,今天正好找到他,怎么忽然打起了退堂鼓?"

刘淑琴有些担心地说:"王同志现在正在气头上,我们这会儿过去怕是不合适。"

王辩不在乎地说:"怕什么,我们又没招惹他。再说,我正想看看是哪位大侠惹得他如此大动肝火呢。"

她拽着刘淑琴朝王尽美办公室跑去。

她们刚到办公室门口,一个青年从隔壁的房间跑出来,拦住她们说:"不能进去。"

王辩不认识那人,就有些生气地责问道:"凭什么不让我们进去。她可是王同志让我请来的客人。"说着把刘淑琴往前一推。

那人瞧了瞧眼前这个十八九岁的女生,还是坚决地说:"你们没听见王同志正在忙工作吗!"

王辩听了忍俊不禁地说:"呵,没听说发火也是忙工作啊!"

她见那人没言语,就好奇地打量起他来。只见他二十三四岁,身材魁梧,显得有些憨厚,然后调皮地问:"哎,我怎么不认识你?"

那人见王辩这样毫无遮拦地打量着自己,有些拘谨地说:"我叫刘俊才,刚被王同志从益都调到济南帮着编辑《现代青年》。"

"哦,原来你就是刘大编辑啊!"王辩惊呼道,接着又戏谑说,"一个堂堂的益都团支部干事长,怎么还这样腼腆啊。"

王辩见刘俊才被自己说得有些不好意思,就换成一本正经的口吻说:"论起来我应该称你师兄,请问刘师兄,王同志这是在朝谁发火?"

刘俊才犹豫了下说:"李宇超。"

"李宇超?他这么个模范青年怎么会惹火王同志啊?"王辩惊诧地问。

刘俊才摇了摇头,说:"不知道。"

"那我更得进去看一看。"王辩说着就要推门进去。

刘俊才急忙拦住说:"你先等等,我帮你问问耘生是怎么回事。"

他说的耘生,就是李耘生,原名李殿龙。他与刘俊才既是广饶的老乡,又是位于青州的山东省立第十中学的同学。1924年1月初的时候,被王尽美调到济南专门从事革命活动,此时在国民党党部工作,还担任着共青团济南地委秘书。

李耘生闻讯从房间走出来,见是王辩,忙招呼道:"师妹,什么风把你吹来了,快进屋。"

王辩把刘淑琴向前一推,向李耘生介绍说:"师兄,这就是我对你说过的刘淑琴。她虽然是个新生,但进步很快,已加入了我们的读书会,我与侯志正准备发展她加入党组织。"

李耘生看着刘俊才在一旁显得有些困惑,就指着他问王辩:"你还不认识他吧?"

王辩笑着说:"只怕我认识人家,人家不认识我。"

李耘生说:"俊才兄,她就是咱们王翔千老师家的大小姐王辩。"

1922年10月,王翔千为了开展革命活动,曾经到青州的省立十中担任过国文老师,教过李耘生与刘俊才。

刘俊才听后,忙有些局促地说:"我不知您就是老师的大小姐,刚才有所冒昧,还望师妹多多包涵。"

王辩热情地说:"何来冒昧,我今日能与师兄相见,欢喜还来不及呢。"

刘俊才说:"师妹之大名早已如雷贯耳,只是相识恨晚。"

王辩说:"我对师兄也早已敬慕已久。家父在益都时,常提起你与耘生兄,还夸你写的《山东广饶县农民生活》调查报告写得好,让我向你学习。"随后,她又调侃说:"师兄,让你如雷贯耳的,是我与我们学校的几位女生一起在大明湖里游泳的惊世骇俗之举吧!"

刘俊才羞赧地急忙辩解说:"不仅仅是因为这个。你不仅敢于冲破世俗,还很有思想,你发表在《民治报》上的《一个女学生的特征》,就是一篇很好的反对封建礼教的战斗檄文。'男子也是人，女子也是人，所以要有平等的人格'，这是多么铿锵有力的女性解放的宣言啊！相比师妹，无论胆识还是文章，我都自愧不如。"

王辩揶揄说："那你就更不应该阻止我进去啊。"

刘俊才忙问李耘生："耘生，王同志为什么朝李宇超发火？"

李耘生说："王同志是生气他暴露了自己的身份。"

"师兄，你快讲讲经过。"王辩着急地央求道。

三

李宇超是诸城臧家庄人，在济南正谊中学读书，他通过大哥李揆三认识了王尽美。在王尽美的影响下，他阅读了许多宣传马克思主义及介绍苏俄十月革命的书刊，逐渐认识到要改变中国贫穷落后的状态，必须反对帝国主义侵略和封建军阀统治，进行社会主义革命。

1924年的夏天，他经王尽美介绍秘密加入了中国社会主义青年团，随后王尽美又介绍他加入了国民党，并嘱咐他要严格保密，不要暴露中国社会主义青年团员的身份。不久，他担任了国民党正谊中学区分部的书记。

我党跨党党员在国民党的势力不断增强，引起了王乐平等国民党人的警觉，王乐平在一次国民党内部会议上流露出对跨党党员的不满，有些国民党党员趁机攻击跨党党员，说他们施以小恩小惠骗取民众的信任，打着国民党的旗号私下发展自己的力量，对外宣称国民党是剥削阶级，对国民党的社会声誉造成了很大损害。

面对着这些污蔑之词，参会的李宇超忍无可忍，就愤然反驳说："我们有些同志不但不检讨自己的缺点，反而横加指责跨党党员，这种态度不仅不利于国共合作,还会影响我党自身的发展。"

他的话激起了众怒,他们纷纷批判他"长他人志气,灭自己的威风",还有人攻击他"不是国民党员,更像是共产党员"。

他气愤地回击说:"不管我是什么党员,我都会坚持正义。共产党员与社会主义青年团员不像我们的同志,不是躲在房间里享清福,就是与官商等上层阶级吃喝玩乐,从不去跑基层,从不愿接触广大民众。你们说,民众怎么会认同我们,怎么会支持我们?"

如此一来,李宇超把自己社会主义青年团员的身份给暴露了。

王辩听完事情的经过后,却不以为然地说:"暴露身份怕什么?李宇超做得对,就该狠狠批驳那些自命不凡的国民党老爷们!我进去找王同志理论理论。"

李耘生忙拉住她说:"师妹,你就不要去火上浇油了。"

王辩说:"我不是去火上浇油,而是去帮着灭火!"

这时,王尽美在屋里问道:"耘生,谁在门外嚷嚷,有什么话就进来说。"

王辩得意地看了看李耘生,就推门进去了。

一进去,她笑着对王尽美说:"王同志,你嗓门也太高了,我们在学校大门口就听到了!"

"看来你是来打抱不平的吧。"

王辩嘿嘿一笑说:"打抱不平我可不敢,只是有事不明,特来请教。"她随即看了一眼李宇超。李宇超忙向她使眼色,意思是让她别掺和。

她故作视而不见地说:"在这几个月里,我们的同志没白天没黑夜地帮着国民党,在许多县市成立了平民学会与国民党党部。他们的日子红火了,非但不领情,反而忘恩负义,诬陷我们要把国民党变成共产党,说的这是什么话!王同志,对于那些攻击我们的忘恩负义之徒,决不能再纵容与迁就了,不然,我们就变成东郭先生了!"

王尽美让她坐下说。

"还是站着吧,我怕出言不逊惹恼了您,这样跑得还快!"

王尽美调侃她说:"你都敢把我说成独裁分子,这哪里是害怕我!"随即对站在门口的李耘生说:"正好王辩来了,你把刘俊才、丁君羊他们喊过来,我正想与你们一起讨论一下有关国共合作的问题。"

李耘生说丁君羊出去了,就喊了刘俊才。

王辩对王尽美说:"王同志,我今天给你带来一个客人,就在门外。"

"谁?"

"就是被你称为当代花木兰的刘淑琴啊,我与侯志正准备介绍她入党呢。"

"快请她进来。"

王辩跑出去,把刘淑琴推进来。

王尽美见刘淑琴有些拘谨,就微笑着说:"你就是刘淑琴同学吧,请你把替父从军的勇气拿出来!"

王辩见刘淑琴一时没有反应,知道她还不认识王尽美,就赶紧想向她介绍王尽美。

刘淑琴却笑着说:"不用介绍了,我认识王同志。"

"你怎么认识的?"王辩惊奇地问。

刘淑琴说:"上一个月我路过济南杆石桥时,遇见一个男同志正站在桥头慷慨激昂地演讲,吸引了许多过路的人,我也挤过去听。过后一打听,才知道那人就是王同志。"

王辩打趣说:"看来你当时就被王同志声情并茂的演讲给打动了,不然怎么会整天嚷嚷着要前来拜见呢。"

刘淑琴红着脸对王辩嗔怒道:"什么话到了你嘴里就变了味儿。"

王尽美笑着招呼大家坐下,李宇超忙站起来,把自己的凳子让给刘淑琴。

王尽美对刘淑琴介绍说:"他是李宇超同学,在正谊中学读书。"

刘淑琴忙热情地与李宇超握手，李宇超却局促起来。

王尽美故意责怪说："宇超，你是对我有意见，还是对人家女生有意见啊！为什么对人家不热情？"

经王尽美这么一说，李宇超更是窘迫地低下了头。

王辩忙替他辩解说："王同志，这都要怪你。李宇超是多么一个活泼热情的人，竟然让你批蒙了。"

王尽美让大家都坐下，他欣喜地望着大家说："噢，今天在座的都是我党的后起之秀、栋梁之材啊！女有杨排风、花木兰，男有三剑客，真是群英会啊。"

大家都知道王尽美所说的杨排风指的是王辩，这个外号还是出自王翔千之口。王翔千见女儿用了不到一周的时间，就把济南火车站、鲁丰纱厂的团组织建立起来，他充满自豪地说："我家的大姑娘真是不简单，就像杨排风一样能征善战！"王辩就有了杨排风这个美誉。

但花木兰指的是谁呢？

王辩见大家都在私下猜疑，就说："王同志所说的花木兰就是刘淑琴同学！"她见大家疑惑不解，就说起花木兰的由来："上一个月，我向王同志介绍过刘淑琴，说她在私塾读《女儿经》时，曾经问父亲：《女儿经》上让我们女儿们早早起，出闺门，烧菜汤，敬双亲。尽要女儿干这干那，为什么也没一部《男儿经》，也教男儿干这干那呢？她父亲说：男女有别，男主外，女治内。因为内外有别，学的东西也就不同。'她听了不服气地说：女儿又怎么了？男儿能干的，女儿也能干。古有花木兰替父从军、缇萦上书救父，为什么现在不让我像男儿一样读书？王同志当时听了后，就十分赞赏地说：这个女生很有花木兰的气概嘛！你把这个当代花木兰请来让我见识一下。"

大家听了后，这才明白了花木兰的来历，都用欣赏的目光望着眼前这个有些男孩模样的女生。

李宇超更是由衷地赞美说："我最敬佩的就是这样的女子，有股男儿的豪侠之气。"

刘淑琴听了李宇超的赞美，羞赧地瞥了他一眼。

王尽美对刘淑琴说："下面我们要一起讨论国共合作的问题，欢迎你这个花木兰积极发言。"

李宇超说："花木兰同学，既然王同志点了你的将，你可要多说一些惊世骇俗之语啊，好好让我受受启发。"

刘淑琴没有理睬他，只是望着王尽美说："王同志，这么好的发言机会我自然不会错过，只是我初来乍到，还是先洗耳恭听为好。"

王尽美忽然大发豪情地说："我忽然想起三国之时，曹操与周瑜交兵，周瑜为了除掉曹操手下的水师都督蔡、张二人，就大摆群英宴，让蒋干中了计。我们今日虽然也是群英会，但我们当中并没有蒋干，我也不摆群英宴，希望大家放下包袱，畅所欲言，争取把国共合作的问题讨论透彻。"

秋日的夕阳从窗外投射进来，映照得屋里红亮亮的，散发出沸沸扬扬的热烈的色彩。在这沸扬的气氛里，一场热烈的讨论即将开始了。

四

王尽美看了看大家，说："在座的，除了王辩外，其他人对济南的国共合作情况还不甚了解，为此，我先把济南的国共合作的情况向大家作一个简单的介绍。

"党的三大召开后，我们中共济南支部就开始与王乐平领导的国民党建立国共统一战线，开启了山东国共合作的新局面。

今年1月，我参加了国民党第一次全国代表大会，大会确立了联俄、联共、扶助农工的三大政策，我们党的李大钊、毛泽东、林伯渠、瞿秋白等同志被推选为国民党的中央执行委员或候补委员,这标志着国共合作正式形成。

年初,由于发生了'吴案之变',导致我们济南的同志被群众当成了坏人,被迫逃离济南。我们通过国共合作,很快消除了这一事件在社会上产生的负面影响,躲到外地的同志也陆续回来了,我们于3月24日召开了中共济南地委和团济南地委联席会议,达成了帮助国民党发展基层组织,同时发展壮大自己的力量的共识。

通过我们济南的同志半年多的努力,尤其是你们这些有生力量的加入,不仅帮助国民党很快建立起了基层组织,还发展与壮大了我们的党团的力量。4月份的时候,国民党在济南成立了国民党山东临时党部,我与王翔千同志都被选为执行委员,王辩同志也被选为候补委员。随后,国共又先后在益都、潍县、烟台、青岛等地成立了国民党党部,又一起合办了育才小学、创办了《现代青年》周刊等,可以说我们济南的国共合作已经达到了一个新的高度。

当然,随着合作的不断深入,国共之间也产生了一些不和谐的声音,并且出现了一些摩擦。我们该如何面对与解决这些问题呢?这就是今天我要与大家共同讨论的。"

王尽美说到这里,用期待的目光注视着大家,希望大家踊跃发言。

他见大家都在观望,就对李宇超说:"宇超,你先说说,对我刚才的批评有什么想法。"

"你批评得对,我完全接受。"

"你知道我批评你的主要原因是什么吗?"

"怪我意气用事,暴露了自己社会主义青年团员的身份,违反了组织纪律。"

王辩反驳说:"好一个李宇超,口气不小啊!你只是暴露了你自己的身份而已,怎么能说违反了组织纪律?"

王尽美说："宇超说得很深刻！他暴露了自己的身份，也就是违反了我党关于保守组织秘密的规定。党的一大通过的《中国共产党第一个纲领》中，就对保守党的秘密提出了明确的要求：在党处于秘密状态时，党的重要主张和党员身份应保守秘密。也许有人会说，我们都加入国民党了，都与他们一起工作了，何必再分你是什么党，我是什么党。同志们，这种认识很错误，也很危险，这也正是我最担心的。我多次明确告诫同志们：国共合作不是合家过日子，不分你我，而是要有原则、有分寸的，要做到亲兄弟明算账。李宇超暴露了自己社会主义共青团员的身份，就是违反了组织纪律。对此，我也有责任，我对同志没有做到严格要求，当了东郭先生。"

王辩低声反驳说："那不是东郭先生，而是老好先生。"说完向王尽美做了一个鬼脸，逗得大家都想笑，却又不敢笑，只好捂住嘴。在济南的同志中只有王辩敢这样口无遮无拦地对王尽美说话，王翔千曾开玩笑说："我的大姑娘比我厉害，她敢顶撞他（王尽美），我不敢。"

王尽美对大家的表情装作没有看见，继续说："上次进行国民党委员选举时，王乐平怕他们国民党选上的少，就与我商议，想增加他们的名额，我就同意了。在选举时，我们的同志顾全大局，发扬风格，多投了他们的票，结果，我被有些同志冠以老好先生了。"

王尽美故意看了一眼王辩。

王辩不满地说："那次，别看同志们都按照你说的做了，那是为了维护你的领导权威，并不代表我们没意见。我们的同志为了国共统一战线，整天风里来雨里去，跑工厂、进学校、下矿山，与工人学生吃住在一起，与他们交心，给他们帮助，容易吗？而他们呢？不但不出去开展工作，反而坐享其成。"

王尽美说："我知道同志们为此感到很委屈。我们之所以这样做，还不是为了维护国共统一战线。你们想，开的是国民党的代表大会，如果选出的委员多是我们的人，让王乐平当光杆司令，人家能满意吗？如果他不满意，就会与我们貌合神离、离心离德，我们的合作就会大打折扣。因此，要合作就首先要学会包容与理解，我们让出了一些选票看似是妥协了，但实际上换来了我们有利的工作环境。'吴案之变'发生后，如果不借助统一战线，我们能够照常开展革命工作吗？就这方面而言，我愿意当这个老好先生。今天我在李宇超身上说了这么多，不是抓住他的小辫子不放，而是我想借此向大家敲响警钟：务必要增强我们对统一战线的正确认识。好了，我就先说这些，大家有什么问题请畅所欲言。"

李耘生举手要求发言。

王尽美说："耘生，今天是讨论会，有话尽管说。"

"王同志，我们许多同志确实对统一战线缺乏一个总体认识，我觉得产生这个问题的主要原因在于，我们中共济南地方支部对统一战线还没有形成一个共识。譬如：哪些不该合作，哪些应该合作，合作应该合作到什么程度等。"

李耘生的观点引起了大家的共鸣，大家纷纷发表起各自的看法。

王尽美听取了大家的看法后，说："耘生提出的这个问题，实际也是我近期一直在思考的问题。今天我就在这里向大家阐述一下我的观点。

在阐述我的观点之前，我们要首先弄明白为什么要进行国共合作、合作的最终前景是什么的问题。

国共之所以进行合作，是革命形势的需要。我们党虽然具有先进性，但他领导的工人阶级毕竟还弱小，在目前情况下，还很难独立承担起反帝反封建的历史重任。我们要想实现自己最基本的革命目标，就要团结一切可以团结的力量，组成最广泛的统一战线。作为有势力有影响、并且在现阶段与我们有着相同目标的国民党，正是我们最合适的合作对象。

国民党在孙中山先生领导下，经过二十多年的发展，虽然推翻了清朝统治，创立了民国，但是面对强大的帝国主义和封建军阀势力，他们也感到身单力薄，仅凭自身力量很难实现推翻军阀的独裁统治、建立民主政府的目标。因此，在共产国际的斡旋下，国共两党携手合作成为一种必然选择。

但是我们必须清醒地认识到，由于我们两党的最终革命纲领不同，彼此最终追求的目标不同。因此，这种合作是阶段性的，不是长久的。

鉴于此，我们对待统一战线的原则是：既要合作，更要保持我们的独立性，不要依附他们；既要相互配合，但配合并不意味着无原则地顺从，该斗争时还要进行斗争。国民党内部派系复杂，存在各种不同的政治主张。他们的左派想与我们合作，但他们的右派却在竭力排斥与破坏合作，对待这些现象我们就要斗争，绝不妥协。

我今天批评李宇超，不是反对他与他们进行斗争，而是反对他没有选择好斗争的场合与时机，把自己暴露了，把自己置于危险境地之中。同志们，我们要时刻抱有防患于未然的思想准备，只有这样才能最大程度地保护自己。"

王尽美随即对李耘生说："耘生，你向我们党团的同志口头传达一条组织纪律：已经加入国民党的，除已经公开的外，其余一律要对自己的身份严格保密。以后不经组织允许，任何人不能私自加入国民党。"

五

在热烈的讨论中，夜幕不知不觉地降临了，整个校园淹没在漆黑的夜色之中。屋内的灯火却愈加明亮了，被灯火映红的一张张年轻朝气的脸庞也愈加生动灿烂起来，他们眼睛里放射出一束束光芒，这光芒就像穿透黑暗世界的一把把利剑。

在八十多年之后，李宇超的儿子李晓光在《记我父母的革命引路人》

一文中提到李宇超被王尽美批评之事时，感慨地写道：通过这件事，王尽美让父亲对国共统一战线有了正确的认识，并教会了他在工作中要注重策略。

他还说，从 1924 年到 1925 年的一年多的时间里，他的父母李宇超、刘淑琴都是在王尽美的领导下工作。虽然时间不长，但这是他们一生中的重要时期，王尽美是他们走上共产主义理想道路的引路人。

王尽美正如这天晚上的灯火，为李宇超等革命者照亮了前行的道路。

第九章　到诸城

一

1924年夏,王尽美以国民党山东省临时党部执委的身份,来到诸城指导国民党诸城区分部的工作。

他先与在诸城县立初级中学任教的王立哉取得了联系。王立哉是王乐平的堂弟,曾在济南的齐鲁书社担任过经理,还担任着国民党山东省临时党部的秘书。在1924年初的时候,他回到诸城负责筹建国民党诸城区分部。

王立哉想安排王尽美住在县立初级中学,王尽美拒绝了,他说他在城里有个亲戚,还是住在那里方便些。

王尽美所说的亲戚是他的老师张玉生。张玉生自从不在大北杏村教学后,就一直在城里的一家姓祝的大户人家教私塾,王尽美每次回乡都会去看望他。

张玉生对王尽美的突然到来感到很惊喜,问他来诸城有何公干。

王尽美说:"想在城里乡下多走走,拜会几个朋友。"

"拜会朋友?"张玉生见王尽美只是笑了笑没言语,就没再问,只是说:"你需要我干什么只管说。"

"老师，我想在你这儿借住一段时间怎样？"

"你尽管住。我自个儿住着这后院，不仅宽阔，院里还有个便门，出入也方便。"

二

每天王尽美都是早出晚归，张玉生也不再问他忙什么，只是每晚都留着门等他回来。

有一次，快半夜时王尽美才回来。他见张玉生还没睡，就有些歉意地说："老师，我又让你等到现在。"

张玉生见这么晚了王尽美还没回来，本来心里很焦急，几次走到门外去张望。现在见他回来了，这才放心下来，就装作没事的样子："没事，我在看书呢。"

"看的是什么书？"王尽美故作好奇地凑过去看了看，"哦？老师你怎么看起《本草纲目》来了？"

张玉生有些伤感地说："你师母与大儿媳妇都是因为生孩子生病去世的，我感到这种产前产后病对孕妇危害太大了，就想在教学之余，学着治治这类病。"

王尽美伤感地说："我师母是多么一位贤惠的女人啊！她活着的时候，每次去你家她总是要留我吃了饭再走。让人伤心的是她就这样过早去世了。"

张玉生见王尽美显得很疲倦，说话时也是强打着精神，就劝他早点休息。

王尽美一觉竟然直睡到第二天中午。当他醒来后，不停地咳嗽起来。张玉生问他是不是昨晚受了风寒，他说没有。当张玉生看到他咳嗽出血丝时，感到了问题的严重性，赶紧给他开了一个中药方让他去抓药。

张玉生后来有些遗憾地对他的后人说，当时王尽美虽然服用了他开的药方不咳嗽了，但并没有治到病根。他当时是按照风寒给王尽美开的处方，并不知道王尽美患的是肺结核。

王尽美在城里住了二十多天，指导成立国民党诸城区分部的事宜，王立哉任常务委员、臧敬杨任组织委员、陈舜庭任联络委员、傅敬斋任宣传委员。国民党诸城区分部成立后，他准备先回趟家，再赶回济南。

临走的那天晚上，他问张玉生："老师，我来了这么多日子，你怎么也不问问我来干什么？"

张玉生笑笑说："我还不了解你啊！你要想告诉我，早就告诉了。你如不想告诉，我就算问也问不出来。"

王尽美之所以没把自己所干的事情告诉老师，不是怕老师知道，而是担心万一他知道了后会受到牵连。

张玉生见王尽美欲言又止，就说："你什么也不用说，我相信你干的一定是正事。"

三

王尽美从诸城县城回到大北杏村后，先去了趟窑头村，窑头村的王仁之那时在莒县县城教学，王尽美想动员他牵头筹备国民党莒县党部。

从王仁之那里回来后，他在家住了几天，还用从苏俄捎回的照相机给家人照了相。他本想给家人照一张全家福，可是祖母怎么也不让照，她说："我现在已经有了两个重孙子了，正是享受天伦之乐的好时候，还想多活几年，我不想让它把我的魂儿照走了。"

王尽美笑着解释说："这叫照相机，就像镜子似的，光把人的相貌照下来，照不走魂儿的。"

孙媳妇也上前劝说着："奶奶，你没看见'见山堂''冠山堂''五福堂'那些大地主家里挂着的那些照片吗？就是用孩子他爹手里的这个东西照的。"

"人家都是天生的富贵命，能承担得起。我们这些贱命承担不起。"无论怎么劝，祖母就是不照。

母亲见婆婆不照，自己也就不照了。

孙媳妇只好抱着王乃征、王乃恩合照了一张。据王乃征回忆说，那张照片没有照好，因为当时照相的时候，突然亮起的镁光灯把他母亲吓得把头背对镜头了。让人感到遗憾的是，后来这张照片连同家里的其他物品，全被土匪洗劫一空了。

王尽美还去杨家洼看望了表姐郑明淑，他与表姐的感情一直很深，每次探家都要去看望她。这次还给她照了一张相片，这张照片一直留存至今。

四

临回济南之前，王尽美还专程去枳沟的西安村看望了老师王新甫。

当他走进王新甫家里时，见一个六十多岁的老妪正在向王新甫诉苦："我家的那个小儿媳妇，每次交养老粮都短斤少两。我怕这事吵闹起来让左邻右舍看笑话，就假装没察觉，一直忍让着。没想到她得寸进尺，我用俺家的斗量了量，这次竟然少了近一升。她不但不认账，还赖我们家的斗不准。我一气之下，就来找您过去给评判。"

王新甫不仅教书好，还主持公道，在当地很有威望。乡人有纠纷、闹矛盾都愿找他做评判。

王尽美见老师没发觉自己进去，就没打招呼，站在旁边听他们说话。

"这太不像话了，她竟敢在孝敬老人上动歪心！走，我过去看看。"王新甫起身刚要与老妪往外走，忽然发现了王尽美，就惊喜地捅了他一拳说："你小子，来也不早打声招呼，还搞突然袭击啊！"

王新甫赶紧让王尽美快坐下，又忙着给他倒水。

王尽美忙接过暖壶说："老师，我自己倒，你先忙你的。"

王新甫对老妪说："老嫂子，你先回去。我招待下客人，随后就到。"

送走老妪，王新甫仔细地端详了王尽美一会儿，关心地说："快两年不见了，怎么比以前更瘦了，不要光顾着干事业，把自己身体给忘了。"

"老师，你不用担心，我会照顾好自己的。"

王新甫见王尽美热出了汗，就把蒲扇拿给他。

王尽美看着老师看自己的那慈爱的眼神，有些歉意地说："去年过年，我也没能来看望您。"

"听说你去了苏俄，快说说那边的情形。"

"老师，先不急着说这事，你先去处理那婆媳的官司吧。"

王新甫忽然忧戚地说："瑞俊啊，我们村以前乡亲之间是多么友爱和睦啊，是附近有名的仁义之村。可是这几年，乡邻之间的纠纷越来越多，以致亲人不和、兄弟反目，真是让人感到心寒！"

"老师，这种事不光你们村有，我们村也有，这成了一种普遍的社会问题了。"

王新甫痛心地问："民国都成立这么多年了，为什么却世风日下？"

"虽然民国成立了，但由于北洋军阀实行独裁统治，中山先生的治国方略根本得不到实施，这就导致军阀混战、民不聊生，人与人之间尔虞我诈、恃强凌弱，致使亲人猜忌、乡民不和。"

王信甫叹息说："这该如何是好？"

王尽美不失时机地开导说："老师，既然这是军阀独裁统治造成的，我们就应该号召广大民众团结起来，去推翻军阀统治。"

王新甫连忙摆手说:"我一介平民可参与不了这些国家大事,我只想尽自己的绵薄之力,让乡民和睦相处就好。"他接着问:"瑞俊,你说刚才的婆媳纠纷该如何处理?"

王尽美稍作思索说:"只要找一个公平斗把粮食量一遍,不就公道自明了。"

王新甫觉得有道理,就要吩咐家人去买斗。

王尽美拦住说:"斗无论新旧,都是官府统一定制的,不会有错。那婆媳俩之所以不相信彼此的斗,是因为相互猜疑所致。用您家的斗就行。"

王新甫有些担心地问:"她们能相信吗?"

王尽美胸有成竹地说:"她们既然相信您的为人,自然就会相信您家的斗。"

王新甫从家里拿上斗,与王尽美一起去了老妪家。

老妪的儿媳妇还在纠缠不休地吵闹着,院子里聚集了一些围观的乡亲。

有人见王新甫来了,就喊道:"主持公道的来了!"

老妪指着眼前的一袋麦子对王新甫说:"这就是我儿媳妇送来的,她说在家量好了,可我用我家的斗一量,却少了近一升,她还死不认账。"

王新甫见那个儿媳妇还想争辩,把脸一沉说:"你们既然叫我来评断是非,就要听我说。"

王新甫见婆媳俩人都点了头,就拿过他家的斗对大家说:"既然这婆媳俩都不认可对方的斗,我就用我家的斗把粮食重新量一遍。大家觉得如何?"

大家都表示认可。

王新甫见那个儿媳妇没有表态,就问道:"你难道不相信我家的斗吗?"

那个儿媳妇忙说:"相信!我就是不相信其他人家的,也不敢不信您家的。"

王新甫瞪了她一眼:"既然都相信,我就开始量了。"

那个儿媳妇忽然阻止说:"叔,要是再量一遍,太费劲不说,还会把麦子弄撒了,我看还是别量了吧。"她接着对婆婆说:"娘,看在你是长辈的份上,我就不与你计较了,你说什么就是什么吧。"

王新甫严肃地说:"此言差矣!这不只是关系情面的事,还是关系是非曲直的大事。"

他二话不说,当着众人就把粮食重新量了一遍,结果确实不够斤两。

那个儿媳妇没等王新甫训斥,就掩面抽泣着说:"叔,我知道这样做不对,但是我也有苦衷啊。这几年年景不好,不但庄稼歉收,捐还越来越多,弄得我们穷人家都快吃不上饭了,这些养老粮还是硬从牙缝里省出来的。"

"照你这么说,你家能够拿出这些养老粮,老人就应该知足了?"王新甫随即发火道,"只要你们有一口吃的,就不能饿着你家的老人!"

他说到这里沉默了一会儿,然后语重心长地说:"乡亲们,我知道年景不好,大家生活都有困难。但是我们不能因为有困难,就不讲孝道与公正了。"

为了防止类似的事情再次发生,他提议把他家的这个斗作为公平斗,以后村里人再因斗量不准而闹纠纷,就用它来志量。

大家听了后,都拍手叫好。

有人建议给这个斗起个名字,以便与其他的斗区分开。

王新甫推荐王尽美说:"他是我的得意门生,现在在济南发展,前年还去过苏俄,见多识广,咱们就让他给这个斗起个名字。"

王尽美看着眼前的这一切,早就心生感触,一听让他起名,就毫不推让地说:"为志心不诚,才制斗和秤。斗不仅是用来量粮食的,还是用来志验人心的,用它可以志验出人的心术是否端正。我看就把这个斗叫作'志心斗'吧。"

王新甫满意地说:"这个名字好!有了'志心斗',以后就可以衡量村民做事是否公平正义,就能促使我们村的社会风气好转起来。"

王尽美说:"老师,一个村的社会风气好坏,并不能仅凭着一个斗就能改变,它需要整个社会大气候的改变。现在整个社会都腐朽堕落了,怎能指望一个斗去改变?"

有人问:"你说应该怎么去改变?"

王尽美坚定地说:"唯一的出路就是通过革命推翻旧社会,建立一个新社会。"

王新甫疑惑地说:"辛亥革命都发生十多年了,它也没有给社会带来什么明显的改变。要是再进行革命的话,还有什么用?"

"老师,我所说的这个革命不是过去的那种旧式的革命,而是苏俄那样的社会主义革命。"接着,王尽美向大家讲起他在苏俄的所见所闻来,"在苏俄,人人都平等,没有压迫,没有剥削,人民当家做主,自食其力,都生活得幸福美满。"

有人说:"这不是做梦吧。"

"只要我们大家共同去奋斗,就会把梦想变成现实。"

他又介绍起国共建立统一战线的情况:"苏联不但自己建立起了社会主义国家,还帮助国民党与共产党建立起革命统一战线,成立了军官学校。有了国共合作,有了自己的军队,我坚信在不久的将来,我们一定会推翻北洋军阀的独裁统治,建立起一个民主与共和的政府。"

王尽美富有感染力的讲话,不仅唤起了大家对美好未来的渴望,还让大家知道了世界上还有这样一个美好的社会。这个社会虽然很遥远,但是让他们对未来有了盼头。

王尽美就是这样一位满怀热情、孜孜不倦的革命火种的传播者。他无论走到哪里,都会把革命宣传到哪里,都会把革命的火种传播到哪里,都会把希望的火花燃烧到哪里。

第十章　成立国民会议促成会

一

1924年9月,第二次直奉战争爆发。10月,直系将领冯玉祥率部倒戈,发动北京政变,推翻了北京政府,随之邀请孙中山北上"共商国是"。在共产党的支持下,孙中山于1924年11月发表《时局宣言》(即《北上宣言》),提出了召开国民会议的主张。为了推动国民会议早日召开,他不顾自己生命安危,抱病从广州辗转北上,于1924年12月4日抵达天津。

王尽美与王乐平等人,在北京参加完李大钊召集的国民会议促成会总会后,赶赴天津去拜见孙先生。

尽管肝病不时地发作,孙中山还是热情地接见了王尽美一行,并以个人的名义委派他们为国民会议宣传特派员。

他们接受重任后,决定当天就赶回济南,要尽快在全省成立国民会议促成会,为孙先生争取召开国民会议擂鼓助威。

到了天津火车站,王乐平见王尽美还要去乘坐闷罐车,就劝他说:"这么寒冷的天,就不要为了节省几个钱去受罪了。"

王尽美满不在乎地说:"我已经习惯了,在闷罐车里可以接触到更多的贫苦人。再说,在这里做宣传,当局也不会干涉。"

与他们同行的王哲也要跟着他一起去坐闷罐车。

王尽美劝阻说:"你就不要凑这个热闹了,一个堂堂的北大高才生能吃得了这个苦?"

王哲说:"我曾经听学兄罗章龙说,你常把车厢当成革命的宣传阵地。我颇为好奇,今日正好一睹为快。"

王尽美见他执意要坐,就不再阻拦,一拽他说:"走!那就让你好好体验一番。"

他们告别了王乐平与阎容德,一起朝闷罐车跑去。

阎容德望着他们单薄的身影在寒风中抖动着,不禁担心地对王乐平说:"尽美近来身体状况越来越差,坐闷罐车能撑得住吗?"

王乐平无奈地说:"想劝他,他也不听嘛!"又感慨说:"这就是人家共产党人的革命精神啊!我们党缺的就是这种吃苦精神!"

闷罐车内声音嘈杂、乌烟瘴气。为了便于说话,王尽美与王哲挤到车厢的一个角落里。

王哲见王尽美又咳嗽起来,关心地问:"感冒了?"

"可能刚才被风呛了一下。"

王哲见他脸色苍白,以为是冻得,就解下自己的围巾拿给他。

"我没那么娇气,只要火车开动起来就不冷了。"

"为什么火车开动起来就不冷了?"

王尽美朝他神秘一笑:"等会儿你就明白了。"

乘客还在不断地往车上挤着,车里人潮涌动。他们被挤得连身子都转不过来。王哲只好弓起腰用力撑出一块空间来,便于与王尽美说话。

"你经常坐这样的车不累吗?"

"早就习以为常了。虽然车上的条件差,但与这么多天南地北的穷苦人在一起,有说有笑的,不但不觉得累,有时与他们聊上瘾了,竟然忘了下车。"

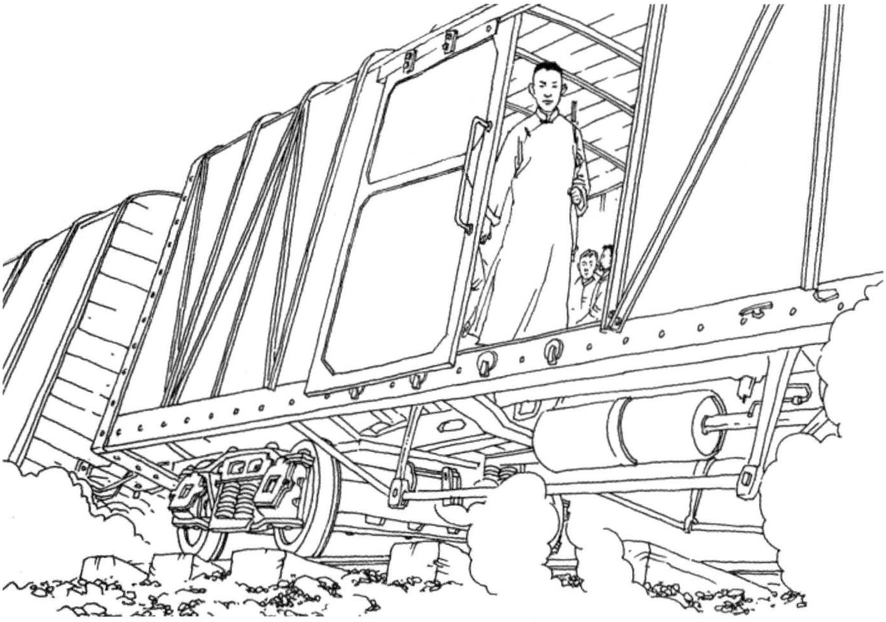

"你的精力太充沛了,不像我,一上火车就成了瞌睡虫。"

"我坐火车可以三天三夜不睡觉。"王尽美有些得意地说。

他见王哲不信,就讲起去苏俄参加远东会议的经过:"苏俄地域真是辽阔,我们乘坐火车,在白雪皑皑的西伯利亚大平原上,没白天黑夜地奔跑着,可是总是跑不到尽头。我为了看看火车到底什么时候才能跑出去,就连着三天三夜没合眼,直到看着火车跑出了大平原。"

"你真是铁人啊!"

"干革命就要有铁人般的坚强意志!不仅要能熬夜,还要能挨饿。我有时忙起来,一天就吃一顿饭。"

"真没想到干革命这样艰苦啊!"

"你以为我们干革命是为了享福吗?我们不像他们国民党光想着自己贪图享受,我们共产党是全天下贫苦大众的党,之所以心甘情愿地去吃苦受罪,就是为了让全天下的贫苦人不再吃苦受罪,让他们早日过上像苏俄人民那样的好日子。"

火车开动了,寒风嗖嗖地从车厢缝里灌进来,车里更冷了。旅客们为了取暖,开始跺着脚,搓着手。

"我很快就会让车厢里暖和起来。"王尽美神秘地对王哲说完,就往车厢中间挤去。

他向一个冻得打哆嗦的中年男子问道:"老兄,冷不冷?"

那人不高兴地斜了他一眼:"你不会看?车厢都冻成冰窖了,怎么会不冷!"

"既然这么冷,怎么还要坐闷罐车?"

那人生气地把眼一瞪说:"你说为啥?有钱谁还会受这份活罪!"他又怒气未消地反问王尽美:"你怎么也来这里?"

"我是穷苦人,没钱坐高等车厢。"

旁边一个上年纪的人就说:"就是嘛,年轻人,既然你也是穷苦人,干吗还要嘲笑别人？"

王尽美趁机对周围的人说："朋友们，这位长辈说得太好了！是啊，既然咱们都是穷苦人，就不要相互瞧不起，更不要相互看笑话。"他接着说了句顺口溜："穷人不怕穷，就怕穷认命；贫穷不可怕，就怕相互掐。"

王尽美风趣的讲话很快吸引了众人，那些喊冷的、跺脚的，也都静了下来，好奇地望着他。

王尽美见大家的注意力被他吸引过来，就兴奋地问："你们想不想改变贫穷的命运？"

众人听了，先是面面相觑，随后喊喊喳喳地议论起来。

一个戴破毡帽的大声说道："只有傻瓜才不想！"

"这位仁兄说得对！凡是穷苦人都会想！"王尽美大声肯定道。

不料，那人却说："要是真想了，那更是大傻瓜了。穷人就是穷命，你要想改变的话，不就是痴人说梦吗？你们说这是不是比傻瓜还傻的大傻瓜？"

人们哄笑起来。

"这位仁兄，此言差矣！改变我们贫穷的命运并不是痴人说梦。只要我们想改变，就一定能够改变！"

有人惊奇地问："这是真的吗？"

王尽美望着周围一双双被他点燃起希望的目光，兴奋地说："你们知道我们北边是哪个国家吗？"

有人说是沙皇帝国，有人说是俄罗斯帝国。

"它既不是俄罗斯帝国，也不是沙皇帝国，它现在叫苏联，是由十多个国家合并成的苏维埃社会主义共和国联盟。那里的贫苦人，现在都翻身当家做了主人，过上了富裕的生活。"王尽美见周围的人都像听神话一样听入了迷，就越说越激昂，"各位兄长与朋友，只要全天下的劳苦大众团结起来，像十月革命那样去推翻军阀统治，建立起民主政权，我们贫苦人就会过上衣食无忧的好生活。"

他又讲起孙中山为了推动国民会议的召开而带病北上的事，他说："孙先生正在催促北洋军阀政府尽快召开国民会议。只有召开了国民会议，才能成立民主政府。只有结束军阀专制，才能让全国民众过上民主富强的新生活。"

王哲也被他激昂的演讲鼓动得热血沸腾了。

他望着激情澎湃、慷慨激昂的王尽美，不由地暗自感慨道：难怪罗章龙说他是一个充满激情的斗士！他不仅能让自己充满力量，还能把力量传送给身边的每个人！

他情不自禁地鼓起掌来，其他人也跟着鼓起来。掌声让车厢里的气氛热烈起来，一股暖流在车厢里流动着。

车厢外的天色渐渐暗了下来，车厢顶棚的灯光却愈加明亮了。王尽美被光芒笼罩着，似乎这些光热都是从他身上散发出来的。

王哲不觉得寒冷了，因为热血在内心沸腾着。他不仅明白了"车动起来就不冷了"的含义，还懂得了热情会驱散寒冷的道理。

他忽然觉得王尽美就像一团熊熊燃烧的火焰，正在燃烧着自己，把光与热散发给大家。

王尽美为了让民众感受到温暖，为了让他们看到光明的未来，不惜燃烧着自己。

二

1924年12月28日的下午，王尽美在济南参加了山东省暨济南市各界代表大会，会议决定成立山东国民会议促成会筹备会。会后，他就立即赶赴青州，争取在新年伊始率先在青州成立国民会议促成会，来个新年开门红。

赶到青州时,已是万家灯火。他从火车站直接去了王振千家。

王振千是王翔千的胞弟,也是现代军旅作家王愿坚的父亲,从1917年就在省立十中教国文。他思想进步,知识渊博,为人风趣,在学校师生中很有威信。当时青州早期的革命家王元昌、王元盛、赵文秀、刘子久、冀三纲、商勤学、闫康侯等都是他的学生。他家不仅成了青州进步学生的聚集地,还是王尽美等革命者在青州开展革命活动的落脚点。

王振千住在西皇城大街,离省立十中不远。王尽美赶到时,见他家的大门还没关,从堂屋门缝里射出来的灯光,就像伸出一只手把院子里漆黑的夜幕撕开了一块,露出一片灰黄的光亮,王尽美迎着光亮来到了屋门口。

他轻轻推开屋门,见一个三十多岁的妇人正在锅灶前洗刷着饭碗。她就是王振千的夫人邱氏,邱氏是青州名医邱新甫的小女儿。

他轻声叫了声:"八嫂。"

邱氏忙回过头,惊喜地说:"快进屋,你八哥在东屋呢。"

王尽美进了东屋,王振千忙让他上炕头暖和,又吩咐邱氏快给王尽美做饭吃。

王振千端详着王尽美说:"我瞧着你的气色很不好,多是因为气血亏虚严重所致。身体是干事的本钱,可不能累垮了,你要注意休息和增加营养。明天我给你配服中药先调理着。"随即问道:"这么晚了,你突然跑到我这里,有要紧事吧?"

王尽美把前几天去天津拜访孙中山的事向王振千说了。

王振千听了后,有些忧虑地说:"你刚才说中山先生接见你时脸色苍白,虚汗涔涔,这说明先生健康状况十分堪忧啊!"

王振千虽然出身老师,但他对于中医却颇有研究。

"你是说先生他……"

"中山先生虽有济天下苍生之大志,但就怕天不遂人愿啊!伟人若陨,时局堪忧!我们国共合作恐怕难以为继。当初国共合作之时,国民党中就有许多反对之人,尤其以右派为甚,要不是先生力主此事,恐怕走不到今天。你们要防患于未然。"

"我们对此已有防范,虽然实行国共合作了,但我们要保持我们的独立性,我早就叮嘱我们党团同志,一定要注意自己身份的保密。"

"你们有这样清醒的认识就好。"

"我这次急着来这里,是考虑到益都革命基础好,想率先在这里成立促成会,为中山先生推动国民会议早日召开而擂鼓助威、摇旗呐喊。"

"你以为成立促成会就能促成国民会议的召开吗?"

"促成促不成另当别论。我们首要的任务就是向全国人民表明国共两党努力促成国民会议召开的强烈愿望,借此形成强大的社会舆论。即便不能促成国民会议召开,也要在全国人民面前把北洋军阀假民主真独裁的真面目揭露出来。我准备今晚就在你家召开特别团支部会议。"

王振千让王尽美先吃着饭,他叫上儿子王懋坚,分头去召集参会人员。

当晚,王尽美在王振千家召开了特别团支部会议,第二天上午又在省立十中松林书院的明伦堂召开国民党员会议。随后,又去拜访青州商会、学生自治会等协会负责人。

经过紧张的筹备与动员,青州的商会、农会、教育局、地方自治研究会、平民学会,以及各学校等 26 个团体,于 1925 年元旦共同发布了《青州国民会议促成会宣言》。山东省第一个国民会议促成会在青州成立了。王尽美终于如愿以偿地实现了新年开门红。

他又不顾疲劳,随后返回济南,连续参加了几场有关国民会议运动大会。

1925 年 1 月 7 日,山东国民会议促成会正式成立,他被选为委员,与王乐平、李郁亭分管总务。

此后，他又先后赶赴潍县、高密等地，帮助那些地方相继建立起国民会议促成会。

三

1925年1月上旬，王尽美以国民会议特别宣传员的身份抱病来到青岛，着手成立青岛国民会议促成会。

王尽美在山海关工作时就已经染上了肺病，来青岛时，肺病已经发展到了晚期。

他为了节省费用，住进了价格低廉的连升客栈，随后在《大青岛报》上刊登了《王尽美启事》，邀请青岛各界人士一起共同商议成立青岛国民会议促成会。

启事一经发出，青岛的各阶级与团体都闻讯前来拜访、咨询，来者络绎不绝，应接不暇。他白天与来访者交谈，晚上还要秘密开展活动、起草文件、与党内同志商讨工作等，每天都要工作20多个小时，只有晚饭后才能躺在床上休息一会儿。紧张繁重的工作让他的病情更加严重了，但他背着同志仍然顽强地夜以继日地工作着。

经过一周的不懈努力，1925年1月17日，青岛37个团体的300多名代表举行会议，宣布成立青岛国民会议促成会。王尽美在会上发表了讲话。

会后，他又不顾疲劳，先后在中国大舞台电影馆、胶澳中学、青岛大学等地连续进行演讲。

直到1月20日，青岛国民会议促成会成立的消息在《平民日报》刊登出来后，他才准备赶回济南。

此时，已经临近春节，邓恩铭与青岛的同志极力挽留他在青岛过年，想趁机让他休养一番，他却执意不肯，说济南还有许多工作等着他回去处理。

邓恩铭与王象午只好把他送到火车站。

王象午看着他上了火车，忧心忡忡地对邓恩铭说："他的病情已经十分严重了，我们应该提醒济南的同志，劝他尽快住院治疗。"

四

王尽美回到济南已是下午时分，他见太阳还没落山，还想像往常一样从车站走回去。

北风很大，发出呜呜的吼叫声，他单薄瘦弱的身躯被吹得左右摇摆。

他顶着风走了一会儿，就喘起粗气，随即又咳嗽起来，越咳嗽越厉害，咳嗽得实在站不住了，他就用手扶住道旁的槐树。

这时，一辆人力车跑过来招呼他坐车，他刚想走过去，忽然觉得两腿发软，身子像面团一样瘫软下去。车夫赶紧上来搀扶住他，见他脸色蜡黄，淌着虚汗，问他要不要去医院。

他说："你把我送到南关三和街的育才小学就行。"

育才小学是王尽美与王乐平为了推动国民革命统一战线一起开办的一所小学，山东省立女师的学监秦凤仪任校长，学校的教职员工都由国共两党的同志兼任，王尽美兼任国学教师。为了工作方便，他把党的领导机关从南马道迁到了这里。

放了寒假后，学校的教职员工都回家了，只有他与刘俊才还住在这里。

他走进学校，见刘俊才的宿舍锁着门，不知去了哪里。

他走进自己的房间，觉得房间就像冰窖一样寒冷。他顿时感到又冷又累，想躺在床上歇会儿。但是屋里太冷了，实在躺不住，只好在房间里来回走着。

他边走边思考着年前年后的工作安排：本打算回到济南先开个支部碰头会，考虑到党的四大正在召开，许多事情还难以确定，只有等到大会结束后再开；中国社会主义青年团第三次全国代表大会将于正月初三召开，李耘生马上要前去上海参加会议，今晚要与他商议一些事情；明天去王翔千那里了解一下近期济南地执委的工作情况；然后再去王乐平处，汇报促成会成立情况……但眼下最重要的是，要时刻关注四方机车厂的动向，在胶济铁路管理局内部，山东地方实力派正与江浙派进行夺利争权，他与邓恩铭计划利用这个有利时机组织一场工人大罢工。

他考虑好工作安排后，在窗前的写字桌前坐下来。他要把近期的工作总结写出来。

他先搓着手，等把手搓热了，拿起笔写道：

1. 促成会情形

自去年12月去京参加守常同志倡导的促成会总会后，又与乐平等去津拜访孙中山先生，并受其重托。回济后，便与乐平、阎、王等同志分头行动，我负责青岛、益都，乐平负责济南，王负责烟台，阎负责淄博。益都已经于1月1日成立了促成会，尚属全省第一，在新年有了一个良好开局。7日，山东国民议会促成会在济成立，后又去潍县、高密等地帮助成立促成会。11日到青岛，17日成立青岛促成会。王哲在烟台也已成立促成会。目前，胶济铁路沿线尚有淄川、张店两地尚未成立，已与王哲约定，等过完春节后，一同前去成立。促成会进展比较顺利，年后要着重考虑如何发挥它的作用。

2. 党内工作

通过近一年与民校（国民党）密切合作，济南地委工作也取得了很大发展。益都、青岛以及济南火车站、大槐树机厂、鲁丰纱厂等单位都建立起了党支部，尤其自去年5月以来，随着吴案的影响基本消除,党团组织发展迅猛,最可贵的是耘生、俊才、宇超等新生力量近期进步很快,工作很有成效。耘生自去年 9 月任团济南地委秘书后,在开办工人夜校和补习班的同时,积极发展团组织,在济南金启泰机器厂、齐鲁铁厂、津浦大厂、兴顺福铁厂、济南车站等地先后建立起了团支部。

俊才于去年 8 月调到济南,主要协助我办《现代青年》。这是周刊,每周二发行一次,劳动量很大。该刊物已成为国共两党的舆论阵地、山东政坛上的权威刊物,对反对帝国主义发挥了积极作用。

12 月 24 日成立的济南非基督教大同盟是国共合作的一大亮点,发展很快,并卓有成效,已先后在益都等地建立起 9 个分盟,成员共计 120 余人。他们利用周末时间,已连续两次在全市进行大规模的宣传,成了反基督教的一支生力军。我由于近来忙于促成会,对之关心很少,主要是李宇超在抓……

王尽美写着写着,忽然激动起来,站起身凝视着窗外。

虽然正是寒冬,但是年轻同志身上所焕发出的革命活力,以及正在蓬勃发展的党团组织,让他备受鼓舞,他似乎已经感受到了春天的气息。

忽然,他又急剧地咳嗽起来,口里还吐出了血丝,眼前一黑,扑倒在床上……

五

蒙蒙眬眬中,王尽美感到眼前有人在说话,是女人的声音,很轻柔,觉得很耳熟,接着一只柔软的手搭在了他前额上。他想努力睁开眼睛,看看这个人到底是谁。

她模糊的轮廓似乎渐渐清晰起来,白大褂,白帽子,还有浅浅的笑容,像是赵鲁玉。

王尽美与赵鲁玉相识于五四运动，她那时刚从日本蚕丝学校毕业回国，在一家教会医院当护士。王尽美领着几个在游行中被打伤的学生到她们医院进行包扎。当赵鲁玉听说学生们是为了反对把青岛割让给日本被警察打伤时，很是气愤，并替他们交了治疗费，还主动加入了五四游行队伍。他们认识后，王尽美经常送给她送一些进步刊物，向她宣传革命思想，还把她引荐给了邓恩铭。1923年，她为了追求革命，不惜与她兄长赵太侔断绝了兄妹关系，去青岛电话局当了司机生（话务员）。1924年年底，加入了邓恩铭领导的青岛党组织。

王尽美努力睁大眼睛想把她看清楚，那人的容貌却又模糊起来，开始变成了一团光影，往空中退去，搭在他前额的手也消失了。

他想拉住她，问她是不是赵鲁玉，可是手怎么也抬不起来；他想喊，感觉嘴张得老大，却发不出丝毫的声音来……

他从迷迷糊糊中渐渐醒过来，努力睁开眼睛，眼前是灼目的光线，像麦芒一样照射着他。

他似乎听到有人惊喜地喊起来："醒了！""终于醒啦！"不是一个声音在喊，而是多个声音。

我这是在哪里啊？他努力睁开眼，强烈的光线开始淡弱起来，离他越来越远，退到了他上方的白色屋顶上去了，然后聚集成一团，渐渐凝成了一个白炽灯。

凑在他眼前的几个影影绰绰的面孔，也渐渐清晰起来，是李耘生、王辩，还有一个女护士。

他轻微地问："这是哪儿？"他觉得这缥缈的声音，不像是自己发出来的。但是他们听到了，惊喜地问道："你醒了？这是在诊所。"

"诊所？"

"对！是学校后面日本人开的那家诊所。"

女护士换完吊瓶后走开了。他望着她的背影,有些怅然若失,刚才看到的赵鲁玉原来是自己产生的幻觉。

王辩与李耘生从两边慢慢扶他坐起来,王尽美茫然地问:"我怎么到了这儿?"

王辩难过地说:"你感冒发烧都昏迷在床上了,多亏耘生去找你,才把你送到这里来,不然还不知道会发生什么情况呢。"

王尽美让李耘生说说经过。

"今下午快黑天时,我接到了青岛那边发来的电报,说你已回济南,身体很不好,让我们注意。我接到电报就赶紧去学校找你,当走进你宿舍时,你已经昏迷在床上了。我赶紧找来人力车把你送到这里。"

"你说青岛那边专为我回济南发来电报?"王尽美问。

王尽美见李耘生点了点头,就有些生气地说:"恩铭也太破费了,竟为这点小事发电报!"

李耘生说:"发电报的是鲁玉。"

"拿电文我看看。"

李耘生把电报拿给王尽美:俊已回济,身体很糟。恩铭要我再三嘱咐家人,定要悉心照料。鲁玉。

"鲁玉是谁?"王辩问。

王尽美望着电报,没有言语。

他在昏迷中涌现出的那个女护士又浮现出来,团团的脸蛋,大大的眼睛,柔和地对他笑着……

这次去青岛,邓恩铭告诉他说:"赵鲁玉好几次问起你的情况,看来她一直很关心你,再说她现在已经是自己的同志了,我还是安排你们见一面吧。"可是由于工作忙,王尽美最终也没有见到赵鲁玉。

想到这里他感到有些遗憾,不禁轻微地叹了一声。

他见王辩正怪怪地望着自己,就忙问:"你怎么也来诊所了?"

"哦,今下午父亲让我去看看你从青岛回来没有,想叫你到我家过小年。到了你房间，没见到你，却发现床铺上有一张纸条，上面写着：回来后，速去校南诊所！当我赶紧跑过来时，你已经昏迷，正在挂针。"

李耘生说："那张纸条是我留给刘俊才的。"

王尽美问："俊才呢？"

李耘生说："刚才跟着老师去拿火盆和柴火了。"

"拿那些东西干什么？"王尽美不解地问。

"准备给你屋里生火取暖啊！屋里冷得像冰窖，还不得把人冻死啊！"王辩有些激动地说，"也不知道你是怎么睡的。"

李耘生愧疚地说："这事儿怪我们，是我们没照顾好王同志。刚才老师狠狠批评了我与俊才。"

王尽美不以为然地说："这怎么能怪你们？我这么个大活人，干吗还需要别人照顾啊？再说，你们是为党工作，又不是给我当保姆。"

"你既然是党的人，党就应该照顾你！"王翔千一步迈进来，大声说道。

刘俊才也跟进来，他惊喜地走到王尽美床前，激动地说："您可醒了，快把我担心死了。王同志，我对不住您，是我没有照顾好您。"

"我刚才不是说了嘛！这事与你们无关！"

"怎么无关？你既然是党的人，我们就应该对你的健康负责！你要是累趴下了，你让谁担负起这副重担来？"

王尽美见王翔千铁青着脸，就笑了笑说："六爷，你是怎么找到这里的？"

王翔千往李耘生拿过的凳子上一坐说："我在家好酒好菜等你等到大半夜，不但没见你的人影，连我闺女也不见了，我能在家坐住吗？结果就打听到这儿来了。这么冷的天，你怎么就不知道生火？如果是因为没钱，为什么不找我？平时日里大事小事都找我，怎么遇到这事就不吭声了？我刚才把俊才和耘生这两个小子好训一顿，怪他们没照顾好你。"

"这不能怪他们，我回来得急促，也没事先给他们打招呼。"

刘俊才说："这几天，我一直与李宇超他们忙着组织与基督教大辩论的事儿,晚上都睡在他那里。"

王尽美一听,顿时来了精神:"俊才,快对我好好说说这事。"

"刘淑琴从一个基督教徒那里打听到,他们从正月初一至初三,要在趵突泉进行三天的大规模传教活动。当宇超听说这个消息后,就提出要与基督教唱对台戏,从正月初一到初三与他们进行大辩论。"

"唱对台戏好啊!宇超呢?"

"他与刘淑琴等几个同学去工人夜校了,想从工人中拉上几个人参加。"

"对,有工人阶级参加,才更显得有力量。现在已经组织多少人了?"

"报名的已经有近十人了吧。"

"到时也算我一个,我给你们呐喊助威!"

王翔千不满地说:"你还是先安心养病吧。"

王尽美满不在乎地说:"我现在不是已经好了吗。"说着忽然剧烈地咳嗽起来,王辩忙给他捶打着脊背。

王翔千说:"你们守护着,我去找找大夫。"

大夫来了,一番诊断后,对王翔千说:"患者感冒问题不大,咳嗽可能是肺结核引起的。"

"肺结核?你能确定?"王翔千惊讶地问。

"从体温、心跳等几方面看,很可能是这病。你们最好去大医院检查一下。"

王翔千送走医生后回来,就劝说王尽美再到大医院检查一下,王尽美却不以为然地说:"医生就好小题大做,我的身体我自己有数。再说眼看就要过年了,大家不是忙工作就是忙年,我也有一大堆工作在等着,这个时候要我住院,我能安心吗?"

在王翔千他们的再三劝说下,他最后妥协说:"等过了年以后,我再住院。"

第十一章　鞠躬尽瘁

一

在新年的正月初一至初三，王尽美又连续三天参加了同基督教的大辩论，由于劳累过度，吐血昏倒，住进了济南商埠的一家医院。

王尽美住进院没几天，青岛那边传来胶济铁路局的江浙派和山东地方派为了争当局长发生内讧的消息，他立马意识到这是发动胶济铁路大罢工的最好时机，就不顾王翔千等同志的劝阻，马上出院，带病赶赴青岛。

在王尽美与邓恩铭、郭恒祥等人的领导下，胶济铁路全体员工于1925年2月8日举行大罢工。随后，四方机车厂工人也在第二天宣布罢工。经过近十天的坚决斗争，罢工终于在2月18日取得了胜利。

青岛其他行业的工人深受鼓舞，也成立了工会组织，四方的各个纱厂还以四方机车厂工会为基础，成立了四方工会联合会。

二

1925年3月初，根据党中央指示，在尹宽主持下，济南、青岛、淄川、张店等地的中共党组织代表在济南召开会议，决定以中共济南地方执行委员会为基础，正式成立中共山东地方执行委员会，统一领导山东的党组织，尹宽任书记，王尽美、王翔千、刘俊才、邓恩铭等人被选为委员。

中共山东地委成立不久，就传来了青岛日本大康纱厂工人与工厂主发生斗争的消息。

1925年3月下旬，大康纱厂的工厂主为了破坏工人组建工会，派人搜查工人宿舍，抄走了会员名单和工会文件，工人派代表与他们交涉，遭到他们的严刑拷打和开除，激起了全厂工人的愤怒。

中共山东地方执行委员会决定利用这次有利的时机，发动工人进行大罢工。

此时的王尽美，虽然病情已经十分严重，但他不顾同志们的好心劝说，仍然要求参加这次罢工，他说："从1924年3月，我就开始在那里开展革命活动，对工厂里的状况很了解，我能够为开展罢工出上力。"在他的坚持下，省委同意了他的要求。

在党的领导与组织下，青岛日本大康纱厂的5000多名工人于4月19日晚开始罢工，王尽美与省委的其他负责同志现场指挥。

根据王尽美的建议，他们采用了王尽美领导山海关铁工厂罢工的经验，在开展大康纱厂罢工的同时，又相继发动日商内外棉纱厂、日商兴隆纱厂的工人组成了同盟进行大罢工。同时，呼吁社会各界进行声援，进行募集捐款，一起支援罢工斗争。尽管日商与日本当局利用威逼利诱等手段妄图破坏罢工，并逮捕了邓恩铭，但是罢工斗争一直坚持进行下去。

在罢工的日日夜夜里，王尽美一直带病战斗在第一线，他兜里装着药，什么时候咳嗽了就什么时候服用；他袖筒里掖着毛巾和手帕，上面都沾满了虚汗和咳出的血迹。

当斗争坚持到5月9日那一天，日商终于作出让步，与工人达成了9项协议，罢工取得了初步的胜利。

罢工胜利了，王尽美却再也坚持不住了，当他从庆祝罢工胜利的现场走出来时，嘴里大口大口吐着鲜血。他病倒了。

同志们都劝他住院治疗，他知道自己得的这种病即便花费很多治疗费，也很难治好，就拒绝了。考虑到自己在青岛不但不能进行工作，还会给组织和同志们增添负担，就提出要回家乡休养。

第十二章　回乡养病

一

1925年6月的一天,王尽美在王象午等同志的护送下,早上从青岛乘火车,到达高密后,又雇了辆马车,在傍晚时分,终于回到大北杏村。

刘氏想留王象午他们吃晚饭,王象午却执意要走,说要连夜赶回青岛。王尽美知道青岛工人大罢工正处在关键时期,也就没有再挽留。

送走王象午他们后,王尽美又急剧地咳嗽起来,一路的颠簸让他的身体更加疲惫与虚弱。

母亲与妻子忙把他安顿到院落里的那间小屋里,这间小屋原是"见山堂"盛放草料的地方,母亲听说王尽美要回来养病,就特意向"见山堂"借来让他独居。里面安置了一张借来的木头床,床上罩着一顶新蚊帐,床的旁边放着一张饭桌和几个小板凳。

屋里刚打扫过,空气中弥漫着熟悉的土腥味与干草味,这亲切的气息让王尽美感到陶醉,他躺在故乡久违的土地上,就像孩儿偎依在母亲的怀抱里,全身顿时松散下来,很快酣然入梦。

二

王尽美回乡养病的事,很快在亲戚朋友中传开。喜庆第二天就来了。

王尽美没看见石头，就问："石头呢？"

他见喜庆没有说话，并发现喜庆看他的眼神还有些躲闪，就生气地说："这个石头也太不够意思了，我们都快两年没见面了，我一直想着见你们。他可倒好，我都这样了，也不过来看我一眼。"

喜庆忙解释道："他……他没在家。"

"他还在外村当长工？那你就去告诉他，我想见他。"

"这……"王尽美见喜庆显得很为难，就预感有什么隐情，忙问道："石头到底怎么了？快把实情告诉我。"

喜庆无奈地说："既然你非要问，我也实不相瞒了。在今年开春的时候，他就被关进县大牢了。"

"他犯了什么事？"

喜庆就把事情的原委说了。

石头在给西乡的一家地主做工时，与东家的一个叫杏花的丫鬟好上了。他找到东家说要娶杏花，东家说杏花在他家当了这么多年丫鬟，也算他家的人了，如果石头要娶她，就要先拿出十块大洋作彩礼。

石头哪有这么多钱啊，他家欠下的债务都还没还清呢！石头与杏花无奈之下只好私奔，东家于是买通官府以绑架罪把他关进了大牢。

王尽美听了气愤地说："这个地主真是可恶！"他随即担心地问："石头进去了，他家里人怎么过？债主不会又上门逼债吧？"

正如王尽美所担忧的那样，石头前脚被关进大牢，债主们就后脚上门逼债了。

他们见他家徒四壁，实在无力偿还债务，就逼迫他母亲把女儿卖给有钱人家当丫鬟，把儿子送去当劳工，这个家就这样被拆散了。他母亲悲痛欲绝，不久就病逝了。

喜庆怕王尽美受刺激，不敢对王尽美说出实情，就遮掩说："他弟弟、妹妹由亲戚抚养，你就别操这个心了。"

王尽美生气地说："你、我与石头都是好兄弟，他都这样了，我能不操心？"他接着问道"咱县上的县长是谁？"

喜庆说："还是姓周的。"

王尽美想了想说，"这样吧，我给周县长写封信，你拿着去找他走走关系。"

第二天一大早，喜庆拿着王尽美写的信去了莒县县城。

到了傍晚时分，喜庆回来了，并带回了周县长的书信。

周县长在信中说，上次与王尽美一叙，受益匪浅，他一直感念不忘。他还就去年王尽美为筹建国民党党部去县衙找他未果之事表示歉意。他说，闻听王尽美回乡养病，甚是难过。等忙完公务，他将前来拜访与看望。

王尽美见信中没提到石头的案子，就问喜庆："周县长没对你说别的？"

喜庆说："他除了让我把这封信亲手交给你外，还说他对石头这个案子不甚了解，等他查阅卷宗后，再予定夺。"

"这不是在敷衍我们吗！"王尽美气愤地说。

喜庆忙安慰说："你现在先不要操心这事了，先把自己身体养好再说。"

王尽美忧心地说："石头要是出不来的话，他一家人该怎么过啊！"

喜庆无奈地说："生死有命，富贵在天，还是听天由命吧。"

三

七月的乡村已经很炎热了，知了在院子里的老白杨树上不停地聒噪着。

王尽美居住的小屋因为面南向阳，屋里格外热，妻子就在屋里泼洒凉水用来降温。她见丈夫身上的虚汗把衣服湿透了，就用毛巾给他擦洗。王尽美却不让，怕传染了她。

妻子伤心地说:"我还怕什么传染,你要是有个三长两短,我活着还有什么意思。"

王尽美身体稍好的时候,就坐在屋门口晒着太阳,看着母亲与妻子忙活家务,看着孩子们在一起玩耍。有时,他还给他们讲一些外面的新事物,讲青岛的栈桥,讲济南的大明湖,讲火车,讲长城,也讲他去苏俄的见闻。当他讲到苏俄的儿童从小就上幼儿园时,王乃征羡慕地问:"爹,我们什么时候也能上幼儿园?"

他说:"很快。"

"很快是多久?"王乃征对父亲的回答感到不满意。

他想了想说:"也许是十年、二十年,也许要到你们的下一代。我相信你和你弟弟会看到那一天的。"

虽然被病魔折磨得痛苦不堪,但当他享受着这样的天伦之乐时,他感到十分开心。

一天上午,他醒来后,看到王乃征、王乃恩正在院子里往老白杨树上抛石块,就好奇地问干什么。

王乃征说:"树上的知了一个劲地叫唤,我们怕吵着你睡觉,就想赶跑它。"

王尽美顿时感到心头一热,没想到小孩伢子竟然有这样的孝心。他在感动之余,又觉得很愧疚。他与家人聚少离多,尤其是他参加革命后,每年也就回来一两次,每次都是来去匆匆,很少有时间陪伴孩子,更不用说关心教育他们了。

"我没有尽到一个做父亲的责任!"他暗自愧疚。但是他并不为此感到后悔,因为他正做着一件能够让全天下受苦人都过上幸福生活的惊天动地的大事。为了实现这一尽善尽美的伟大事业,他心甘情愿地舍小家顾大家、为大爱舍小爱,这是一个共产党人的坚定信仰,这是一个革命者的无私奉献,这是一个追梦者的孜孜以求。

他望着可爱的孩子们，深情地默默想道："儿子啊，你们的父亲虽然没有让你们从他身上享受到更多的父爱，但是他不是不疼爱你们，也不是不把你们放在心坎上，而是他把对你们的热爱与牵挂全部融入解放全人类、实现共产主义的伟大事业中。他无论坐在胶济铁路的火车上，还是奔走在苏俄的冰天雪地里；无论在夜深人静的寒夜里，还是躺在病床上，都无时无刻不在想念着你们啊。他之所以这样拼命去工作，就是为了让你们以及像你们一样的全中国穷人家的孩子早日过上幸福的生活。儿子啊，你们现在还小，还不理解父亲的苦衷。但我相信等你们长大后，不仅会理解，还会因为拥有像我这样的父亲而感到自豪与骄傲，我真心希望你们将来也能走上他所走的这条革命道路。"

想到这里，他内心忽然涌起一股强烈的父爱，他要在自己生命最后的日子里，尽量去弥补对孩子们的亏欠。

他迫不及待地对王乃征喊道："征儿，你与弟弟快到爹爹这儿来。"

王乃征听到父亲喊，却犹豫着没动。

正在旁边洗衣服的母亲赶紧催促道："你爹叫你们了，还不快过去！"她见孩子还是没动，就责怪说："平时你爹不在的时候，你们天天嚷着要找爹爹。现在你爹在身边了，怎么对他却生分了？"

王乃征为难地说："不是我不想亲近他，是奶奶不让，说他身上有个东西会咬人。"

"是'马猴'。"王乃恩在旁边喊道。

妻子望了一眼丈夫，低声嘱咐孩子说："这话可不要对你爹说！他知道了会伤心的。只要你们不挨着他，就没事。"说完，就把孩子领到丈夫面前。

王尽美忙招呼孩子坐在门槛上，然后亲热地问："爹给你们讲知了的故事好不好？"

王乃征高兴地拍手说："好！"

王乃恩也学着哥哥拍手叫好。

妻子赶紧拿来一个凳子让丈夫坐下,她自己把洗衣盆也端到旁边,想一边洗衣服一边听丈夫给孩子讲故事。此刻,她憔悴的脸上散发出明媚与快乐的光彩。

王尽美说:"知了的学名叫蝉,外国人都叫它蝉。"

"爹,什么是外国人?"王乃征不解地问。

"外国人就是生活在我们中国之外的国家的人。在地球上,不光生活着我们中国人,还生活着一百多个国家的人。"

"爹,那些国家你都去过吗?"

王尽美遗憾地摇摇头说:"爹只去过一个,就是我之前给你们讲的苏俄。"

"苏俄也有知了吗?"

王尽美没想到孩子会问起这个问题,他想了想说:"蝉生活在温带与热带地区,苏俄地域辽阔,应该有蝉,但是由于我没有实地去考察与了解,因此不能妄断有还是没有。"

王乃征从父亲那儿没有得到明确的答案,有些失望地对母亲说:"娘,你不是说俺爹是一个很有学问的教书先生,什么事情他都知道吗?"

王尽美忍不住笑了,他看了一眼妻子说:"我可没有你娘说得那么神乎,能像齐天大圣那样,上天入地,七十二变,无所不能。"

妻子羞赧地看了一眼丈夫说:"俺这样说还不是想让孩子觉得她爹了不起吗。"

王尽美会意地对妻子点了点头,又对王乃征说:"征儿,人类的知识浩如烟海,爹爹虽然上了师范,但还有许许多多的知识并没接触到。我之所以要求你好好学习,就是希望你与弟弟将来不仅能够上中学,还能够上大学,学到更多的知识,知道更多的事情,比你爹更有学问。"

王乃征认真地说:"爹,我一定要好好学习,知道比你更多的知识。"

"好！有志气！这才是爹的好儿子。"王尽美听了儿子的话感到十分欣慰，他接着问道，"征儿，你长大了想干什么？"

王乃征想了想，又摇了摇头，说："我也不知道。奶奶让我当大官，她说只有当了官，人家才不敢欺负咱们。可俺娘……"他看了看母亲说："俺娘想让俺像你一样当教书先生，她说教书育人是天下最高尚的事儿。"

母亲在旁边鼓励儿子说："对，娘就是希望你像你爹一样，当一个有学问有出息的教书先生，娘这辈子最仰慕的就是教书先生。"

王尽美开玩笑地说："你娘当初嫁给我，就是因为我上过学。"

妻子急忙低声道："别对孩子说这些事。"

王尽美笑着说："好，不说这些事了。征儿，无论你将来当官还是当教书先生，爹都会支持你。但是爹只有一个要求：你一定要做一个有正义感、有爱国心的人，不仅要有'天下兴亡，匹夫有责'的勇于担当的精神，还要有'苟利国家生死以，岂因祸福避趋之'的无私奉献精神，以及'先天下之忧而忧，后天下之乐而乐'的大爱情怀。爹当年离开家乡去济南求学，不是为了谋求功名利禄，而是为了实现教育救国。"

"爹，什么是教育救国？"

"简单地说，教育救国就是要通过教书育人，培养出更多有本事的人，一起去拯救我们这个积贫积弱的国家。同时，还要通过教育去教化与唤醒愚昧麻木的广大民众，以实现民众大联合，共同去推翻军阀专制统治，建立一个自由民主的新政府。"

此时的王尽美眼睛里放射出炯炯有神的目光，这目光就像一束穿透黑暗的光芒。

"征儿，你要树立正确的人生观，上学不是为了做官、当教书先生，而是要以天下为己任，为天下所有受苦受难的穷人去做事，改变他们贫穷的命运，让他们幼有所养，贫有所依，难有所助。"

看着王乃征似懂非懂地点着头，他知道孩子还小，听不懂这些革命道理，但是他还是要讲出来，不仅因为自己很少再有教导他们的机会了，还因为他要尽可能地在孩子幼小的心灵里播下一粒革命的种子。

正当王尽美兴致勃勃地对王乃征讲着革命道理的时候，王乃恩忽然站起来向堂屋跑去。

"这孩子怎么突然跑了？"妻子惊奇地问丈夫。

"是不是刚才我只顾着与他哥哥说话了，他见自己被冷落了，就生气了？"

"一个不到四岁的小孩子怎么会想这么多。不用理他，这孩子是人来疯，想起一出是一出。"

不一会儿，王乃恩抱着一个长袍从屋里高兴地跑出来，嘴里还直嚷嚷着："爹爹，你的长袍。"

"你这个孩子怎么把你爹的棉袍给翻弄出来了？看我不揍你！"母亲生气地向小儿子走过去。没等她走到跟前，王乃恩就被拖拉在地上的长袍绊倒了。

"来信，你磕着没有？"王尽美与妻子赶紧过去。

王乃恩没等母亲扶，自己就从地上爬起来，没事似的抱着长袍对父亲说："爹，俺娘说这是你教书时穿的。"

王尽美听了，恍然大悟地对妻子说："哦，来信把刚才的事儿当成我给他哥哥讲课了，就想到我是老师就应该穿长袍啊。来信真是个有心的好孩子！"他情不自禁地伸出手想爱抚地摸摸儿子的头。

王乃征忽然大声喊道："来信，快躲开！"

王尽美见孩子这样防着他，不禁黯然神伤起来。

妻子为了冲淡他不愉快的情绪，就忙对他说："你瞧，这棉袍还是你去苏俄时穿的。自从你把它带回家，我除了每年拿出来晒一晒外，平日里就放在衣柜里，不承想让来信给翻弄出来了，真是个皮孩子！"

王尽美却高兴地说："皮孩子才是好孩子。"

"你就纵容他吧！早晚有一天让他们学着扒墙拆屋就好了！"

王尽美高兴地说："那就更是我的好儿子了！只有打破一个旧世界，

才能建立一个新世界。"

妻子故作生气地瞪了一眼丈夫,就把长袍从来信怀里夺过来,问王乃征:"你们不想听您爹讲知了的故事了?"

"想啊!"王乃征赶紧拖着弟弟重新坐到门槛上,并警告他说,"你要是再乱跑,爹爹就不给我们讲故事了!"

王尽美又给孩子们继续讲知了的故事。

"蝉的成虫寿命很短暂,最长活不到三个月。但是它们从出生到钻出地面,却至少需要三年的时间。在这漫长的三年里,它们都是在黑暗中度过的。你们说它们对光明该是多么渴望啊!因此,当它们钻出地面后,就整天开心地歌唱,歌唱来之不易的光明,歌唱短暂而又珍贵的生命。你们说相比它们对生命的这份热爱,影响我睡觉又算什么。"

王乃征听到这里,感动地对父亲说:"爹,我们以后要好好保护它们。"

妻子见丈夫与孩子说了这么长时间的话,怕累着他,就借口让孩子看看奶奶做好午饭没有,把他们支走了。孩子们离开后,她劝丈夫先进屋歇着,等她把午饭送过来。

王尽美望着欢喜地跑向堂屋的孩子们,站着没动。这时,树上的蝉又聒噪起来,他不禁伤感地吟诵道:"本以高难饱,徒劳恨费声。五更疏欲断,一树碧无情。"

四

这天,县里来了几个人,他们是周县长派来看望王尽美的,并且给王尽美带来了二十块银圆。

县衙的人走后,王尽美让妻子把喜庆找来。

喜庆一来就问:"石头的案子有信了?"喜庆见王尽美摇头,就气愤地说:"看来这个周县长也是个光说人话不办人事的官油子!"

王尽美指着眼前的银圆说:"这是人家刚送来的。"他见喜庆没明白他的意思,就说:"有钱能使鬼推磨,人家既然送钱来了,我们还愁找不到办事的小鬼。"

喜庆这才恍然大悟,高兴地说:"你的意思是用这些钱去打点官府,让他们把石头放出来?"

"哪有那么容易?我想先把石头保释出来。"

"像他这种家庭状况,谁愿意给他做保人?"

王尽美想了想说:"你先去找他本家看看。"

喜庆说:"石头那些本家都是穷光蛋,他们就是想当保人,官府也不会同意,我看找也白搭。"顿了一会儿又说:"做保人最好找那些有钱有势的人,要是能找动像"冠山堂""见山堂"这些大户人家就好了。"

王尽美说:"你想找那些地主老财给石头做担保,门儿都没有!别看他们平日里满嘴仁义道德,装出一副虚情假意的样子,其实都是为富不仁之徒,别说指望他们帮忙,只要他们不落井下石就不错了。你还记着大前年那件事吗?村里有人看着我近一年没回来了,就造谣说我出事儿了,那些地主老财趁机要把我们家的那块水田收回去。"

喜庆心有同感地说:"是啊,这个社会,无论亲戚朋友,都只讲利益,谁还顾得亲情?"

喜庆发完牢骚后,又焦急地问:"那我们该去找谁做保人?"

王尽美说:"去找王仁之、王秀芝他们。他们不仅有公职、诚信度高,还富有同情心、愿意帮穷人。我把他们的地址给你,你去找他们。"随后把银圆拿给喜庆说"这是十九块银圆,你先去找王仁之,让他帮着找个讼师,想办法把石头保出来。剩下的钱你先保管着,等石头出来后,你帮着他租些地,让他在家里老老实实地种地,不要再外出揽工了。"

喜庆忙推辞说:"这些钱都是给你治病的,我不能拿。"

王尽美说:"治病我怕用不上了。再说,如果这些钱能给一家人带来活路，这比给我治病更有意义。"他见喜庆还要推辞，就沉下脸说道："你如果把我与石头当成弟兄们的话就拿着！如果能把石头从监狱保出来，这也许是我今生为兄弟们做的最后一件事了。如果石头不能出来，我会死不瞑目的。"

喜庆见王尽美把话都说到这个份儿上了，就把银圆装在身上说："瑞俊，你放心，我一定把石头保释出来。到时候我们兄弟仨再好好聚一聚。"他对着王尽美的妻子说："弟妹，到时候你给我们炒上几个菜，我们还要像你们结婚的那天一样一醉方休。"

王尽美的母亲高兴地说："我亲自给你们下厨炒菜。"

"你们就等我的好消息吧。"

王尽美望着喜庆高兴离去的背影，想到很快就能见到石头了，脸上露出了久违的笑容。

五

尽管家人四处求医，悉心照料，王尽美的病情还是一天比一天恶化，除了咳嗽吐血，还经常陷入昏迷状态。

忧愁与悲伤就像乌云一般笼罩在他家人的心头上。母亲忧心忡忡，心急如焚；妻子强忍悲伤，暗自流泪；王乃征也没心思上学了；王乃恩也不像往常那样在院子里玩耍了。

这天，昏迷中的王尽美忽然被一阵哽咽声惊醒，他看见妻子与大儿子正在他身旁抽泣着。

他强打起精神安慰妻子说："不要难过，我的病会好起来的。即便好不了，人有生就有死，你要想得开，千万不要因为我愁坏了身子，这个家还需要你操持，孩子们还需要你抚养。"

他又嘱咐王乃征说："征儿，你要好好上学，长大了要为穷人办事，要成为有出息的人。"

六

这天早上,张玉生来了。

张玉生原先一直在大北杏村教书,王尽美去济南上学那年,他才去了诸城县城给西关的一家姓祝的大户人家教私塾。在教书之余,他自学中医,渐渐有了些名气。这次他回来是要给邻村的一位妇女看病。

他一到家就听大儿媳妇说王尽美病了,从青岛回来了,正在家里养病。

他吃惊地问:"听谁说的?"

大儿媳妇说:"听屋后王维珠他老婆说的。"

王维珠的老婆是王尽美的妻姐,既然是她说的,这个消息应该没有错。

"你没问问是什么病?"

"听说发热、咳嗽、出虚汗,还经常咯血,人都瘦得快认不出模样来了,他家都要塌天了。"

第二天一早,张玉生就急忙来到王尽美家。

王尽美还在昏睡,刘氏想叫醒他,张玉生拦住说:"让他睡,他现在最需要的就是休息。"

刘氏说:"昨天下午,枳沟的王老师来看他,两个人拉呱拉到快黑天了。吃了晚饭后,他咳嗽了一阵子,就睡了,一直睡到现在。看来真是累了。"

张玉生说:"这种病就怕累。老嫂子,我可得要嘱咐你,以后凡是来看他的,无论是谁,你都不能让他们与瑞俊多说话。"

"张先生,你说这孩子的病该怎么办呀?能请的大夫我们都请了,能用的法子也都用了,可是这病却一天比一天严重,我们真是没辙了!他要是有个三长两短,我们全家老小该怎么活啊。"

"老嫂子,你不要哭。这病仅靠中医怕是很难治好,我看还是回青岛,到大医院找西医看看。"

"昨天,我听他王老师说,青岛现在很乱,官府正在抓那些闹事的工人,还死伤了好多人。听他们说话的意思,好像孩子与那事有瓜葛。"

"咱们现在管不了那么多了,先去看病要紧。再说,即使有瓜葛,他都病成这个样子了,谁还会与他过不去。"

刘氏想了想也是。

张玉生临走时,又去看了看昏睡中的王尽美。

他端详着王尽美瘦弱不堪的模样,不禁暗自伤感道:"一个好端端的青年,竟然被疾病折磨成这副模样了!"

刘氏要叫醒王尽美,被张玉生阻拦了。

刘氏歉意地说:"您好不容易来一趟,怎么也得让他看上您一眼。"

"他要是见了我,又有说不完的话,这样会累着他的。我给他号一下脉就走。"说着,张玉生把手搭在了王尽美的手腕上。号完脉后,就默不作声地走出了屋子。

刘氏忙跟出来问:"先生,你觉得孩子病情怎样?"

张玉生表情凝重地说:"我看还是赶紧去大医院吧,不要再拖了。"

他从王尽美家出来后,不禁仰天长叹:"穷人命多灾,天也妒英才!"

七

随着病情的日益严重,王尽美意识到自己来日不多了,想到那些正冒着生命危险与反动当局进行斗争的战友们,他决定要回到青岛,他死也不能离开自己斗争的岗位,死也不能离开自己的战友。

这天傍晚,他对母亲和妻子说:"我要回青岛,等治好了病再回来。"

妻子已经预感到，他这一去也许将是永别，但她还是用衣襟擦拭着眼泪，强忍悲痛点了头。

母亲知道在乡下已经治不好儿子的病了，现在唯一的希望就是去大医院治疗。她这几天正想着该如何劝儿子回青岛治疗，没想到他竟然主动提出来，就立马答应说："娘陪你去。"

八

1925年7月的一个大清早，天刚蒙蒙亮，王尽美被喜庆和几个乡亲用担架从屋里抬到院子里。担架是母亲找人专门用床做成的，为了防蚊虫，上面还罩上了蚊帐。

母亲站在担架旁，问王尽美还有没有要嘱咐的。

晨风吹乱了她的头发，露出了一缕缕的白发，她眼睛里闪动着泪花。

祖母早已在屋里泣不成声了，妻子也哭成了个泪人。

王乃征哭着对父亲说："爹，你早些回来，我再也不气你了，再也不往作业本子上乱画了。"

王尽美吃力地伸出骨瘦如柴的手擦去儿子的眼泪，说："征儿，男子汉不能掉'金豆子'，你要听奶奶和娘的话，好好念书，将来做个对国家有用的人。"

当他被抬出家门时，胡同口已经站满了前来送行的乡亲们。他含着眼泪向乡亲们告别着……

九

告别乡亲后，王尽美让喜庆他们抬着他到南岭看一看。

从乔有山走出的王尽美

南岭的一草一木、一丘一壑都充满着他美好的回忆,他小时候在这儿玩耍、割草、放羊的情景又一幕幕呈现在眼前。

他忽然问喜庆:"还记得小时候我们被春孩从岭上赶下来的情景吗?"

喜庆说:"怎能不记得,那天我到岭上拔草,连筐带草都被春孩他们抢去了,你与石头还帮我找春孩算账呢。"说到这里,他发现王尽美的表情有些激动,立马后悔起来,后悔不该提到石头。石头保释的事至今还没结果,要是王尽美问起这事该怎么回答?

为了让王尽美的注意力从石头身上引开,他赶紧问:"你还记得你当时说的那句话吗?"他见王尽美愣了一下,就说道:"当我们被他们赶下岭去的时候,你气愤地对我们说,早晚要把南岭乔迁成我们老百姓的。"

王尽美感慨地说:"当年我离开家乡去济南求学前,还专门登上岭上的磨盘山。为了表达'一定把南岭乔迁成我们老百姓的'这个决心,我把磨盘山改为乔有山,并写下'铮铮乔有看沧桑'的诗句。"随即,他遗憾地说:"可惜啊,都快过去二十年了,这里还被地主家霸占着,还没有乔迁成我们老百姓的。"

喜庆悲观地说:"恐怕不会有这一天了。"

王尽美坚定说:"不要悲观,我坚信那一天一定会到来。"他凝视了一会儿磨盘山,忽然伤感道:"可惜我怕是等不到那一天了。"

母亲生气地责怪说:"你在胡说些什么啊,连张先生都说了,你这病只要到了城里的大医院就会治好的。"

王尽美苦笑着摇了摇头,安慰母亲说:"娘,人早晚都有一死。死并不可怕,可怕的是他死的时候还有未了的心愿。我死后,你就把我埋葬在岭前,我要看着南岭最终成为我们老百姓的。"

母亲生气地催促着喜庆说:"喜庆,别听他胡咧咧了!趁着太阳还没出来,天还不热,我们快赶路!"

十

南岭越来越远了,渐渐地消失在王尽美的视野里。

他在心里深情地说道:"永别了,乔有山。永别了,我的亲人和故乡。"

第十三章 生命的最后时刻

一

王尽美由母亲陪着回到青岛,在党组织的安排下,住进了当时青岛最好的医院——青岛病院进行治疗。

他虽然住进了医院,但并不配合治疗,他感到花费那么多治疗费对他已经毫无意义。尽管母亲多番劝说,还是无济于事。母亲看着儿子被病魔折磨得痛苦不堪,心如刀割。她找来王象午,想让他帮着劝说王尽美。

王象午与王尽美是多年的战友,他在济南工业专科学校读书时,就与王尽美、邓恩铭等人一起成立了励新学会、济南马克思学说研究会、中共济南早期组织。1922年1月,又与王尽美等人参加了在莫斯科举行的远东大会。他来到青岛工作,与邓恩铭等人成立了中共青岛支部,他负责组织工作。在王尽美住院期间,他经常前来看望。刘氏对他很信任。

刘氏忧心忡忡地对他说:"你瞧瞧,他都病成这个样子了,还是不打针不吃药。我每次看着他咳嗽得死去活来的样子,心里就像刀割一样。"说着伤心地抽泣起来:"可是无论我怎么劝,他都不听!他从小就倔,只要他认准的理,你就是用三头牛也拉不回来。"

王象午忙安慰说:"我去劝他,让他一定听医生的话,好好配合治疗。"

刘氏欣慰地说:"你说的话,也许他会听。"

王象午勉强地笑了笑了,心想:我们都交往五六年了,他是什么脾气我还不知道。劝也是白劝啊。

但为了不让刘氏失望,他还是试图去劝说王尽美。

王象午来到病床前,王尽美一见到他,就焦急地问:"罢工开展得顺利吗?恩铭他们还好吗?"

王象午看着眼前这个曾经像钢铁一样坚强的革命同志,竟然病得瘦弱不堪、形销骨立了,顿时感到十分伤心,未经开口,就先哽咽起来。

王尽美安慰他说:"我是不行了,你们好好为党工作吧!我万想不到会死在病床上。"

王象午动情地说:"尽美,只要你积极配合医生治疗,一定会好起来的,我们还等着你一起并肩战斗呢。"

王尽美摇摇头苦笑道:"我知道这种病是治不好的。"他用充满友爱的眼神望着王象午:"象午,我知道你们都是为我好,但是既然治疗已经没有意义了,为什么还要劝我白白浪费钱财?把省出来的钱留给同志们做活动经费更有意义。"

说着他又剧烈地咳嗽起来,咳嗽得全身抖动着,母亲赶紧过来给他捶着背。

王尽美握住母亲的手说:"娘,你们的恩情我领了。我的病情既然已经这样了,就不要再逼着我治疗了。"

母亲悲伤地点着头,泪水潸然而下。

王象午看着王尽美又大口大口吐着鲜血,悲痛地喊道:"你就是为了减轻病痛也得用药啊!"

王尽美惨然一笑说:"只要你们早日取得罢工的胜利,比让我吃什么药都强!"他牵住王象午的衣袖说:"你还没告诉我罢工的状况。"

此时,青岛的工人运动正处于最危急的时候,作为工人运动主要领导者的邓恩铭,由于受到反动政府的通缉,已经被迫离开了青岛;工厂主不但不答应工人提出的罢工条件,反而态度更加强硬;反动政府又在蠢蠢欲动,伺机向罢工工人举起屠刀。

为了不让王尽美担心,王象午不能说出罢工的实情。

他迟疑了一下说:"你安心养病吧,等你病情好转了,就会看到我们胜利的曙光。"

他怕自己经不住王尽美再三逼问,就借口工作忙,赶紧离开了病房。

二

王尽美躺在病床上,心里一直牵挂着青岛工人的斗争。他向前来看望他的同志不断询问着,同志们都不忍心把实际情况告诉他,只是劝慰他安心住院。他强忍着病痛鼓励同志们,要努力斗争,让他早日听到胜利的喜讯。

一天傍晚,王尽美听护士议论说,张宗昌又对罢工工人举起了屠刀,屠杀了许多工人。

他顿时悲愤起来,在心里痛恨地骂道:"这个十恶不赦的杀人恶魔!工人的血绝不能白流,我们一定要向他们讨还血债!"

他忽然感到胸口一热,鲜血从口里喷出来。

王尽美的病情急剧恶化,随后陷入昏迷状态,医生吩咐病人家属赶快准备后事。中共青岛党组织的陈文其赶紧置办了寿衣。当宋寿田要把寿衣给王尽美穿上时,他忽然睁开眼说:"我刚才梦到马克思了,正想过去,忽然想到还有一件最重要的事情还没办。"

他随即让宋寿田把中共青岛支部的负责同志叫来,向他们口述着自己的遗嘱:

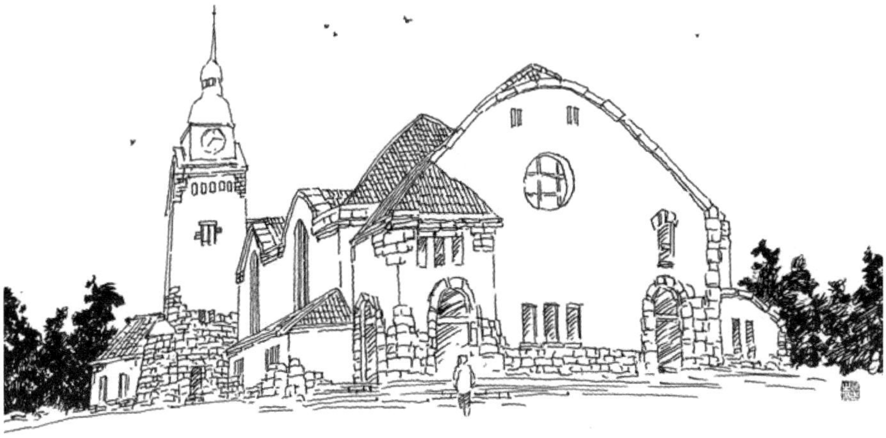

"全体同志要好好工作,为无产阶级和全人类的解放和共产主义的彻底实现而奋斗到底!"

他看着遗嘱写完后,又让同志拿到他眼前,一个一个字地仔细看着,凝视了很久之后,才在上面按下了自己鲜红的手印,并再三嘱咐,一定要转呈给党中央。

他又恋恋不舍地望着身边的每个人,眼里盈满了热泪……

同志们问他还有没有需要嘱托的,他摇了摇头,眼神开始黯淡下去。

母亲急忙喊着:"儿啊,你还有什么需要对娘交代的?说话啊!"她猛烈地摇晃着他:"你对娘没有交代的,难道对老婆孩子也没有要交代的?"

王尽美微微摇着头。

母亲悲愤地哭喊道:"你难道连句话都不想给家人留下?你就这样忍心撇下一家老小就走了?"

王尽美已经难以言语了,浑浊的泪水从眼角慢慢流下来……

1925 年 8 月 19 日,王尽美在青岛病院病逝,年仅 27 岁。

王尽美的生命虽然是短暂的,但是他像一支蜡烛,为了革命燃尽了自己的生命,把全部的光与热无私地奉献给了他矢志不渝、孜孜以求的伟大的共产主义革命事业。

三

中共青岛党组织为王尽美举行完追悼会后,刘氏不顾炎炎酷暑,执意要把他的遗体带回家乡。为了防止腐烂,她把布匹用水浸泡后,一层层缠裹在遗体上。她一边缠裹着,一边擦拭着自己的泪水。

在王象午等人的护送下,王尽美的灵柩被运回了他的故乡——大北杏村。

那天，在村东的路口，站满了迎接他的乡亲们，他的妻儿跪在路口放声痛哭。

王乃征回忆说："母亲带我们小弟兄俩到村东头迎灵。全家人哭作一团，亲友邻居看见了，也都难过地流着泪。"全家老少三辈寡妇带领着两个幼儿，谁见了不伤心呢！

王尽美被安葬在大北杏村东南的枣林墓地里。1959年7月，中共山东省委、山东省人民政府将他的遗骨迁到济南烈士陵园。

叹息斯人去，群工泪为倾。此恨何时已，沧海欲生尘。

第十四章　薪火相传

一

王尽美去世 7 年后,他的大儿子王乃征考入了位于诸城的山东省立第十三中学。

这天上午刚放学,同学王希坚找到他说:"王乃征,我父亲要见见你。"

王乃征不认识王希坚的父亲,更不知道为什么要见他。他见王希坚没有解释,只好心怀忐忑地跟着他走出了学校。

刚出校门,他看到一个四十多岁的中年男子,站在学校斜对面的一家小饭馆前,朝他们招着手。王希坚赶紧拉着王乃征跑过去。

王希坚向王乃征介绍那人道:"他是我父亲。"

王乃征赶紧叫了声:"伯父。"

那人亲切地上下打量了他一会儿说:"和你老子一个模样,没想到长成大青年了。"又拍了拍他的肩膀说:"也很虎实。"

他领着他们走进饭馆,在一张饭桌前坐下,说:"今中午我请客,你们想吃什么就点什么。"然后就让他们快去点菜。

王乃征从没下过饭馆,不知道怎么点菜,只好摇头示意自己不点。

那人笑着说:"我可没见过摇头这道菜。"然后,把他拉到身边说:"你坐着，让希坚去点。"他嘱咐王希坚说："多点乃征爱吃的。"

他见王乃征还拘谨地站着，就拉他在身边坐下来，然后自我介绍说："我叫王翔千，是你父亲生前的好友。你奶奶应该知道我，你向她提起相州的六爷，她准知道。"

王乃征隐约地记得奶奶曾经说起过这个名字，知道他是父亲在济南很要好的朋友。

王翔千仔细地向王乃征询问着他家现在的境况。当听说他的母亲去世了，家里只有奶奶拉扯着他们兄弟俩生活时，就自责地说："这都怪我！我从济南回到家乡，一直在打听你们的下落。只是……"他说到这里，忽然岔开话题，"不说这些了！不管怎样，找到你就好。"

二

王尽美去世后，王翔千遭到了济南反动当局的通缉，他被迫离开济南到处躲藏，直到1926年才辗转回到相州老家。他虽然与党组织失去了联系，但仍不遗余力地为党工作，先是支持回诸城开展革命的孙仲衢等同志成立了诸城最早的党支部——楼子支部。后来，省委巡视员刘俊才到诸城指导农民运动，他又积极协助和掩护刘俊才开展工作。1928年秋，诸城农民运动遭到镇压，在白色恐怖笼罩下，王翔千已经不能够公开活动，只好隐居在家里种田务农，躲避敌人的追捕。

这段艰难的经历，他是不能对王乃征说的。

三

王翔千问王乃征："你小名叫来信吧？"

王乃征说他的小名叫忠，他弟弟叫来信。

他又向王乃征讲起王尽美去苏俄参加远东大会的一些事情。

"由于保密,你父亲没有告诉家里人他要去苏俄的事。他一去就是半年,这可把你奶奶和你母亲急坏了,到处托人打听他的消息,你奶奶还找到了相州我老家。

"当你父亲从苏俄回来时,快过端午了,我让他快回家看看。可是,当时有许多事情等着他去办理。那时还要准备参加党的二大,济南的劳动组合书记部也急着要成立,还要在几个厂矿成立工会组织。他没法脱身,只好给家里写了一封信,还给你生病的老奶奶寄回一些西药。"他忽然想起什么,对店主喊道:"老板,再给我们来条红烧鲅鱼。"

他对王乃征说:"你父亲最爱吃鲅鱼了。当年过端午节那天,我在家专门为他红烧了一条鲅鱼,他把鱼肉都吃了不说,还把鱼骨头炖成鱼汤喝,没想到他还会一鱼多吃呢。"

吃着饭,王翔千又询问了王乃征一些其他事情。

临走时,他再三嘱咐王乃征:"你回家对你奶奶说,以后你上学的费用全部由我负担,就不用她操心了。"

从此,王翔千就承担起了王乃征上学的全部费用。

四

王乃征在诸城上学的三年里,王翔千一直关心着王乃征,他还经常嘱咐王希坚要多留意王乃征,要是听说王乃征遇到什么困难,就赶快告诉他。王翔千每次去城里,都去学校看望王乃征,叮嘱他好好学习。

王乃征也把王翔千当成了自己的知心人,有拿不准的问题就找他商议。有一次,学校有人动员王乃征加入一个什么组织,他就找到王翔千,问该怎么办。

王翔千告诉他："要参加，就参加你老子的那个党。"

1937年七七事变爆发后，已经在曲阜省立二师上学的王乃征回到家乡参加抗日。他与本村的王东年、王遇民、王家馨等爱国青年一起组织读书会，阅读进步书刊，研讨国家大事。当他听说王翔千的大女儿王辩与她的丈夫赵志刚，以及董昆一等人，回到相州秘密成立了中共诸城临时特别支部后，就赶赴相州找到王翔千。在王翔千的介绍下，他认识了赵志刚和董昆一，他们两个人还做了他的入党介绍人，介绍他加入了中国共产党。

王乃征回到大北杏村后，发展王东年等人入了党，成立了大北杏村第一个党支部，王乃征任书记。1938年3月，王乃征又介绍15岁的弟弟王乃恩到石崮后村参加了我党领导的抗日队伍。

在王尽美去世10多年之后，他的两个儿子又先后沿着他的足迹走上了革命的道路。

2019年3月至2020年9月完成第一稿
2020年10月至2021年5月完成第二稿
2022年8月至2022年10月完成第三稿